철학자 김진영의
전복적 소설 읽기

철학자 김진영의
전복적 소설 읽기

김진영 지음

여덟 가지 키워드로
고전을 읽다

메멘토

일러두기

1) 이 책은 아트앤스터디 인문숲에서 2010년 5월 7일부터 2010년 7월 23일까지 총 10회에 걸쳐 진행된 「전복적 소설 읽기: 소설을 읽는 8개의 키워드」 강의를 녹취, 정리한 것이다.

2) 차례는 강의 순서를 따르지 않았다.

3) 이 책에서 참고·인용한 문헌은 아래와 같다.

    1강: 『이반 일리치의 죽음』, L. 톨스토이, 고일 옮김, 도서출판 작가정신, 2005.

    2강: 「변신」, 『변신·시골의사』, F. 카프카, 이덕형 옮김, 문예출판사, 2004. 강의 때는 솔 출판사 번역본을 사용하였다.

    3강: 『잃어버린 시간을 찾아서』 인용문은 저자가 직접 독일어판을 옮긴 것인데, 원전은 확인하지 못했다.

    4강: 『모래 사나이』, E.T.A. 호프만, 김현성 옮김, (주)문학과지성사, 2001.

    5강: 「베니스에서의 죽음」, 『토니오 크뢰거, 트리스탄, 베니스에서의 죽음』, T. 만, 안삼환 옮김, 민음사, 1998.

    6강: 『이방인』, A. 카뮈, 김화영 옮김, 책세상, 1998(개정판).

    7강: 『왼손잡이 여인』, P. 한트케, 홍경호 옮김, 범우사, 1977.

    8강: 『칠레의 밤』, R. 볼라뇨, 우석균 옮김, 열린책들, 2010.

차례

강의를 시작하며: 주관적 소설 읽기

소설은 전방위적 관점으로 읽어 낼 수 있다는 점에서 특별합니다. 같은 소설이라도 그때그때 다른 관점으로 읽을 수 있어요. 대개 아카데미에서는 소설을 미학적으로 읽는데, 역사적 접근으로도 충분히 읽어 낼 수 있습니다. 요즘 융성하는 문예창작과에서 읽는 방법은 또 다르겠지요. 저는 문학이 아니라 미학을 전공했기 때문에 여러 측면에서 종합적으로 소설에 접근해 보겠습니다.

이 강의에서 제시하는 소설, 즉 고전이라고 할 수 있는 소설을 읽는 이유부터 얘기해 보죠. 저는 소설을 읽으면서 교훈을 얻는 것이 물론 중요하지만, 그보다는 당대 비판성이 더 중요하다고 생각합니다. 현재 우리가 살아가는 모습, 이 시대의 모습을 소설에 비춰 보는 겁니다.

우리가 알고 있는 우리 삶은 어떻습니까? 사실 우리가 스스로 사는 모습을 거리를 두고 보기는 쉽지 않습니다. 쉽지 않은 정도가 아니라 불가능하다고 볼 수 있지요. 이런 점에서 적어도 제가 책, 특히 소설을 읽는 이유는 지금 우리 삶에 대해 물어보는 데 있습니다. 그것도 긍정적인 관점이 아니라 비판적인 관점에서요. 부정적으로 보겠다는 뜻이 아닙니다. 비평이 본래 있는 대로 보겠다, 숨김없이 보겠다는 뜻이죠. 비평을 나타내는 영어criticism의 어원인 그리스어 크리티코스kriticos에 분별한다는 뜻이 있습니다. 있는 그대로 봐야 분별할 수 있어요. 예컨대 니체Friedrich Wilhelm Nietzsche의 비판본이 쓰인다면 그가 남겨 놓은 상태로 다시 보겠다는 뜻이지 부정적으로 보겠다는 것은 아닙니다.

우리는 긍정적 독서 교육을 많이 받았습니다. 그런데 소설의 경우, 교훈 찾기를 배우는 것은 위험하기 짝이 없습니다. 내 삶에 문제가 있어서 글을 읽는데, 그 글을 교훈성에 기초해서 읽으려고 하면 내게 있는 문제가 해결되기보다는 정당화되기가 쉽습니다.

──● 관습화된 읽기에서 벗어나기

앞으로 우리가 할 소설 읽기의 궁극적 목적은 어디에 있을까요? 톨스토이Lev Tolstoy를 잘 알자 또는 『이반 일리치의 죽음Smert Ivana Ilyitsha』을 잘 알자, 이런 것일 수도 있습니다. 하지만 제 생각은 지금 여기 우리 개인의 삶 그리고 우리가 살아가는 인위적인 패러다임들을 통찰해 보는 기회로 삼자, 소설의 현재성을 함께 생각해 보자는 겁니다. 앞으로 다룰 테마가 아무도 피할 수 없는

'죽음'을 비롯해 여러 가지입니다만, 우리가 흔히 알고 있는 긍정적인 관점보다는 비판적인 관점에서 다루겠다는 말씀을 드립니다.

강의를 시작하기 전에 주목할 것은 소설 읽기가 상당히 관습화되어 있다는 사실입니다. 저는 유학 가기 전까지 읽은 책이 소설밖에 없습니다. 제 사유 능력과 상상력은 다 소설 독서를 통해 만들어졌다고 생각합니다. 소설에 대한 개인적인 애정 때문인지 저는 소설이 점점 이상하게 기능화되는 점에 대한 분노가 많습니다. 책 한 권을 어떻게 읽느냐 하는 것은 내 삶을 어떻게 보느냐 또는 우리 사회, 우리 문화를 어떻게 보느냐 하는 것과 다르지 않습니다. 보는 방법이 회로화되어 버리면 뭘 보든 그 회로를 따라가게 됩니다. 그래서 책 한 권을 다시 보기 시작한다는 것은 곧 우리가 다른 영역에서도 충분히 새로운 관점을 가질 가능성을 발견하거나 경험하는 사례가 된다고 생각합니다.

초등학교부터 대학교까지 이어지는 교육이 뭘까요? 한마디로 말하자면 보기를 가르치는 것, 독서를 가르치는 것이라고 생각합니다. 우리 사회에서 유용한 방식, 잘 기능할 수 있는 방식의 읽기 또는 보기를 가르친다는 말입니다. 그래서 안 좋은 보기 방식이 생겨나고, 안 좋은 읽기 방식이 생겨났습니다. 사회가 권하는 방식을 따르지 않으면 왕따를 당하거나 논문이 통과되지 않거나 수능 점수가 안 나오는 불이익을 받아요. 하지만 아시다시피 소설이라는 것은 누가 어떤 방식으로 읽고 어떤 결론을 내든, 그게 정답이 되지는 않습니다.

우리 문화나 사회에서는 끊임없이 텍스트를 고전화하려고 애씁니다. 『이반 일리치의 죽음』 하면 어떤 책이다, 도스토옙스키Fyodor Dostoevsky의 『죄와 벌Prestupleniye I Nakazaniye』은 또 어떤 책이다. 이런 식으로 책을 읽으면 내용을 미리 알고 보는 영화처럼 재미가 없습니다. 또 그러려면 독서를 왜 하느냐는 문제가 제기될 수 있습니다.

────● 주관적 독서 대 자의적 독서

저는 정답을 드리기보다는 독서 모델을 하나 제시하려고 합니다. 그렇다고 해서 제가 읽은 방식을 여러분이 따를 필요는 없습니다. 소설 읽기의 해답은 내 경험과 소설 속 경험을 얼마나 연결하는가, 여기에서 다 나온다고 생각합니다. 우리가 일반적으로 배우는 독서에는 해석된 경험만 있고 내 경험이 빠져 있죠. 우리의 경험이 비슷하긴 해도 똑같지는 않습니다. 그리고 결정적인 것은 작은 차이, 뉘앙스에 있습니다. 뉘앙스를 통해 대상을 보기 시작하면, 이미 정해진 답이나 주어진 답이 내가 찾은 답과 전혀 다르다는 사실을 발견할 수 있습니다. 제가 이야기하고 싶은 독서 방법은 바로 이런 것입니다. 저도 독서를 비롯해 제가 살아온 경험과 무의식에 따라 소설을 읽고 만났습니다. 누구든 자기 식으로 소설을 읽어 낼 수 있다는 것을 여러분에게 보여 드리고 싶을 뿐입니다. 다만 책을 읽는 방법에 그 나름대로 설득력이 있으면 좋겠습니다.

이런 몇 가지 전제를 두고 각 테마와 소설을 연결해 살펴보려고 합니다. 때때로 해석이 지나치다고 느낄 수 있고, 보편화된 문제의식과 동떨어졌다고 볼 수 있고, 너무 개인적인 독법이라고 생각할 수도 있습니다. 가능한 한 보편성 있는 강의를 하도록 노력하겠습니다. 정해진 것을 반복하겠다는 뜻은 아닙니다. 단순히 자의적으로 읽겠다는 것이 아니라 과거의 담론 체계나 공유할 수 있는 일상의 경험을 통해 제 소설 독법의 유효성을 증빙하겠습니다. 설득력과 객관성을 가질 수 있도록 노력하겠습니다. 그 출발점은 주관성이라고 생각합니다. 바르트Roland Barthes가 보인 태도와 비슷하다고 볼 수 있죠. 주관적 독서가 결코 자의적 독서는 아니라는 것, 이제부터 저와 함께하며 조금씩 경험해 보길 바랍니다.

죽음

『이반 일리치의 죽음』, 레프 톨스토이

─────● 왜 죽음인가

톨스토이의 『이반 일리치의 죽음』을 가지고 죽음에 대해 이야기하겠습니다.

당대 문화 중 하나인 죽음에는 역사가 있습니다. 죽음은 인간에게 자연적 조건이지만 그것을 어떻게 받아들이고 어떻게 정의하느냐, 어떻게 죽어 가느냐는 시대마다 다릅니다. 톨스토이 소설은 19세기 말, 20세기 초의 죽음에 대한 이야기라고 할 수 있습니다. 이 작품을 읽으면서 우리가 죽음을 생각할까요? 거의 안 할 겁니다. 오늘날 한국 사회에서는 죽음에 대해 소외감, 격리감 같은 것을 느낀다고 볼 수 있습니다. 죽음은 시대에 따라 그 얼굴이 바뀌는데, 『이반 일리치의 죽음』은 근대 초기의 죽음에 대한 이해를 훌쩍 뛰어넘어 현대성 속에서 죽음의 문제에 접근하는 단초를 보여 주는 소설이라고 할 수 있습니다. 그래서 오늘날 우리가 이해하는 죽음과 연결된다는 생각이 듭니다.

하이데거Martin Heidegger가 『존재와 시간Sein und Zeit』에서 죽음에 대한

부분을 쓸 때 『이반 일리치의 죽음』을 주요 모티브로 삼았다고 고백했습니다. 여러분은 어떻게 읽으셨나요? 과연 독일 실존주의를 대표하는 철학자에게 영감을 줄 만큼 대단한 작품으로 느꼈습니까? 아니면, 죽음을 한번 생각하게 만드는 작품이라는 정도로 평가했습니까?

전반부에서는 자기기만과 허위의식에 대한 문제를 이야기해 볼 수 있습니다. 이반 일리치의 삶이 뭡니까? 저는 그걸 스노비즘, 허위의식에 물든 삶이라고 생각합니다. 갖지 않고도 가진 듯 꾸며서 살아가는 것, 자본주의 후기에 나온 문제 말입니다. 이반 일리치의 깨달음이 결국 이 모든 게 '가짜였다, 거짓말이었다'는 화두에 있지요.

그리고 소설 구성이 참 흥미로워요. 첫머리에 바로 죽은 이반 일리치가 나옵니다. 사람들의 조문에 이어서 이반 일리치가 자기 삶에 대해 이야기합니다. 오래 살지 못하고 마흔다섯 살에 죽은 그의 삶은 발병을 기준으로 크게 둘로 나뉘지요. 병들기 전엔 어떻게 살았는가? 이반 일리치가 궁극적으로 지향하는 삶이 화두로 드러납니다. 바로 '편안함'입니다. 그는 편안하게 살고 싶다고 이야기합니다. 죽을 때 마지막으로 경험하는 것도 '아, 이렇게 편할 수가!' 하는 편안함입니다. 이 두 가지 편안함, 그가 살아 있을 때 추구한 편안함과 죽음의 자리에서 비로소 발견하는 편안함이 전혀 다릅니다. 우리도 다 편안하게 살고 싶어 하죠. 고생하면서 살고 싶은 사람 없을 겁니다. 편안함이라는 키워드로 이 작품을 읽으면서 오늘날 우리가 살아가는 모습을 충분히 점검할 수 있습니다. 우리에게 편안함이 도대체 무엇이며 이반 일리치가 말하는 자본주의 시대의 귀족적 프티부르주아들이 가진 허위 또는 품위와 어떤 차이가 있는지, 시간이 흐르면서 그것이 더 나아졌는지 더 나빠졌는지 비교해 볼 만합니다.

─────● 친숙하고 길들여진 존재로서 죽음

『이반 일리치의 죽음』을 이해하는 배경으로 죽음의 역사부터 생각해 보겠습니다. 아리에스Philippe Ariès라는 아날학파 역사학자가 있습니다. 이 사람이 『죽음의 역사Essais sur l'histoire de la mort en Occident』에서 이야기하는 것이 중세 이래 현대에 이르는 죽음의 역사입니다. 그가 '길들여진 죽음', '자신의 죽음', '타인의 죽음'과 같이 몇 가지 개념으로 죽음을 분류합니다. 길들여진 죽음 이후 자신의 죽음이, 자신의 죽음 이후 타인의 죽음이라는 개념이 나오죠. 『이반 일리치의 죽음』에서 법관들이 이반 일리치의 사망 소식을 듣고 '난들 어쩌겠어. 그는 죽었지만 난 살아 있는데.'라고 생각을 하죠. 이런 생각이 타인의 죽음을 표현합니다. 이 뒤에는 '현대의 죽음'이 나오고 '금지된 죽음'의 시대가 옵니다.

길들여진 죽음의 시대에는 인간과 죽음 간의 전통적인 친밀성이 있었습니다. 중세 기사문학에서 기사들은 항상 죽음을 껴안고 살아가죠. 그들은 죽을 때가 왔다는 걸 스스로 확인하고 죽기 전에 말에서 내려 무기를 버리고 예루살렘이 있는 동쪽으로 머리를 두고 누우면서 죽음을 대비합니다. 중세 기사문학의 대표작인 『트리스탄과 이졸데Tristan and Isolde』에서도 이졸데가 트리스탄의 시신을 발견하고 그 곁에서 동방을 향해 눕습니다. 『이반 일리치의 죽음』에는 이반 일리치의 집에서 집사 일을 돕는 게라심이라는 농부가 나옵니다. 이 사람은 죽음 앞에서 이반 일리치를 중심으로 한 귀족이나 부르주아 집단과 달리 누구나 죽는다는 사실을 인정해요.

길들여진 죽음의 시대에는 죽음에 대한 자기 긍정도 존재합니다. 이 시대에는 죽음이 온 것을 알았을 때 그것을 맞이하는 의식, 제스처가 있습니다. 죽는 자가 죽음을 기다리기 위해 침상에 길게 누워 작별 의식을 치릅니다. 사랑하는 사람들이나 관계를 맺고 있던 사람들이 함께 죽음의 침상에 모입니다. 이 과정에서 죽어 가는 자와 그 사람을 보내는 자가 함께한 삶을 회상합니다. 작별 의식 뒤에는 조용히 죽음을 맞이하는 것으로 끝납니다. 아리에스 같은 사람들이 주목하는 것이 임종의 침상, 임종 공간입니다. 이 공간은 죽음이 어떻게 받아들여지고 이해되는지를 보여 줍니다. 일종의 공동체 공간이지요. 즉 개인의 죽음만이 아니라 모두가 있는 곳입니다. 모두라는 말은 어린이까지 포함합니다. 어린이도 들여보낼

정도로 자연스러운 공간인 셈입니다. 어느 한 사람의 죽음이 아니라 모두가 같이 안고 있는 보편적 사건이 존재하던 공간이죠. 인간은 몇 백 년, 몇 천 년 동안 이렇게 죽어 갔어요.

그러다 인간과 죽음 간에 개인적인 의미가 조금씩 부여되는 '자신의 죽음' 시대가 옵니다. 즉 모두의 죽음에서 자신의 죽음을 분리해 경험합니다. 예컨대 임종 장면을 묘사한 회화나 조각에서 죽어 가는 사람의 침상에 천사가 와 있는데, 모두가 그 천사를 본다면 그 죽음이 죽어 가는 자만의 사건이 아니라 모두의 사건이라는 것을 나타냅니다. 그런데 이와 다르게 임종 장면을 묘사하는 경우가 있습니다. 다른 사람들은 천사를 못 보고 엎드려 있는데 죽어 가는 사람만 천사와 시선을 맞추거나 의식을 치르는 모습입니다. 이런 것을 보면 모두의 죽음에서 개인의 죽음이 따로 이야기되었다고 할 수 있습니다. 하지만 이때도 죽음은 친숙하고 길들여진 존재로 남아 있었어요. 중세에서 르네상스 시기를 포함해 15세기 정도까지는 죽음이 보편적 사건으로 받아들여졌습니다. 그러다 죽음이 내 삶에서 분리됩니다. 죽음은 타인의 것이지 내 것은 아니라는 식으로 이야기되면서 타인의 죽음이라는 개념이 나오죠.

─────● 낭만화된 타인의 죽음

죽음이 타자에게만 일어난다고 보는 일종의 죽음 소외 과정이 생깁니다. 인간이 죽음을 찬양하고 극화하면서 감동을 얻고 독점하려는 경향을 보입니다. 자기 자신의 죽음에 더는 전과 같은 관심을 보이지 않고, 타인의 죽음을 낭만적이고 수사적인 것으로 받아들입니다. 죽음에 지나치게 의미가 부여되죠. 받아들이고 싶지 않은 것을 쫓아내는 방식 중 하나가 히스테리 같은 과잉 승화입니다. 과거 임종 장면에서 죽어 가는 사람과 조용하게 작별하고 회상 작업을 했다면, 죽음이 낭만화되고부터 과도한 슬픔과 승화 작업 같은 것이 격렬하게 나타납니다. 프로이트Sigmund Freud 이론을 빌리면 바로 히스테리죠. 히스테리가 나타난다거나 죽음을 승화된 상태로 규정하면서 죽음에 대한 두려움을 동경으로 바꿔 투사하는 현상이 생깁니다. 삶에서 이루어지지 않는 행복을 죽음의 영역에 투사해요. 죽음이 우리와 함께 존재하며 삶을 구성하는 구체적인 사건이 아니라 멀리 떨어진 영역의 사건으로 규정되면서, 내가 현실에서 가진 불만이나 문제를 낭만적으로 투사할 대리 만족 공간 같은 것이 나타납니다.

'타인의 죽음' 시기에 일어나는 또 다른 큰 변화는 유언장입니다. 옛날 유언장에는 못다 한 이야기나 공동체를 위한 이야기가 담겼는데, 사유재산이 문제가 되는 유언장이 등장합니다. 묘지에 대한 지나친 숭배도 일어나지요. 과거에는 묘지가 따로 없었습니다. 서구에서는 시신을 교회 뒷마당에 버리면 그만이었다는데, 묘지가 개인화되고 큰 의미를 지니면서 숭배 대상이 되어 갑니다. 그래서 아리에스가 '관 속은 텅 비어 있는데 묘지는 의미로 가득한 장소가 되어 간다'고 말하기도 했습니다. 죽은 사람은 잊어버리고 묘지에 만 큰 의미를 부여한다는 뜻입니다.

우리 사회에서도 경제적, 정치적 권력층이 묘지를 얼마나 중요 하게 생각합니까? 특권층만 그런 것도 아니죠. 우리에게는 일반적 으로 조상숭배 문화가 있습니다. 그런데 관 속에 있는 사람을 기억 하는 문제와 묘지에 대한 의미 부여가 격리되지 않았나요? 아리에 스의 이야기처럼, 우리는 관 속에 있는 사람을 기억하지 않습니다. 왜? 죽었으니까. 그렇지만 묘지의 상징성은 여전히 남아 있습니 다. 묘지의 의미는 족보, 가계, 계보처럼 내 미래를 결정하는 신화 적 장소로서 점점 더 중요해집니다.

─────● **수치스럽고 금기시된 대상**

죽음의 역사를 다룬 아리에스가 마지막에 '금지 된 죽음'이라는 이름으로 현대의 죽음을 말합니다. 일단 타자의 것 으로 인식된 죽음은 금기가 되죠. 지인이 죽고 그 장례식에도 가는

데, 과연 우리가 삶 속에 죽음을 안고 있는가 또는 우리가 아는 삶이 죽음 없는 삶인가를 생각해 볼 필요가 있습니다. 죽음이 금기시되는 모습은 여러 가지로 나타납니다. 일단 은폐되기 시작합니다. 죽어 가는 사람에게 죽음을 알릴지 말지가 심각한 문제로 대두됩니다. 내 어머니가 암에 걸렸다, 이 사실을 알릴 것인가 말 것인가? 대체로 알리지 않죠.

왜 죽음이 거짓말의 대상이 되는가, 왜 죽음을 당사자에게 알려서는 안 되는가를 생각해 봅시다. 결국 죽음은 삶에 전혀 도움이 되지 않는다는 것이고, 행복하게 살아온 사람이라면 그 행복은 죽음과 분리된 덕분에 얻었으니 죽음의 침입으로 그것이 허위가 되게 하지 않겠다는 의미가 있습니다.

그다음에 아리에스는 현대인들은 집이 아니라 병원에서 죽는다는, 즉 죽음의 장소가 공공장소로 이동되었다는 사실을 말합니다. 얼마 전까지만 해도 우리 사회는 돌아가실 때가 된 분을 일부러 집으로 모셨습니다. 저희 할아버지는 집에서 돌아가셨어요. 지금은 어떤가요? 죽을 때가 된 사람을 군이 병원으로 데려갑니다. 죽어 가는 자가 집에서 병원으로 이동하는 것을 푸코Michel Foucault식으로 이야기하면 격리 작업입니다. 좋게 말하면 치료를 위한 것이지만, 죽어 가는 자를 삶의 공간으로부터 격리하겠다는 뜻으로 볼 수 있습니다. 과거에 가족, 친지와 자신의 죽음을 함께할 수 있는 사람은 다 집에서 죽을 수 있었습니다. 거지, 노숙자처럼 길에서 죽을 수밖에 없는 사람들을 수용하는 장소가 병원이라는 공공 영역이었습니다. 그런데 어느 사이에 돈 없는 사람은 집에서 죽고, 돈 있는 사람은 병원에서 죽는 식으로 뒤바뀌었습니다. 여러 이유가 있어요. 그중 하나는 죽음과 삶이 극단적으로 갈라졌기 때문입니다. 죽음은 결코 삶의 공간에 자리 잡으면 안 되는 것이 되었습니다. 그래서 삶의 공간과 죽음의 공간이 달라야 한다는 죽음 소외, 죽음 분리가 제도화되고 있습니다.

———● 죽음의 시장화

이 정도만 해도 큰 문제는 아닙니다. 문제는 죽음의 시장화입니다. 죽어 가는 사람을 병원에 모셔 놓으면, 정말 참담한 일들이 일어날 수 있습니다. 이들이 병원에 들어가서 어떤 기능을 하는지 생각해 봅시다. 극단적으로 말하면, 병원 배불리는 작업을 합니다. 죽음의 마지막 단계에서 병원은 죽어 가는 시간을 연장하는 곳이 됩니다. 의료 행위라는 이름 아래 이러저러한 장사가 계속 벌어진다는 것을 부인할 수 없습니다. 그뿐인가요? 유감스럽게도 생체 실험이 진행됩니다. 치료라는 명목하에 인체의 비밀을 마지막 단계까지 해체하기 위한 실험 재료로 죽어 가는 이들이 제공되는 사실, 이를 통해 의학은 끊임없이 발달하고 죽어 가는 자들의 품위는 점점 상실될 수밖에 없습니다. 게다가 이런 것들을 정당화할 제도적 장치가 필요해지면서 품위 있게 죽는 것은 병원 가서 죽는 것이라는 이데올로기가 형성됩니다. 의료 행위의 대상이 되어 충분히 치료받으며 할 수 있는 모든 가능성, 살 수 있는 모든 가능성을 내 몸으로 겪어 본 다음에 죽어야 품위 있는 죽음이라는 것입니다. 하지만 이것은 죽는 사람과 죽는 사람을 보내는 사람들의 생각이 절대로 아닙니다. 병원과 자본주의가 엉키고 과학주의가 더해진 데다 현대성을 규정하는 여러 패러다임까지 착종되면서, 자본주의 시스템 속에서 죽어 가는 자가 죽는 순간까지도 어떤 기능을 수행하도록 부담을 지우는 행위라고 볼 수 있습니다. 생산력을 충분히 다 발휘한 다음, 그제야 죽을 수밖에 없는 상황으로 읽어 낼 수도 있습니다.

이런 상황에는 의식화가 필요하기 때문에 효 개념에 따른 감시 체계가 작동합니다. 어떻게 돌아가시는 분을 집에 그냥 두냐는 남들의 시선이지요. 전 재산인 집 한 채를 날려서라도 돌아가시는 분이 병원에서 품위 있는 죽음을 맞도록 하지 않으면 안 된다는 강박관념이 우리를 꼼짝 못 하게 만듭니다. 죽음 장사인 의료 행위를 정당화하는, 그 누구도 거부할 수 없고 비판할 수 없을 만큼 견고한 이데올로기 장치가 지금 작동되고 있습니다.

사실 죽어 가는 사람마저 병원에서 죽고 싶어 한다는 게 더 큰 문제죠. 마지막까지 치료받을 가능성이 주어지지 않으면 억울해하고 비관합니다. 어떻게 생각하십니까? 할 수 있는 의료 행위와 검사를 모두 하고 나서 끝내 보내 드리면 할 일 다 했다는 도의적 편안함을 느끼지 않을까요? 어쩌면 돌아가시는 분도 마지막까지 모든 수난을 겪은 뒤에야 '그래 나는 할 것 다 했다.' 하고 편안하게 돌아가실지도 모르죠. 그 수난을 당하지 못한 분은 억울한 심정으로 돌아가실 수도 있습니다.

한편 법적 장치도 있습니다. 존엄사 문제 아시죠? 살 때는 인간의 존엄성을 인정하지 않다가 죽을 때 갑자기 생명 이데올로기를 내세우며 존엄사를 불가능하게 만드는 법적 장치들이 있습니다. 우리는 감춰져 있던, 인정하고 싶지 않던, 언로가 봉쇄돼 있던 문제들을 비판적으로 응시할 필요가 있습니다. 다 자본주의 총체성 안에서 벌어지는 일입니다. 이것이 바로 현대의 죽음입니다.

아리에스가 이야기하는 예가 하나 있습니다. 친구의 아버지가 중환자실에 누워 있는데, 온갖 기술이 투입되어 신체를 완전히 점령해 버립니다. 잔인한 이야기지만, 우리 몸은 살아 있는 몸이 아니라 로봇같이 됩니다. 하지만 중환자실에서 벌어지는 이런 현상을 괴기 영화 보듯 하는 사람은 없습니다. 으레 그러려니 하지 않나요? 그런데 꼭 그래야 하나요? 갖가지 관이며 바늘을 꽂아 넣고 나면 사람 몸이 아니라 기계 덩어리가 됩니다. 그런데 그렇게 죽어야 품위 있게 죽었다고 합니다. 앞에서 말한 친구 아버지는 갑자기 의식을 찾고, 자신에게 달라붙어 있던 것을 다 떼면서 이렇게 외쳤다고 합니다. "이 사람들이 나에게서 죽음을 박탈하고 있다." 이 말에 오늘 테마가 담겨 있습니다.

────● 빼앗긴 죽음의 권리 찾기

처음에는 죽음의 권리가 나에게 있었습니다. 죽을 때가 되었다며 동쪽으로 머리를 두고 온몸을 쭉 뻗고 누워 죽음을 기다리는 중세 기사의 모습은 죽음이 내 권리라는 것과 그 권리의 수용을 보여 줍니다. 그런데 나도 모르게 어느새 죽음이 나에게서 식구에게로, 식구에게서 의사에게로, 의사에게서 병원으로 옮겨져 버렸습니다. 죽음이 더는 내 권리가 아닙니다. 나 자신은 어쩌지 못하고 그들이 관리합니다. 이런 점에 기초해 강의의 테마를 빼앗긴 죽음과 죽음에 대한 권리 되찾기로 정하고, 이것을 『이반 일리치의 죽음』을 읽는 관점으로 제시하고 싶습니다.

우리가 죽음을 박탈당한 상태, 모든 죽음이 제도화되고 이데올로기가 되어 버린 상태에 대해 생각해 볼 필요가 있습니다. 죽음을 앞둔 사람은 그냥 죽지 못합니다. 죽음 장사에 도움을 줘야 합니다. 예전에는 사람이 죽으면 시신에게 수의를 입히는, 염殮하는 기술이 있는 이에게 도움을 받았을 뿐입니다. 이제는 상조 기업이 생기고 이 기업에 대한 투자 행위가 이루어지면서 죽는 순간까지 시장에 도움을 줘야 합니다. 세분화된 상조 서비스를 다 치러야 겨우 죽을 수 있습니다. 그리고 모든 기능을 끝낸 뒤에는 기억되지 않죠. 잊힙니다. 잊히기까지가 이렇게 힘듭니다.

그러나 반드시 기억해야 하는 두 사람이 있습니다. 한 사람은 죽어 가는 당사자입니다. 이 사람은 죽음이 금기가 되었기 때문에 죽음의 아픔이나 고뇌에 대해 말하지 못합니다. 그러다 병원에서 절대 고독 속에 죽어 갑니다. 엄중한 의미에서 현대의 죽음은, 죽음에 대한 권리를 박탈당한 채 허가받을 때까지 못 죽는 겁니다. 완전한 표현의 자유를 누릴 수 없게 하는 겁니다. 기억해야 할 또 다른 사람은 바로 기억하는 사람입니다. 오랫동안 사랑하던 사람이 떠나면 남은 사람도 머지않아 그 사람을 따라가는 경우가 많습니다. 사회는 남은 사람에게 다 끝났다면서 이제 망각만 남았으니 산 사람은 살자고 하지만, 그렇게 못 사는 사람들이 있습니다. 이 사람들도 죽은 사람처럼 말을 못 합니다.

죽을 때 고독 문제는 아무도 피할 수 없습니다. 현대인의 죽음에서 마지막 거점이 바로 절대 고독입니다. 『이반 일리치의 죽음』에서 이야기되는 것이 바로 절대 고독입니다. 죽음을 둘러싼 거짓과 그 거짓 속에서 자기 죽음을 감당할 때 피할 수 없는 절대 고독의 공간에서 어떻게 죽음의 권리를 되찾는가? 그것이 이 작품이 이야기하는 관점이 될 수 있습니다.

벤야민Walter Benjamin은 1차세계대전이 그 전까지 전통적으로 인간의 신체가 가지고 있던 경험 또는 관념을 철저히 파괴한 사건이라고 말했습니다. 그리고 이것을 1차세계대전 이전 경험의 상실이라고 했어요. 예전에는 마을 공동체가 있어서 그 안에서 저마다 정체성을 만들고 이 정체성을 통해 다시 공동체를 만들었겠지요. 죽음이라는 사건도 모든 것이 연결된 관계에서 일어나기 때문에, 공동체에서 죽어 가는 사람의 의미가 부여되고 기억 작업도 당연히 전승되었을 겁니다. 공동체가 이어지면서, 그 사람에 관한 기억이 사라지지 않고 그 사람이 나와 관계를 맺게 되겠죠. 한 사람이 동떨어진 개체라기보다는 공동체에 존재하는 필요충분조건처럼 여겨졌어요. 이런 전통적 관점으로 사람의 몸에 대해 배우고 살던 한 젊은이가 갑자기 전쟁터로 간다고 해 보죠. 그곳에서 폭탄이 떨어지면 사람들이 먼지처럼 없어져 버리는 것을 보겠죠. 종합적 형상인 신체가 해체되는 모습을 보는 체험, 이런 현대성 체험에 따라 그 전까지 유지되던 모든 전통적 관념이 더는 유지될 수 없게 파열되고, 죽음이라는 개념이 다시 태어났다고 볼 수 있습니다. '아, 저렇게 그냥 없어지는구나.' 하는 생각을 그 전에는 상상조차 할 수 없었습니다. 그런데 전쟁터에서 사람이 벌레처럼 죽는 것을 보면서 사람의 몸이 전승되던 관념으로부터 이탈됩니다. 그러고 나면 당연히 내 몸을 방어해야 한다는 이기적 신체성이 나타나죠.

다시 말해, 죽음의 의미 체계가 현대에 와서 아예 해체되어 버렸습니다. 죽음이 인간의 의미 체계로 들어오면 안 되는 것, 들어오면 모든 의미 체계가 해체될 수밖에 없는 악惡의 의미를 띠게 됩니다. 그러면서 나는 결코 그런 죽음을 감당하지 않겠다는 강박, 삶에 대한 지나친 집착, 무슨 일이 있어도 죽음으로부터 삶을 지키겠다는 히스테리가 일어납니다. 앞서 말했듯이 이런 현상이 의식 차원에 그치지 않고 자본주의와 연결되어 돈벌이 문제가 되기도 하죠. 돈벌이를 옹호하고 시장을 보존하며 확대하기 위해 전통적 죽음에 대한 도덕성이 따라붙습니다. 실제로는 전혀 유용하지 않은 이상한 이데올로기가 생겨나고, 우리는 아무것도 할 수 없는 상태가 됩니다. 절대 고독이라는 죽음의 권리를 박탈당한 상황 속으로 모두 진입하지 않으면 안 되게 됐습니다.

오늘날 죽음은 장사에 가깝습니다. 실제로 기본 논리가 인신매매와 같아요. 그것도 죽어 가는 사람을 끌어다 진행되죠. 죽기가 너무 힘듭니다. 이반 일리치도 '나 좀 죽게 해 달라'고 말합니다. 이러저러한 이유를 들어 죽지 못하게 하기 때문입니다. 죽기가 얼마나 힘든지, 마침내 떠나는 때가 빨리 오기를 바랄 수도 있는 겁니다. 어떻게 생각하십니까? 문화사적으로는 죽음이 현대성의 핵심이라고 할 수 있습니다. 죽음이 너무 어두운 테마라서 이야기하기를 꺼리고 그것을 단순히 생체적·자연적 문제로만 받아들이지만, 실제로는 죽음이 얼마나 우리 삶에서 핵심으로 작용하며 우리를 지배하고 있는지 깊이 생각해 봐야 합니다.

톨스토이의 기독교 윤리와 이웃 사랑

위대한 소설가인 톨스토이는 귀족 출신 지주였습니다. 일찍이 부모님이 돌아가셔서 고모 집에 살았죠. 원래 법관이 되려고 했는데 차르 시대, 즉 제정러시아 마지막 단계에 인간의 문제에 눈을 뜹니다. 당시 상황은 『닥터 지바고Doktor Zhivago』 같은 작품을 보면 알 수 있습니다. 자본주의가 유입된 차르 시대의 지배계급은 크게 셋으로 나뉩니다. 하나는 종교, 러시아정교 집단입니다. 또 하나는 귀족이고, 나머지 하나는 막 등장하기 시작한 자본주의 부르주아입니다. 이 세 집단의 지배하에 공장노동자와 농민 들이 있습니다. 러시아 농민의 수난사를 보면 정말 끔찍합니다.

귀족이던 톨스토이가 농민과 프롤레타리아 계급 때문에 대전환을 이루게 됩니다. 여기에 그가 오랫동안 몸담았던 종교성이 연관되지요. 그는 러시아정교가 형식적이라며 엄청나게 비판합니다. 실제로는 귀족 세력, 초기 부르주아 세력과 똑같은 세계관을 가지고 있으면서 형식적 의례만 지키는 탈세속적 종교를 비판한 겁니다. 최후의 만찬에서 예수가 제자들에게 빵과 포도주를 주며 '포도주는 나의 피고 빵은 나의 살'이라고 말합니다. 이를 두고 종교는 예수의 신성, 죄의식, 끊임없는 기도, 정해진 규율을 따르는 삶만 이야기하죠. 톨스토이는 이런 종교가 구체적이고 실제적인 가난과 비인간적인 삶은 전부 도외시하는 것을 봅니다. 그리고 이렇게 말합니다. "최후의 만찬에서 나누어 주는 빵은 절대 살이 아니다. 그것은 빵이다. 예수님은 가난한 사람들에게 빵을 준 사람이지 상징을 보여 주는 사람이 아니었다." 그는 종교에서 원칙으로 삼고 강조하는 구원, 부활 같은 덕목을 다 폐기하고 이웃 사랑을 가장 중요한 덕목으로 여겼습니다. 우리 형편도 마찬가지입니다. 죄의식, 기도, 구원 정도는 주장해도 구체적인 이웃 사랑은 부담스럽게 생각하죠. 정작 필요한 실천은 거론하지 않습니다. 톨스토이의 가장 중요한 생각은 이웃 사랑이 기독교의 핵심이라는 것입니다. 나머지는 전부 가식이라면서 외면했습니다. 그래서 교회 권력으로부터 미움을 사고 파문당합니다.

톨스토이의 또 다른 관심은 교육에 있었습니다. "내가 강가를 가다 보면 사람들이 여러 명 빠져 죽을 지경이다. 저 중에 누굴 구할 것이냐?" 이런 질문을 하면서 그 답으로 교육을 내놓았습니다. 가난한 사람, 농민, 프롤레타리아를 대상으로 학교를 세워 무상교육을 해요. 대안교육으로 알려진 발도로프 학교의 뿌리가 바로 톨스토이의 교육 모델입니다.

결국 톨스토이 세계관의 뿌리는 윤리 또는 도덕에 있습니다. 여기에 종교가 엉키면서 이웃 사랑이라는 특유의 실천적 개념이 나옵니다. 이를 통해 그는 농민과 프롤레타리아를 돌보지 않는 차르 세력과 귀족 그리고 끊임없이 잉여가치를 창출하려고 하는 경제 권력을 전방위적으로 비판하고 그들로부터 적대당합니다. 그리고 이때 그가 쓴 세계적 명작 『전쟁과 평화*Voina i Mir*』, 『안나 카레니나 *Anna Karenina*』가 보호막 구실을 합니다.

톨스토이는 제도에 기대기보다는 밑으로부터 자발적인 공동체를 형성하고 연대하려는 생각이 있었습니다. 그래서 자기 재산을 내놓고 도덕과 인간의 힘으로 기독교 이념을 이루겠다는 위험한 사유의 실현에 노력을 기울였습니다. 그의 부인 소피아 이야기를 해 보죠. 평생 내조에 힘쓴 것으로 유명한 이 사람이, 지독한 악필이던 톨스토이 대신 『전쟁과 평화』를 정서하고 일곱 번이나 교정·교열해서 완성했다고 합니다. 그런데 톨스토이가 죽을 때가 되어 큰 결단을 내리고 모든 재산을 포기하려고 하니까, 그녀가 안 된다며 거부했고 자식들도 마찬가지였습니다. 이에 실망한 톨스토이는 어린 막내딸을 데리고 무작정 방랑에 나섭니다. 그러다 어느 기차역에서 죽죠. 이런 톨스토이의 일생을 생각하면, 기독교 윤리와 이웃 사랑이 『이반 일리치의 죽음』을 읽는 데 관건이 됩니다.

─────────● **소설 속 시점과 시간의 구성**

『이반 일리치의 죽음』 구성 문제를 이야기해 보겠습니다. 먼저, 시점의 구성이 특이합니다. 이반 일리치는 법원 판사로 재직하다 마흔다섯에 죽습니다. 그가 죽은 다음 판사 몇 명이 조문하는 상황에서 소설이 시작됩니다. 죽은 이반 일리치를 다른 사람들이 응시하는 상황입니다. 그 뒤에는 이반 일리치가 자신의 시선으로 자기 삶을 응시합니다. 내부 시선, 즉 그의 시선은 동시에 두 공간으로 갈라집니다. 하나는 병들기 전, 죽음이 삶에 들어오기 전이고 다른 하나는 병든 다음입니다. 그가 병든 뒤 처음에는 자기 죽음에 대해 의사에게 의지하지만, 차츰 죽음에 대한 자의식이 생기고 외부 문제였던 죽음이 그 자신에게 침투되면서 절대 고독의 공간에 도달합니다. 이 소설에서 특히 주목해야 하는 것은 절대 고독 이후에 나타나는 공간입니다. 묘하게도 죽은 뒤, 그러니까 사망 선고를 받고도 여전히 이반 일리치가 살아 있는 것으로 보이기 때문입니다. 그는 의사가 사망 선고하는 소리를 듣습니다.

> "끝났습니다!" 누군가 그를 내려다보고 말했다. 그는 그 말을 듣고 마음속으로 되풀이했다. '죽음은 끝났어.'라고 그는 자신에게 말했다. '더 이상 존재하지 않아.' 그는 숨을 한 차례 들이마셨다. 절반쯤 마시다 숨을 멈추고 긴장을 푼 후 숨을 거두었다. ─ 112쪽

이상하지 않나요? 숨을 절반쯤 마시다가 끊었다는 겁니다. 누가 끊었나요? 수동형인가요? 능동형인가요? 분명히 능동형입니다.

죽어 가는 자가 한 일입니다. 그럼 자살이잖아요? 앞에 이미 이런
말이 나옵니다.

'맞아, 저들에게 내가 몹쓸 짓을 하고 있는 거야.'라
고 그는 생각했다. '저들에겐 미안하지만 내가 죽는
게 저들에게도 나을 거야.' 그는 그렇게 말하고 싶
었지만 말할 힘이 없었다. '가만있자. 말이 무슨 소
용이야. 행동하면 되지.'라고 그는 생각했다. ─111쪽

이반 일리치는 계속 안 죽으려고 버티다가 가족들을 가엾게 여
기면서 빨리 죽어야겠다고 결정합니다. "가만있자. 말이 무슨 소
용이야." 여기서 '말'이 부르주아 계급의 허위의식을 뜻합니다. 결
정적인 것은 아주 작은 차이입니다. 뉘앙스죠. 이걸 못 읽으면 온
통 거짓말로 개같이 살다가 병든 뒤 자기 삶의 허위를 깨닫고 죽었
다는 아주 뻔한 이야기가 될 수 있습니다. 수능 같은 시험을 준비
하면서 이 대목을 읽으면 죽음이 갑자기 아름답고 좋은 선생님이
됩니다. 이것이 교육이고, 우리는 이런 교육을 받아 왔습니다. 톨
스토이가 죽음에 대해 전격적으로 문제를 제기하면서 넣은 문장이
우리에게는 전혀 보이지도 않아요.

이반 일리치는 자살했습니다. 그런데 자살은 터부, 금기죠. 사람
이 스스로 목숨을 끊는 설정은 있을 수도 없습니다. 기독교적으로

는 신이 주신 목숨을 끊으면 지옥 갈 일입니다. 유교적으로는 부모에 대한 불효지요. 생명이 얼마나 귀중한데 포기하는가, 이런 식으로 이야기됩니다. 실제로는 끊임없이 타살당하고 있는데도 말입니다. 도대체 자살이 뭡니까? 어떤 의미가 있을까요? 제도적으로 부정된, 인간의 한 부분을 통해 전체를 다시 보려는 노력이 필요합니다. 전복적 관점과 사고가 필요합니다. 문학은 원래 우리가 알고 있는 것의 연결을 끊는 힘입니다. 이미 아는 것을 또 이어 간다면 의미가 없죠. 저는 늘 독서가 전복이라고 말합니다. 다르게 읽어야 합니다. 바로 이것 때문에 함께 읽어야 합니다. 이반 일리치는 그토록 바라던 편안함을 얻기 위해 숨을 끊었다고 볼 수 있습니다. 그럼 거기까지 도달하는 과정이 어땠는가를 생각해 봐야 합니다.

　시간 구성에 대해 생각해 봅시다. 총 12장입니다. 처음에는 시간이 느릿느릿 흐르다 점점 빨라집니다. 마지막에 가까운 11장, 12장에서 시간은 전쟁터처럼 정신없이 빨라집니다. 죽음의 마지막 과정은 죽음으로부터 두 시간 전이고, 이반 일리치의 관점에서는 한 시간 전에 결정적인 사건이 일어납니다. 아들이 이반 일리치의 손을 잡고 울음을 터뜨리자 혼절했다가 깨어난 이반 일리치가 이를 보고 어떤 변화를 일으키는 시간입니다. 외부 시선으로는 두 시간이 지나면서 모든 것이 끝납니다. 그런데 앞에 말한, 죽었는데 죽지 않은 이상한 시공간이 생겨납니다. 이 시공간이 끝나야 진짜 죽음입니다. 이반 일리치 외부에서는 사망이 선고되지만, 그 이후 그가 스스로 숨을 멈추면서 비로소 사망에 이릅니다. 사망 선고와 사망이 구분됩니다. 마지막 문장에 주목할 필요가 있습니다. 사망 선고 너머까지 연장되도록 빨라지는 시간과 다 끝났다는데도 이반 일리치가 독백하는 공간, 이 특별한 시공간에서 바로 죽음의 권리가 회복된다고 할 수 있습니다.

죽음의 권리를 되찾는다는 테마를 통해 우리의 사유 체계가 이분화된 것을 알 수 있습니다. 우리의 감각이 도덕의 이분법에 따라 좋은 것과 나쁜 것, 이런 식으로 구분되는 경우가 많습니다. 그런데 진실의 상당 부분은 우리가 아는 부정적인 데 있다는 것을 문학을 통해 깨달아야 합니다.

진실은 두려움의 대상이기 때문에 부정적인 것으로 가려집니다. 앎을 통해 모든 비밀을 해체하려는 것은 사실 제국주의적인 면이 있습니다. 예를 들어, 정신분석학이 뭡니까? 마음의 비밀을 다 파헤치겠다는 것이죠. 이 전방위적 과정을 문명화라고 합니다. 하지만 자연의 뿌리까지 파헤치겠다는 것은 지배하겠다는 말과 같습니다. 좋게 말해 과학이지, 알면 이용하기 마련입니다. 그리고 조작하게 됩니다. 이런 과정을 피할 수가 없습니다. 인문학도 '정신'과 '학'입니다. 방향을 잘못 잡으면 제국주의적인 것이 됩니다. 인문학의 핵심은 비판입니다. 진실은 두려운데, 그래도 인문학은 진실을 추구하고 이야기합니다. 거짓말로 교훈이나 전하고 실체를 가리는 베일을 씌워 아름답게 꾸미면서 긍정의 미학이나 이야기하는 것이 아닙니다. 인문학은 급진적이고 용서 없으며 가장 자연과학적이라고도 볼 수 있습니다.

인문학이 과학이면서 그 과학을 비판적으로 응시해야 하는데, 지금 어떤 길을 가고 있는지 보세요. 인간은 모든 자연을, 인간 자신도 대상화하면서 끊임없이 앎을 추구해 왔습니다. 우리가 누리고 있는 긍정적인 삶의 요소들이 이 앎에서 얻어지지 않았습니까? 그런데 아도르노Theodor Adorno는 앎이 진실을 드러내고 경험하고 유지하기보다는 진실을 감추고 도외시하는 방식으로 전개되었다면서 이를 '계몽의 변증법'이라고 말합니다. 그래서 우리는 알려고 하는 욕망이 있어도 진실과 마주치기를 두려워합니다. 아파서 병원에 가 검사받을 때 겁나지 않을 사람이 없겠지요? 이런 점을 봐도 우리는 진실에 대해 근본적인 두려움이 있습니다. 지식은 전방위적으로 추구하면서 진실은 두려워합니다. 앎이 진정성을 띠려면 두려움을 돌파하는 것이 중요한데, 저는 이런 앎의 방식 중 하나가 문학이라고 생각합니다.

─────● 소설을 읽는 세 가지 관점

소설은 그때그때 다른 관점으로 읽을 수 있습니다. 초점을 어디에 맞추느냐에 따라 중심이 옮겨지고 전혀 다르게 읽히는 것이 소설입니다. 『이반 일리치의 죽음』은 기본적으로 세 가지 관점에서 읽어 낼 수 있습니다. 첫 번째는 사회 비판적인 면입니다. 당대 부르주아 계급에 대한 비판이 전반부를 거의 다 차지합니다. 톨스토이가 이 소설을 쓰면서 힘주어 말하려던 것이 무엇일까를 생각할 때 어쩌면 죽음보다 당대 사회에 대한 비판이 아닐까 싶을 정도로 강력하고 분량이 많습니다. 이반 일리치의 삶 자체가 사회 비판으로 읽히기도 합니다. 두 번째는 이 강의에서 제시한 죽음의 권리를 되찾는 면입니다. 즉 당대 상황에서 박탈당한 죽음을 어떻게 회복하는가에 주목해서 읽을 수 있습니다. 마지막은, 성경과 비교해 보는 것입니다. 예수가 유다에게 배반당하고 빌라도의 심판으로 사형선고를 받아 십자가에 매달려 죽어 가는 과정이 신약에서 대표적인 스펙터클인데, 소설이 이를 모델로 삼은 사실을 알 필요가 있습니다.

톨스토이가 기독교적인 죽음관을 드러내려 한 면도 봐야 합니다. 십자가 사건에서 예수의 마지막을 보면 이 소설과 비교할 만한 세 가지 말이 있습니다. 겟세마네 동산에 올라가서 혼자 기도하죠. 고통스러운 기도를 하며 '할 수 있다면 이 잔을 좀 거두어 달라'고 말합니다. 극렬한 고통의 표현입니다. 그리고 십자가에 매달려서 말합니다. "왜 나를 버리셨습니까?" 이것은 자기부정이며 하나님을 향한 항의입니다. 그러나 마지막에는 '다 이루었다'고 말합니다. 우리는 이 세 가지 말이 『이반 일리치의 죽음』 끝부분에서 그대로 재현되는 것을 볼 수 있습니다. 마지막에 부활이라는 사건과도 연결되지요.

─────── ● **허위의식에 찬 속물의 삶**

첫 번째로 당대 부르주아, 종교, 거짓 삶에 대한 비판에 주목해 봅시다. 1장에서 브리지 게임을 하던 판사들이 이반 일리치가 죽었다는 소식을 듣고 반응하는 모습에서 자기기만적인 권력의 단면이 보입니다. 죽음에 주목하면, 이들이 죽음으로부터 얼마나 소외되어 있는지도 보입니다. 이들이 조문하는 자리에서 어떤 일이 벌어집니까?

> 죽은 이들이 다 그렇듯이 그의 얼굴은 훨씬 보기 좋았다. 게다가 살아 있을 때보다 더 의미심장해 보였다. (…) 얼굴 표정은 산 자에 대한 원망, 경고 같은 것도 담고 있었다. 그러한 경고를 표트르 이바노비치는 적절치 않다고 여겼다. 아니 적어도 자기 자신에게는 해당되지 않는다고 생각했다. 그렇긴 해도 왠지 찜찜한 기분이 들어 표트르 이바노비치는 다시 한 번 서둘러 성호를 그었는데 그 자신이 생각해

도 실례가 될 정도로 너무 급히 그었다. 그러곤 몸
을 돌려 문을 향해 걸어갔다. —15쪽

　이반 일리치의 법학교 동창이자 동료 법관인 표트르 이바노비치
는 죽은 이반 일리치의 얼굴 앞에서 자기 죽음을, 의식적으로 소외
하던 죽음을 결코 피할 수 없음을 보여 줍니다. 죽음으로부터 벗어
나고 극복한 상태라면 여느 때처럼 점잖게 행동하고 돌아설 수 있
어야 합니다. 하지만 죽은 사람을 보고는 급하게 성호를 긋고 도망
갔다는 것입니다. 왜? 뭔지는 몰라도 무섭고 피해야 할 것 같다, 이
런 말입니다. 죽음이 쫓아낸다고 없어지나요? 의식이 쫓아내고 망
각하더라도 신체는 기억합니다. 죽은 자를 보니 신체가 반응합니
다. 어쩌면 반가워하는지도 모르죠. 의식은 그 반응에 따라 도망치
는 것입니다.

　그다음부터는 이반 일리치가 자신의 삶을 내부적으로 응시하며
아주 세밀한 이야기를 합니다. 죽음의 사자인 병이 침투한 후 그의
삶이 걸어 온 길에 대해 천천히 이야기하죠. 그가 법관으로서 어떻
게 살았으며 인생관은 어땠는지가 드러나는데, 이는 결국 당대 부
르주아 계급의 자기기만적인 삶입니다.

　병들기 전까지 이반 일리치의 삶은 어떻게 정의할 수 있을까요?
저는 스노비즘이라고 하고 싶습니다. 책에는 한마디로 딱 나옵니
다. '즐겁고 편안하며 법도에 맞는' 인생. 그런데 편안함이 뭔가요?

이 편안함을 얻으려고 이반 일리치는 모든 노력을 기울입니다. 이 것이 허위의식입니다. 사실은 자기에게 있지 않은 것을 있다고 생 각하는 것, 사실은 부정적인 것을 긍정적으로 받아들이고 소유하 고 있다는 의식입니다. 이 허위의식이 프티부르주아의 인생관이고 세계관이죠.

이 소설에서 '즐겁고 편안하며 법도에 맞는' 삶은 두 가지로 구 성됩니다. 하나는 귀족 가문의 여성과 결혼한 것인데요, 이를 통해 모든 선택의 기준이 자신이 아니라 상층 계급의 삶이라는 것이 드 러납니다. 이렇게 상류사회에 대한 선망을 품은 사람은 상류사회 에 순종합니다. 옳고 그름을 따지지 않습니다. 상류사회의 것은 무 조건 옳죠. 노예와 같습니다. 그러나 본인은 순종이라고 생각하지 않습니다. 자기 삶을 찾아간다고 생각하죠. 다른 하나는 하류사회 에 대한 무관심입니다. 이것은 당연히 하층민에 대한 철저한 경멸 로 이어집니다. 계급화죠. 상류층의 품위를 지닌다는 것이 실제로 는 하류층에 대한 차가운 경멸로 나타납니다. 그리고 이 두 가지를 합쳐 보면 이반 일리치의 행동 방식이 나옵니다. 이것을 교양이라 고 부릅니다. 하류층을 대놓고 무시하지는 않습니다. 그들이 법관 이반 일리치를 찾아오면 직업윤리로 대합니다. 그러나 일을 마친 뒤에는 두 번 다시 보지 않습니다. 이렇게 심한 경멸이 있습니까? 어려움에 처한 사람을 위한 직업윤리입니까, 자신을 정당화하기 위한 직업윤리입니까? 우리 주변에 이런 사람들이 많습니다. 잘나

가는 사람들, 대단히 품위 있습니다.

이반 일리치의 관심사를 들여다봅시다. 브리지 게임을 좋아하는 그가 돈을 많이 따면 마음이 편할까요? 아닙니다. 돈을 너무 많이 따면 교양에 어울리지 않아 창피합니다. 그런데 지면 짜증이 납니다. '적당히' 따야 기분이 좋고 잠도 잘 옵니다. 톨스토이가 볼 때 당대 귀족, 성직자, 경제적 특권층의 삶이 다 이런 식입니다. 자기 기만과 허위의식입니다. 스놉이죠, 스놉. 결과적으로 얻어 내는 것은 '나 참 괜찮은 사람이다.' 하는 자기만족입니다. 이것을 도덕적인 면에서 보면, 이들이 얼마나 철저한 자기 보호 전략을 펴는지 알 수 있습니다. 절대로 죄짓지 않고 부끄러운 일도 하지 않죠. 그리고 심성을 악랄하게 만들지도 않습니다. 사회적으로 어떤 문제가 벌어졌을 때, 예컨대 먹고살 게 없는 사람이 자살하면 이것이 누구의 죄인가 하고 물어도 이들에게는 죄가 없습니다. 아무것도 안 했으니까요. 이게 무섭습니다. 이들이 죄의식을 느낄 근거가 없습니다. 질타받기는커녕 칭찬을 듣습니다. 권력이 있으면서도 잘난 척을 안 한다는 말을 듣지 탐관오리라는 소리도 안 듣습니다. 어리석게 그런 소리 들을 만한 짓을 저지르지 않죠. 머리 좋은 권력자가 그렇습니다. 톨스토이가 바로 이런 사람들을 극렬하게 야유합니다. 그의 기독교적 윤리가 읽힙니다. 죄를 안 짓는다고 해서 죄가 없는 게 아닙니다. 불쌍한 사람을 보고 행동하지 않으면 죄죠. 선한 행동을 안 하는 게 죄가 됩니다. 그러나 당대 러시아의 성직자들은 눈앞에서 악을 보고 아무것도 안 하면서 때때로 자선하는 것으로 정당성을 확보했습니다. 악을 직접 저지르지는 않았습니다. 이는 부르주아의 자기 보호 원칙이기도 합니다. 겉보기에 아주 점잖은 사람들이 많습니다. 봉사, 자선, 선행 같은 것들 때문에 당연히 드러나야 할 것들이 가려집니다. 이런 것들을 사회 유지 기능으로 이용한다는 말입니다. 이는 오늘날의 문제와 전혀 다르지 않습니다.

─────● 순수한 고통과 사랑의 순간

두 번째로 죽음의 권리문제를 이야기해 봅시다. 허위로 가득한 이반 일리치의 삶에 병이 들어가면서 삶의 각질이 벗겨집니다. 이 소설에서는 병이 천사처럼 그려집니다. 동화에 나오는 예쁘고 착한 천사만 있지는 않죠. 요한계시록을 보면 천사 군대의 공격이 있습니다. 우리는 병이라는 역설적 천사가 일리치의 악마적 삶에 들어가면서 그가 어떻게 삶을 되찾는지를 봅니다.

이반 일리치가 끊임없이 질문하며 이해하지 못하는 것이 있는데, 바로 고통입니다. 그가 '죽음'을 두려워하나요, 죽을 때 당연히 껴안아야 되는 '고통'을 두려워하나요? 이반 일리치에게 구원은 아마 고통이 없어지는 것이겠지요. 삶에 들어온 불편의 극치가 고통입니다. 이반 일리치가 처음에는 고통이라는 문제를 의사들에게 의지해 해결하려고 하다가 실패한 뒤 그들을 불신하게 됩니다. 고통은 옆구리 통증으로 시작해 점점 몸 전체를 점령합니다. 고통 문제는 점점 수수께끼가 되죠. 소설 마지막에야 고통에서 벗어나고 죽음이 사라지는데, 이 과정을 이해할 필요가 있습니다. 그가 고통에 대해 질문하면서 자기 외부를 통해 풀어내려고 하다가 안 되니까 자기 안으로 들어갑니다.

고통을 이해하는 데 게라심이 어떤 기능을 하는지 봐야 합니다. 톨스토이는 늘 농민들의 잠재력을 보고 있었습니다. 친근한 죽음을 아는 사람, 죽음을 삶의 일부로 아는 사람이 바로 농부라는 것입니다. 게라심이 등장하면서 이반 일리치는 죽음의 문제를 다른 방식으로 생각하는 전환을 이룹니다. 집사 일을 돕던 게라심이 쇠약해진 이반 일리치를 가엾게 여기고 배설물을 처리하는 등 궂은 일을 맡습니다. 게라심은 이반 일리치의 요구를 '쉽게, 기꺼이, 간단하게 그리고 착한 마음으로' 들어주죠. 이런 게라심에게 이반 일리치는 위안을 많이 받습니다. 다른 사람들은 그에게 거짓말을 하죠. 조금 아플 뿐이라는 거짓말, 차분하게 치료받으면 곧 나을 거라는 거짓말. 그러나 게라심만은 거짓말을 하지 않아요. "우리 모두 언젠가 죽습니다. 그러니 수고 좀 못 할 이유도 없지요?" 죽어가는 사람을 위해 하는 일이라서 번거롭지 않다는 말입니다. 결국 이반 일리치는 자기 곁을 지키던 게라심에게 이렇게 말합니다. "게라심, 가거라." 죽음은 철저하게 개인적 사건, 즉 절대 고독의 사건이라고 말하는 것입니다. 죽을 때 누구에게 도움을 받을 수 있겠습니까? 고통을 이해하는 과정이 결국 절대 고독에 이르는 길이라는 것을 보여 줍니다.

게라심을 보낸 뒤 이반 일리치는 한 번도 해 보지 않은 일을 합니다. 어린 시절을 기억하기 시작합니다. 이때까지 그의 삶에는 기억이 없었고, 우리 사회처럼 미래만 이야기했습니다. 여러분은 어떤가요? 가만히 누워서 어린 시절로 쭉 빨려 들어가 본 적이 있습니까? 대부분 이런 생각을 하죠. '내일 뭐 하지?' 과거는 죽었고 내게 전혀 도움이 안 된다고 생각합니다. 이런 시간개념을 어떻게 받아들이십니까? 우리에게 과거는 없는 시간이죠. 역사적으로도 이미 과거가 소멸된 상황에서 개인은 오죽하겠습니까? 이게 우리의 삶입니다. 그래서 이반 일리치가 평생 하지 않던 일, 기억과 만난 것은 사건입니다. 기억과 만나면서 좋은 것은 사실 어렸을 때라고 생각합니다. 그저 생각만 하는 게 아니라, 어렸을 때 자두 먹던 기억을 떠올리니 침이 고인다고 합니다. 감각이 살아나죠. 이것은 몸이 살아나는 부활에 가깝습니다. 감각을 발견하는 것이 곧 삶이니까요. 그런데 한 발 더 들어가서 이상한 시간을 발견합니다. 어린 시절을 생각하며 과거로 빨려 들어갔다가 다시 현실로 돌아옵니다. 자기 자리로 오면 눈앞에 가죽 소파가 있어요. 이 소파를 보고 어렸을 때 소파를 찢은 기억으로 되돌아갑니다. 앞으로만 가던 시간이 이제 걷잡을 수 없이 뒤로 돌아갑니다. 기억을 통해 감각이 회복되고 시간이 다르게 흐르기 시작한 것입니다.

> 그에게는 묘한 일이 일어나고 있었다. 그건 기차 여행을 할 때 기차가 앞으로 가고 있다고 생각하는데 실제로는 뒤로 가고 있고, 그걸 모르고 있다가 갑자기 정확한 진행 방향을 알게 되는 것과 비슷했다. ─
>
> 110쪽

내가 살아가는 일이 앞으로 가는 거라고 생각했는데 실은 뒤로 가고 있었다는 것을 이제야 알았다는 겁니다. 시간에 대한 생각이 아예 달라집니다. '맞아, 전부 그게 아니었어.' '맞아, 난 헛살았다. 삶 자체가 의미 없었어. 그런데 그 아무것도 아닌 것에서 그 무엇이 또 생겨날 수도 있지 않을까? 그런데 그게 뭘까?' 이를 통해 자신의 삶이 거짓이고 헛된 것이었음을 인정합니다. 그 뒤 임종 순간에 어떤 일이 일어납니까? 이반 일리치가 혼절했다가 깨어나며 아들을 발견하죠. 아들이 자기 손을 잡은 채 울고 있었습니다. 바로 이 순간, 이반 일리치는 나락에 떨어져 빛을 보았으며 자기가 살아온 삶이 그래서는 안 되는 삶이었지만 아직 개선의 여지가 있다는 것을 알게 됩니다. 고통스럽게 우는 아들이 가여워지죠. 처음으로 타자의 고통을 느끼는 순간입니다. 미운 아내도 안쓰럽게 보입니다. "내가 죽는 편이 저들에게 나을 거야." 그가 이렇게 말하고 싶어 하지만 힘이 없어서 못 합니다. "말이 무슨 소용이야. 행동하면 되지." 실천 없고 말만 있는 삶을 극복하는 순간입니다.

이 순간은 들어가고 싶었으나 혼자 힘으로는 들어가지 못하던 '검은 자루'의 나락으로 떨어지는 순간이면서 아들의 고통을 인식하는 순간이고, 타인이 가엾어지는 순간입니다. 이렇게 모든 것이 겹쳐지는 순간 자체가 바로 사건입니다. 결국 여기서 행동이 나옵니다. 처음으로 죽어야겠다고 결심합니다. 죽음을 발견한 것입니다. 이때까지는 삶에 죽음이 없었기 때문에 이질적인 죽음을 이해할 수 없었습니다. 그러나 이 순간, 박탈당했던 죽음이 내 것이 됩니다. 죽음을 박탈한 것은 편안한 삶이죠. 죽음을 내쫓는 대신 편안한 삶을 얻었습니다. 교환이죠. 우리 삶은 철저한 교환입니다. 절대로 공짜는 없어요. 제대로 된 교환이냐, 잘못된 교환이냐가 문제죠. 내 삶을 주고 죽음을 가져오면, 박탈당한 죽음을 다시 찾는 것입니다.

그럼 어떤 일이 일어납니까? 자신을 괴롭히면서 나오지 않으려고 하던 모든 것이 갑자기 온몸에서 쏟아져 나왔다고 합니다. 그러면서 고통이 없어지고 죽음도 없어졌습니다. 쏟아져 나온 것은 뭔가요? 바르트가 '우리는 어느 한순간을 안다'고 했습니다. '부드러움'의 순간을 안다는 거죠. 그가 말한 부드러움은 사랑입니다. 이 부드러움이 폭발하는 순간이 있습니다. 딱딱해진 우리의 삶이 갑자기 용해되면서 내 안에 갇혀 있던 것이 폭발하는 순간, 바로 부드러움의 순간입니다. 이반 일리치의 경우, 부드러움(사랑)은 고통 그 자체 또는 순수 고통이라고 볼 수 있습니다. 고통이 비로소 그 자체가 되는 것이죠.

우리도 잘 압니다. 나 때문에 고통스러운 것이 아니라 사랑 때문에 너무 고통스러운 순간 말입니다. 이반 일리치의 아들을 봅시다. 아버지를 사랑하기 때문에 웁니다. 또 그것을 본 이반 일리치도 아들을 사랑하니까 너무 슬퍼집니다. 고통에 씌운 가면을 전부 벗겨버리고 순수해지는 과정입니다. 사랑 때문에 아파하는 것은 사랑이면서 순수한 고통입니다. 내가 고통이라고 생각하던 것이 없어지니까 순수한 고통만 남습니다.

고통을 왜 미워합니까? 내 몸이 있는 한 어쩔 수 없이 존재하는 것인데 말입니다. 하지만 한없이 미워합니다. 그 미움이 고통입니다. 미움이 없어지는 순간 고통이 사라집니다. 고통이 순수해지는 순간과 사랑의 순간이 같습니다. 그래서 이런 말이 나옵니다. "죽음이 있던 자리에 빛이 있었다."

────● **존재의 권리 회복**

"끝났습니다!" 소설의 끝부분에서 이반 일리치가

사망진단을 받습니다. 그 소리를 들은 이반 일리치가 마음속으로 이렇게 말합니다. "죽음은 끝났어." 이 죽음은 어떤 죽음입니까? 우리가 죽음과 함께 떠올리는 부정적인 것, 허위의식을 가지고 살도록 한 것이죠. 죽음에 대한 선입견, 너무도 오랫동안 당연하게 받아들인 그것이 사실 죽음 자체와는 전혀 상관없는, 즉 우리가 부여한 의미입니다. 만들어져서 붙은 의미를 사실이라고 받아들이죠. 그럼 죽음은 끝났다는 말이 뭘 뜻하는지 이해됩니다. 죽음에 달라붙어 있는 수많은 의미로서 죽음이 이제 끝났다는 선언이며 해방된 죽음을 되찾는 것이라고 볼 수 있습니다. 존재의 권리 회복이기도 합니다. 의미가 빼앗아 간 존재를 복구하는 것입니다. 권리 행사입니다.

이반 일리치는 숨을 들이마셨다가 멈춘 뒤 긴장을 풀고는 죽었습니다. 외부 조건에 따른 죽음이 아니라 내 실천으로 바꾼 죽음입니다. 이 죽음은 사랑, 실천으로 나타납니다. 숨을 멈추는 행위만 보면 자살입니다. 그럼 타살은 뭡니까? 내 죽음을 빼앗아 가서 내가 사는 것 같지만 실제로는 살지 못하도록 한 힘이 있다면 그 힘이 나를 죽인 것입니다. 타살이지요. 그러나 이반 일리치는 자살했습니다. 그가 스스로 자기 권리를 행사했기 때문이죠. 우리가 알고 있는 자살과 타살이라는 개념의 틀을 허물지 않는 한 우리는 소설을 그 개념 틀에만 맞춰 읽겠지요. 하지만 진실은 부정적인 개념 속에 숨어들어 있습니다. 해야 한다고 배운 것들에 따라 우리 삶은 박탈당했는지도 모릅니다. 한 번도 관심을 기울이지 않던 개념들 속에서 잃어버린 권리를 되찾을 수 있을지도 모릅니다.

엄중히 말하면 많은 예술이 어둡습니다. 현실을 초월하는 방식이 두 가지입니다. 하나는 상승 초월, 다른 하나는 하강 초월입니다. 우리는 밝은 곳으로 올라가는 상승 초월을 끊임없이 배웠습니다. 상승 초월은 긍정적 초월이고, 내려가는 하강 초월은 부정적 초월입니다. 흔히 초월은 형이상학적인 것이라고 생각하는데, 실은 형이하학적인 것도 있습니다. 신체, 감각, 경험 같은 것입니다. 상승 초월의 관념 세계가 우리 정신을 지배하면서 하강 초월은 어두운 것이 되어 버렸습니다. 그러나 예술은 대체로 어둠에 대한 충동이 있어요. 카프카Franz Kafka를 생각해 보세요. 읽으면 우울해지는데도 이상하게 자꾸 읽게 됩니다. 문학적, 인문학적으로 본 어둠 충동은 무엇에 굴복해서 나오는 현상이 아니라 무엇을 찾아가는 현상일 수도 있습니다. 이 사회, 세계가 가져서는 안 된다고 하는 것을 찾아가는 과감한 행위일 수 있어요. 이렇게 하는 사람들이 자기 행위에 대해 인식하는가는 다른 문제고, 그들의 행위는 대단히 긍정적인 행위일 수 있습니다. 우리처럼 이 세계의 관념 속에 깊이 뿌리박힌 소시민이 절대 허물 수 없는 벽 너머를 그들이 알 수도 있어요. 반면 통속 드라마를 보는 게 새로운 것을 알아 가는 기쁨 때문일까요? 아니죠. 아는 것에 대한 지속적인 확인입니다. 내가 아는 대로 전개되지 않으면 재미없다고 안 봅니다. 판단하고 질문할 줄 모르기 때문입니다. 자라면서 계속 이런 식으로 교육받습니다. 『이반 일리치의 죽음』을 읽으면서도 배우기보다는 질문을 발견하고 할 수 있어야 합니다.

─────── **● 기독교적 죽음관과 부활**

마지막으로 기독교 윤리 문제를 간단하게 설명해 보겠습니다. 십자가 사건이 있습니다. "하실 수만 있다면 이 고통스러운 잔을 나로부터 비켜 가게 해 주세요." 이반 일리치가 고통이 뭔지 몰라 계속 우왕좌왕하는 모습이 바로 병이라는 십자가에 매달린 상황 아닙니까? 계속 기도하지만 바람대로 안 됩니다. 그 뒤에는 "왜 나를 버리십니까?" 하고 자기가 뭘 잘못했냐고 묻습니다. 항의죠. 자신이 프티부르주아로 살아온 것을 나쁘다고 생각하지 못합니다. 자기 주문에 걸리면 아무것도 스스로 발견해 낼 수없고, 이런 상황에서 결코 혼자서는 빠져나오지 못합니다. 물어보면 정해진 답이 오고, 그 답에는 만족하지 못해 다시 질문하는 식의 반복이 이어집니다. 그래서 늘 성찰적 거리를 지켜야 합니다.

성찰은 인간만 할 수 있습니다. 우리 가운데 스스로 생각 없이 산다고 하는 사람은 없겠지만, 실제로는 '성찰적 거리'를 두지 않고 생각만 합니다. 결국 매번 똑같은 생각만 하고 성찰하지는 못합니다. 우리는 배우면서 질문할 줄 모르고, 의심할 줄 모르고, 긍정적으로 받아들입니다. 의심하는 힘이 있어야 합니다. 회의주의에 빠지라는 말이 아니라 사유를 통해 검증할 줄 알아야 한다는 것입니다.

이반 일리치가 항의합니다. "왜 고통을 나에게 줍니까?" "나를 버리십니까?" 끊임없이 자기 상황을 묻는데, '다 이루었다'고 한 마지막 장면과 연결됩니다. 십자가 사건은 성육신이 되는 사건이라고 말합니다. 우리 육신이 물질적 육신에서 성육신으로 바뀌는 사건이죠. 예수는 인간이 끊임없이 죽음 앞에서 패배하고 있을 때, 삶을 방기할 수밖에 없을 때 증거를 보여야겠다고 합니다. 죽어도 산다는 것, 죽음이 끝이 아니라는 것, 죽음을 두려워할 필요가 없다는 것을 보여 줍니다. 이런 점에서 종교는 죽음론, 죽음 철학이라고 할 만합니다.

이반 일리치는 결국 죽음에서 해방되었다고 할 수 있습니다. 어쩌면 우리 몸이 아는 가장 편안한 상태를 이야기하는 것입니다. 편안함으로 죽었다, 이게 뭘까요? 완전한 해방이고 부활입니다. 거짓된 삶의 편안함이 아니라 죽음의 권리를 다시 찾은 사람만이 비로소 체험할 수 있는 상태, 예수가 십자가에서 모든 고통을 해결하고 다 이루었다고 말하는 상태, 십자가가 편안해지고 긴장이 해소되는 것과 같은 상태입니다.

소설은 '죽었다' 하고 끝납니다. 우리는 이반 일리치가 여전히 살아 있다는 것을 알기 때문에, 이 결말을 예수 부활과 연결할 수 있습니다. 예수의 십자가 사건과 이반 일리치의 죽음이 서사의 일치를 보여 줍니다. 저는 톨스토이가 의도한 결과라고 생각합니다. 그의 가치관과 소설을 묶어서 이해하면 십자가 사건을 소설로 재구성했다는 것이 충분히 이해됩니다.

괴물

『변신』, 프란츠 카프카

───────● **불투명성의 투명성**

이번에는 그 유명한 카프카의 『변신*Die Verwandlung*』
에 대해 이야기해 보겠습니다. 모두 한 번쯤 독서를 계획하는 작품
인 만큼 이미 읽은 분들이 많을 겁니다. 세계문학사에서 현대문학
을 여는 노크 소리로 여기는 첫 문장들이 있는데, 그중 하나가 이
문장이죠. "어느 날 아침 불안한 기분으로 잠에서 깨어난 그레고르
잠자는 자신이 흉측스런 벌레로 변해 버린 것을 발견했다." 『댈러
웨이 부인*Mrs. Dalloway*』이나 우리가 볼 프루스트Marcel Proust 소설의 첫
문장도 이것과 같은 구실을 하는데 『변신』이 가장 충격적으로 여겨
지는 것은 잠에서 깨어난 사람이 벌레가 되었기 때문입니다.

이 벌레는 꿈틀거리며 기어 다니는 벌레가 아니라 풍뎅이나 바
퀴벌레 같은 갑충입니다. 제가 보기에는 바퀴벌레 같아요. 사람들
이 무의식적으로 혐오할 만큼 아주 징그러운 벌레 중 하나가 바로
바퀴벌레잖아요. 독일어로는 갑충(딱정벌레)을 뜻하는 케퍼käfer입니
다. 다리가 여러 개고, 등판이 딱딱하고, 배에는 주름이 있죠. 갑충

은 대체로 복부에 줄이 가 있습니다. 시대마다 극적으로 혐오감을 불러일으키는 대상이 좀 다를 수 있죠. 요즘 집에서 애완용으로 햄스터를 기르는데, 예전 같으면 쥐를 집에 들이기만 해도 까무러쳤을 겁니다.

불투명성을 추구하는 글이 많지만 카프카 같은 사람은 드물죠. 아무리 읽어도 풀리지 않는 수수께끼는 정답이 없는 것이 아니라 가능한 정답이 많은 것이겠죠. 카프카의 문학은 불투명성의 투명성이 있어요. 다 맞는 것 같은데 실제로는 전혀 안 맞는, 맞추면 맞출수록 안 맞는 것이 분명하거나 그것만으로는 다 열리지 않는 경우죠.

카프카는 삶에 대한 총체적 인식이 신체가 되고 그 신체가 글을 쓰기 때문에 그가 작품을 '만들어 냈다'고 보기가 어렵습니다. 머리가 아니라 몸으로 쓰는 글이 있어요. 체화된 생각 자체가 글로 쓰이는 겁니다. 『변신』이 바로 그렇죠. 어디까지가 의미 구조고 어디까지가 무의미성(육체)을 지니는가에 대해 이야기를 시작하면 어렵게 여길 수밖에 없는 작품입니다. 가족 구성원이 소외되는 가족 문제로 이 작품을 읽을 수도 있겠지만, 그렇게 하면 설명되지 않는 것들이 너무 많습니다.

소외인가, 탈출인가

『변신』을 비극으로 읽는다는 점은 통상적으로 합의됐습니다. 갑충으로 변했다는 것을 소외 현상으로 읽는다는 뜻이죠. 주인공이 부정적인 상태로 떨어진 상황에만 주목하는 겁니다. 거꾸로는 안 될까요? 오히려 갑충의 영역에서 다른 데로 빠져나가는 '탈출'의 의미로 읽어 낼 수는 없나요? 성공하는 탈출 말입니다. 마지막에 아주 결정적인 장면이 나오죠. 음악을 듣잖아요. 바이올린 소리. 잘하지도 못하는 동생의 바이올린 연주를 들으려고 합니다.

> 그레고르는 좀 더 앞으로 기어갔다. 될 수 있는 대로 누이동생의 시선과 마주치기 위해서 머리를 마룻바닥에 꼭 부착시켰다. ─70쪽

먹지 못해 말라빠진 몸으로 동생의 연주를 들으려고 기어 나가요. 나중에는 거의 먼지처럼 말라서 하녀가 비로 쓸어 버리잖아요. 깡말라서 거의 꺼풀이 돼 버린 상태를 생각해 보세요. 독일어판을 보면 사람이라고 부르지도 않고 '그것'이라고 부릅니다. 하녀가 그것을 갖다 버렸다고 해요.

이렇게 음악 소리에 감동을 느끼는 자도 짐승이란 말인가? 그가 바라던 미지의 양식에 이르는 길이 펼쳐졌다. —70쪽

저는 이 문장이 결정적이라고 봅니다. 자기 자신을 비롯해 모든 사람이, 어떤 이념 탓이든 억압 탓이든 소외를 통해 인간 상태에서 추락해 버렸다고만 해석했죠. 그런데 여기서는 이의를 제기합니다. 음악을 들으면서 이토록 감동하는데, 내가 어째서 짐승인가? 음악은 인간의 정신이 가장 고양된, 우리가 도달할 수 있는 가장 고급한 정신 상태죠. 동물이 인간의 여러 행동을 따라 하지만, 음악을 감상할 수는 없어요. 카프카의 글에는 음악을 하는 동물이 자주 나옵니다. 이런 점에서 카프카에게는 특별히 동물에 대한 기호가 있습니다. 끊임없이 철학하는 두더지가 있는데, 동굴을 파고 들어가서는 나오지 않고 '나는 왜 두더지인가' 하고 질문합니다. 밖으로 안 나오고 틀어박혀서 '나는 왜 사는가'를 생각하는 작품이 있어요. 어떻게 설명해야 할까요?

제가 석사 논문을 카프카로 썼습니다. 그 뒤로도 카프카에 대해 계속 공부하다 보니까 통념과 다른 생각이 슬며시 들더라고요. '카프카는 우리가 생각하듯 나약하고 울적하고 어둡기만 한 사람이 절대 아닐 수도 있다.' 작품과 외모 때문에 그가 중압감을 못 이기고 구석으로 들어가 가만히 생각만 하는 사람처럼 보이잖아요. 그

런데 카프카의 본질은 엄청난 생의 충동입니다. 한마디로 그에게 삶이라는 것은 그야말로 살아 있는 모든 것과 마찬가지로 거의 동물적이죠. 결코 자기 삶을 포기하지 않는다는 목적이 있었습니다. 어떤 상황이든 뚫고 나가는 힘을 어디에서 구할 것인가, 여기에 문학적 의지를 다 투여한 사람이에요. 카프카를 이렇게 읽기 시작하면 그는 결코 패배적인 영역에 머무는 사람이 아니라는 걸 알게 됩니다.

카프카 문학의 코드, 흡혈

오늘은 가장 카프카답다고 할 수 있는 코드, 뱀파이어 또는 흡혈귀같이 살기 위해서 남의 피를 빨아 먹는 존재에 대해서 살펴보려고 합니다. 최근에는 뱀파이어가 친근해져서 얼굴이 하얗고 잘생긴 멋있는 남자로 많이 등장하죠. 사실 제가 볼 때 뱀파이어는 극렬한 삶의 억압 속에서 기필코 그것을 뚫고 나가는 삶의 의지를 표현한다고 할 수도 있습니다. 남의 피를 빨아서라도 사는 것이 '살아가는 것'이죠. 이런 점에서 카프카의 가장 중요한 코드는 들뢰즈Gilles Deleuze가 언급한 부분과 만난다고 볼 수 있습니다. 뱀파이어리즘, 흡혈 행위죠.

카프카는 문학에서 늘 승리합니다. 그런데 어떻게 승리하는가에 대한 분석이 대단히 중요합니다. 아주 묘하고 어떻게 보면 아주 책략적이죠. 카프카는 노련한 참모나 제갈공명諸葛孔明 같은 책사라고 할 수 있습니다. 다른 사람이 아니라 자기 삶을 위해 존재하는 책사죠. 그의 문학은 전쟁, 전투거든요. 전쟁과 전투의 목적은 무슨 수를 쓰든 이기는 데 있죠. 그럼 『변신』은 이기는 이야기일까요, 지는 이야기일까요? 가족 이데올로기를 이야기한다면, 파멸되어 가는 모습과 그 이데올로기에서 빠져나오려고 하는 모습 가운데 어떤 것을 보여 줄까요?

카프카는 머리가 워낙 좋다고 할 수 있습니다. 의식 또는 정신으로만 머리가 좋은 사람은 비현실성에서 벗어나지 못하죠. 현실을 놓쳐 버립니다. 자기 무덤을 자기가 파는 경우죠. 그런데 육체는 절대 현실을 잃어버리지 않습니다. 그래서 감각만큼 정교한 사유는 없다고 합니다. 신체는 언제나 잔혹합니다. 뭘 원하고 뭘 해야 하며 어디에 도착해야 하는지, 신체는 전혀 혼동하지 않습니다. 혼동은 머리가 하죠. 감각처럼 정확한 화살은 없다, 이건 프루스트적인 생각입니다. 정중앙을 과녁으로 삼아요.

카프카의 문학적 전략은 머리가 아니라 몸에서 나오기 때문에 언제나 승리하게 되어 있습니다. 왜냐하면 신체적인 것을 억압하거나 통제하려고 하는 적은 언제나 착각하게 되어 있어요. 카프카의 삶에서 보면 아버지가 이런 경우입니다. 그에게는 아버지가 아주 큰 문제죠. 늘 고민했습니다. 어떻게 하면 아버지를 이길까?

『변신』도 '아버지 이기기'로 볼 수 있습니다. 그런데 결국 아버지가 승리하잖아요. 다시 집안의 주인이 되죠. 자본주의에 기초해서 읽으면 가족의 주인이 되느냐 마느냐가 경제활동을 하느냐 못 하느냐에 따라 결정돼요. 아들이 돈을 벌 때는 아버지가 침대에 누워나 있고 비실비실했잖아요. 그러다가 갑충이 된 그레고르에게 사과를 던져서 상처를 입혀 놓고 금단추가 번쩍번쩍거리는 사환 제복을 집에서도 벗지 않습니다. 이렇게 읽으면 마치 아들이 아버지한테 밀려나는 이야기 같은데 과연 그런가를 생각해 봅시다.

● 낯선 언어의 효과

카프카는 체코 사람인데 독일어, 정확히 말하면 체코 독일어라는 특별한 언어를 썼어요. 독일어에 정통한 사람에게는 카프카의 문학이 상당히 투박하게 느껴집니다. 사실 정교하고 세련된 묘사가 없어요. 체코 유대인이 출세하려면 독일어를 배워야 했습니다. 이런 이유로 그가 독일어를 습득하면서 체코 유대인이 쓰는 특별한 독일어, 우리가 콩글리시라고 하는 것과 같은 언어를 썼다는 사실이 중요합니다. 이렇게 소외된 독일어를 썼기 때문에 정통 독일어로는 도저히 할 수 없는 어떤 이야기를 했다고 볼 수 있습니다. 외국어의 특별함, 낯섦이 있잖아요. 보통 외국어로는 하고 싶은 이야기를 못 하겠다고 하는데, 모국어로도 할 수 없는 말이 있습니다. 왜 그럴까요? 바로 각 언어의 제한성 때문이죠. 한국어도 받아들이지 않는 부분이 있거든요. 그리고 그 부분을 말하려고 하면 한국어가 오히려 방해가 됩니다. 이럴 때는 낯설어도 다른 언어로 말하면 더 편할 수 있습니다. 제게는 독일어가 그런 경우예요. 제가 유학 시절에 알게 된 아주 오래된 독일 친구와 여전히 연락하며 지냅니다. 사람마다 누구에게도 이야기할 수 없는 부분이 있어요. 그런데 이것을 어떻게든 표현하지 않으면 안 되는 때가 옵니다. 그럴 때 저는 독일 친구한테 편지를 씁니다. 서투르지만 내가 할 이야기는 다 하고 잘 통합니다. 근본적으로 문학은 언어를 정상적으로 사용하지 않아요. 오히려 많은 사람이 정상이라고 생각하는 언어를 뒤틀죠. '외국어', 낯선 언어로 만드는 겁니다. 카프카 문학의 이런 낯섦이 그가 쓴 독일어의 특이성과 관련된다고 생각할 수 있겠습니다.

카프카 문학을 보통 환상문학, 환상 리얼리즘이라고 합니다. 『변신』을 읽으면 판타지와 리얼리티의 구분이 잘 안 됩니다. 자고 일어났는데 내가 징그러운 갑충이 되었다고 생각해 보세요. 난리가 나지 않겠습니까? 그런데 주인공이 어떻게 하나요? 관찰합니다. 자기 다리가 몇 개고 배 모양이 어떤지 연구합니다. 그러다 등에 있는 조그만 반점을 발견하고, 건드리니까 소름이 쫙 끼쳤다는 식으로 실험을 하죠. 카프카의 문학 세계가 이렇습니다. 꿈같이, 일어날 수 없는 일인데 이야기하는 방식은 마치 지극히 당연한 리얼리티처럼 묘사합니다. 그래서 읽다 보면 꿈인지 실제인지 혼란스럽고 일상에서 잘 구분하던 비현실과 현실의 경계가 무너집니다.

카프카 문학의 혼란스러운 낯섦과 접촉당한 듯한 느낌은 대체로 언어 행위에서 온다고 볼 수 있고, 이에 대해 사람들이 전형적인 카프카 문학이라고 합니다. 카프카에 대한 모방이 얼마나 많았습니까? 현실과 비현실을 뒤섞는 게 아니라 그 경계를 애매모호하게 만드는 고도의 테크닉이죠. 현실과 비현실이 합쳐져서 제3의 세계로 빠져드는 게 아니라 두 가지를 다 기억합니다. 이 이상함에 사람들이 더 혼란스럽습니다. 아예 공상과학소설이나 유령 이야기라면 딴 세상 이야기로 여기고 안심할 수 있는데 그러질 못하니까요. 반쯤 깨어나게 만들고 반쯤 혼란스럽게 만들면 더 어지러운 법입니다. 바로 이런 데 카프카 문학의 특성이 있습니다.

———● **삶의 두 축, 아버지와 여자**

일반적으로 카프카에 대해 의식과 무의식의 경계 문제로 보는 정신분석학적 해석과 물질적 관계가 인간의 정신세계를 지배하는 소외 문제로 보는 마르크스주의식 해석 등 여러 해석 방식이 있습니다. 우리나라에서는 현대인의 소외 문제에 기초한 담론이 폭넓게 수용되고, 실존주의적 해석도 있습니다. 최근에는 기호론에 기반을 두고 코드와 탈코드의 문제로 읽는 등 거의 모든 영역에서 카프카를 해석합니다. 그런데 어떤 방식으로 카프카를 읽어 내든 카프카 자체의 문제를 놓치지 말아야 합니다.

카프카 문학은 기본적으로 삶과 문학의 이데올로기 문제입니다. 삶과 문학을 이분법적으로 받아들이는 사실 때문에 카프카를 대안적이라고 하는 겁니다. 삶이냐 문학이냐, 둘 다는 못 갖습니다. 삶을 선택하면 문학을 포기해야 하고, 문학을 지키려고 하면 삶을 포기해야 합니다. 중간 단계는 있을 수 없습니다. 그러나 예술가는 모두 중간 단계에 산다고 볼 수 있죠. 그런데 카프카에게는 이분법이 정립되어 있습니다. 일기를 보면, 글을 못 쓰겠다고 맨날 투덜대고 울고 징징댑니다. 일을 하고 저녁에 귀가하면 글을 써야 하는데, 불면과 두통 때문에 못 쓰겠다고 합니다. 근본적으로 삶 때문에 문학을 못 하겠다는 겁니다. 그래서 이 삶을 어떻게 문학에서 제외할 수 있을까만 늘 생각합니다. 말이 안 되는 소리죠. 있지도 않은 이분법으로 살겠다는 게 문제죠.

카프카의 삶은 두 축이 대표합니다. 하나는 아버지, 다른 하나는 여자죠. 아버지와 여자는 삶을 대변하고, 그래서 궁극적으로 문학을 불가능하게 만듭니다.

카프카가 아버지에게 쓴 편지를 보면 두 가지를 이야기합니다. 카프카의 아버지는 아주 건강한 장사꾼이었죠. 자본주의적 개인을 상징하면서 유대적 가족 관계 및 아들과 맺은 계약관계를 철저하게 지킨 인물로 알려져 있습니다. 가장 비자본적인 유대인이면서 가장 자본주의적 생활관을 지닌 사람이었습니다. 아버지는 힘으로 보나 건강으로 보나 카프카와 대비되었어요. 카프카는 비쩍 말랐거든요. 아들은 아주 왜소한데, 아버지는 어깨부터 떡 벌어졌어요. 그뿐 아니라 식욕, 성량, 말솜씨, 끈기, 순발력, 대담성 등에서 아들은 아버지를 따라갈 수 없다고 느꼈어요. '내가 저 아버지로부터 결코 벗어날 수 없을 것이다.' 이길 수 없는 존재를 인식하고 받은 충격입니다. 물론 단순히 신체적인 면에서만 온 충격은 아니죠. 자본주의와 권력 체제에 아버지의 신체가 연결되고, 궁극적으로 우리 삶을 지배하고 개인이 결코 벗어날 수 없는 굴레를 이야기하는 겁니다. 나중에는 실체를 파악할 수도 없어요. 『소송*Der Prozeß*』이 그렇잖아요. 죄가 있다고 선고받는데 무슨 죄인지조차 알아볼 길이 없을 정도로 나를 지배하는 체제가 있습니다.

또 하나는 어렸을 때 겪은 일입니다. 어느 밤에 어린 카프카가 물이 마시고 싶다고 훌쩍거렸어요. 아버지가 몇 번 엄하게 나무라죠. 그래도 소용이 없자 아버지가 침대에 있던 아이를 발코니에 내던져 놓고 문을 잠가 버렸다고 합니다. 셔츠 바람으로 혼자 있게 한 거죠. 아이는 온몸을 덜덜 떨면서 공포를 느꼈어요. '아, 울면 안 되나 보다. 울다가는 큰일 나는구나.' 이렇게 형벌을 경험합니다. 카프카에게는 형벌에 대한 두려움, 처벌에 대한 두려움이 있었던 겁니다.

카프카의 무의식은 어떻게 하면 아버지로부터 인정받을까, 헤겔 Georg Wilhelm Friedrich Hegel식으로 이야기하면 인정 투쟁에서 승리한다는 목적이 있었어요. 그런데 글쓰기는 아버지의 바람과 완전히 동떨어진 길이었어요. 아버지는 결코 문학을 인정하지 않는 존재였죠. 아버지는 언제나 도달할 수 없고 이길 수 없으며 그럼에도 나를 지배하는 존재로 그의 문학 곳곳에서 나타납니다. 내가 산다는 것은 그런 아버지로부터 벗어나는 일이 돼 버립니다. 그래서 카프카 문학에 사람, 성, 법정, 유형지의 기계로 나타나는 것이 모두 삶의 근본적 모델인 아버지입니다.

여자에 대해서도 이야기해 보죠. 『변신』에 누이동생, 『성Das Schloß』에 술집 여자 프리다, 『소송』에는 물갈퀴가 있는 가정부가 나오죠. 하숙집 여주인도 있어요. 이 여자들이 누구인지, 카프카 문학에서 어떤 기능을 하는지 알아 둘 필요가 있습니다. 잘 알려진 대로 카프카는 펠리체라는 여자와 두 번 약혼하고 파혼하죠. 펠리체에게 보낸 편지를 엮은 책이 번역되어 있습니다. 이들의 관계가 참 웃깁니다. 카프카는 여자를 만났다 하면 편지를 씁니다. 쓰고 또 씁니다. 체코 지성인인 밀레나라는 여자와도 사귀었는데, 아침에 편지를 쓰고 같은 날 저녁에 또 편지를 씁니다. 편지가 잘 도착했는지 궁금해서 또 써요. 강박이었을까요? 아니면, 너무 사랑하다 보니 애가 타서 그랬을까요? 제가 보기에는 전략입니다.

카프카 문학에서 주인공은 사랑이 없다고 생각합니다. 자기 혼자 힘으로는 결코 도달할 수 없는 것에 여자를 통해 도달할 수 있을지를 생각하죠. 『성』에서 측량사 K.가 성에 들어가려고 성에 사는 사람들의 정부를 쫓아다닙니다. 사랑해서 쫓아다니는 게 아니라 정보를 캐려는 겁니다. 또 『소송』에서 요제프 K.는 판결과 관련 있는 여자들에게 괜히 애정을 표현합니다. 여자와 진정한 관계를 맺으면 결혼하잖아요. 결혼하면 가족이 되고, 가족은 삶이 되고, 삶은 문학을 포기할 수밖에 없게 합니다. 그럼 우리는 이렇게 볼 수 있습니다. 문학이 그렇게 중요하면 삶을 포기해라. 수도원에 들어가든지 여자를 만나지 말고 직장도 포기해라. 그런데 안 되죠. 그렇게 할 수가 없어요.

문학을 지키고 삶에서 해방되려면 아버지와 여자를 포기하면 되는데, 삶과 문학은 근본적으로 분리될 수가 없어요. 문학을 하려면 문학을 할 수 있는 영양분이 있어야 하는데, 그 영양분이 삶에서 오기 때문입니다. 이분법이 무너지는 겁니다. 그럼 어떻게 삶으로부터 해방되면서 필요한 영양분은 섭취할 수 있겠느냐 하는 문제가 생깁니다. 좋은 것만 가지려고 하는 묘한 논리죠.

아버지를 이기기 위한 전략

삶으로부터 해방되면서 그 영양분은 섭취해야 한
다는 문제를 어떻게 해결할까요? 두 가지 가능성이 있습니다. 일
단 삶을 주지하면서 문학을 근본적으로 불가능하게 만드는 아버
지를 쓰러뜨려야 합니다. 문학을 하려면 기필코 이겨야 합니다. 또
문학을 불가능하게 만드는 여자를 이용하면 이길 수 있다는 사실
을 간파합니다. 이것이 곧 아버지와 아들의 관계입니다. 서양 문
화, 특히 유대교에서 아버지와 아들의 쟁투를 이야기하죠. 아버지
가 아들의 지배자로 계속 있으려면 아들에게 권력을 빼앗기지 않
아야 합니다. 아들은 자기 삶을 살려면 아버지를 이겨야 하고요.
아버지가 아들을 자기 밑에 계속 둔다는 목적을 이루려면 아들이
가족을 형성하지 못하게 해야 합니다. 아들이 가족을 형성하면 아
버지는 중심에서 주변으로 밀려날 수밖에 없으니까요. 아들에게
가족을 꾸려야 한다고 말하는 아버지가 근본적으로 아들의 가족
형성을 반가워하지 않습니다.

단편 「선고Das Urteil」에서는 아버지가 곧 결혼할 아들 게오르크에
이렇게 말합니다. "너, 그년이 치마를 올린 데 혹해서 니 애비를 꼼
짝달싹 못 하게 침대에 처박아 놓았구나." 아들에게 권력을 이양하
지 않으려고 하는 아버지는 아들이 여자와 만나는 것을 반가워하
지 않습니다. 바로 이 관계, 문학을 방해하는 삶의 두 축인 아버지

와 여자는 '동지가 될 수 없다'는 것을 카프카가 간파합니다. 똑같이 삶 속에 있고, 똑같이 문학을 불가능하게 만들면서 동지는 아니다. 틈새가 있다. 그래서 카프카 문학은 틈새 철학입니다. 이것을 비집고 들어가면 모종의 가능성이 생기겠지요. 이게 카프카 문학에서 아버지와 여자 그리고 카프카의 이상한 삼각 구도입니다.

이제 아들이 아버지를 이기기 위해 어떻게 여자를 동원하는지 살펴봅시다. 자기가 직접 싸워서 이길 가능성은 없잖아요. 여자를 동원해서 잘 기능하게 하면 아버지가 슬그머니 속아 넘어가서 자기가 승리한 줄 알지만, 사실 아버지가 허락하지 않는 삶을 아들이 취할 수 있는 상황으로 묘하게 변합니다. 『변신』도 이런 시각에서 읽어 낼 수 있어요.

카프카에게 여자가 어떤 의미인지를 알아보기 위해 펠리체 이야기를 해 보죠. 앞에 말한 것처럼 펠리체에게 편지를 쓰는데, 펠리체는 독일에 삽니다. 카프카가 펠리체에게 생기 넘치며 자부심과 건강을 갖췄다고 하죠. 동화 「헨젤과 그레텔Hansel und Gretel」을 생각해 보세요. 마녀가 아이들을 가두고 잘 먹입니다, 나중에 잡아먹으려고요. 마녀와 닮은 카프카가 여자를 생각하는 기준은 아름다움이 아니라 건강이에요. 계속 많이 먹을 수 있느냐, 없느냐입니다. 빵 고를 때 예쁜 거 고르지 않죠. 오래 많이 먹을 수 있는 걸 고르잖아요. 카프카에게 여자는 그런 존재입니다. 펠리체의 몸집이 커요. 이 여자에게 편지를 아침에 쓰고 저녁에 또 씁니다. 결혼하자고 하고는 파혼하죠. 잘못했다면서 다시 시작해요. 이걸 반복하죠. 그러니 펠리체에게 쓴 편지를 모으면 아주 두껍습니다.

카프카가 여자에게 보내는 편지는 '박쥐'라고 할 수 있습니다. 카프카는 편지가 아니라 박쥐를 날려 보낸 겁니다. 고립된 방의 책상에 앉아서 박쥐를 보냅니다. 박쥐가 여자에게 가서 피를 빨겠죠. 그래서 맨날 편지를 받았냐고 묻고, 답장을 기다리고 재촉합니다. 답장이란, 박쥐를 돌려보내는 거죠. 박쥐가 가져온 피는 잉크가 됩니다. 그리고 카프카는 그 잉크로 글을 써요.

문학은 삶이 없으면 존재할 수 없습니다. 하지만 문학이 삶과 공유되어서는 안 돼요. 어떻게 문학이 삶과 관계를 끊으면서도 필요한 영양분, 피를 얻어 낼 것인가? 오직 한 가지 방법이 있습니다. 여자라는 매개가 있어야 해요. 혼자서는 못 합니다. 편지(박쥐)를 날려 보내 여자의 피를 빨아먹고 사는 게 문학입니다. 자신은 전혀 삶에 가담하지 않고도 문학에 필요한 영양분을 충분히 얻어요. 카프카에게 여자는 이런 기능을 하는 존재입니다. 그리고 아버지를 직접 이길 수 없을 때 여자를 통해서 아버지를 함락시킬 방법을 고민한 흔적이 바로 『변신』에서 보입니다.

변신, 문화 코드의 상실 과정

작품의 문장으로 이야기해 보죠. 첫 문장입니다.

> 어느 날 아침 불안한 기분으로 잠에서 깨어난 그레
> 고르 잠자는 자신이 흉측스런 벌레로 변해 버린 것
> 을 발견했다. (…) '잠이나 좀 더 자고 이런 쓸데없
> 는 생각은 잊는 것이 상책이지.' 하고 그는 생각했
> 다. ―9~10쪽

첫 장면 첫 사건이 일어났을 때 주인공은 아무렇지도 않은 것처
럼 기껏해야 '잠을 충분히 잤어야 하는데 좀 덜 잤구나.' 합니다.
결코 있을 법한 반응이 아니잖아요. 아침에 갑충으로 깨어나 처음
관심을 기울이는 것이 그림 액자죠. 정확히 말하면 잡지 화보에서
오려 낸 여자 그림을 넣은 액자인데, 나중에 이 그림 액자가 다시
나옵니다. 어머니와 누이동생이 들어와서 자기 물건을 다 내가는
데 두 가지는 포기할 수 없다고 하죠. 하나는 책상이고, 다른 하나
는 그림 액자입니다. 그때 이걸 올라타고 못 가져가게 합니다.

그레고르 잠자가 거주하는 공간의 구조를 생각해 봅시다. 한쪽
은 부모 방, 또 한쪽은 누이 방과 닿아 있고 거실로 통하는 문이 있
는 벽, 그리고 막힌 벽이 있습니다. 작은 창이 하나 있어서, 이 창

을 통해 흐린 하늘이 보이죠. 4면 중 3면이 타자의 공간이에요. 유일하게 타자의 공간이 아닌 외부로 통하는 공간에 난 창은 너무 작아서, 그걸 열고 나갈 수는 없습니다. 갑충으로 변한 그레고르가 출근을 안 하고 방에 가만히 있으니까 어머니가 출입문을 두드리고 아버지와 누이동생이 각자 방에서 부르죠. 그레고르의 공간이 꽉 막혔다는 것을 알 수 있습니다.

이 폐쇄적이고 적막한 공간에서 사건이 벌어집니다. 불안한 꿈을 꾸다 깨어났더니 징그러운 갑충이 되어 버린 겁니다. 갑충이 되고 나서 어떤 변화가 일어납니까? 출근하지 않으니까 어머니, 아버지, 누이동생이 "그레고르!", "오빠, 아프세요?" 하고 부릅니다. 그래서 대답을 하는데, 목소리가 이상해요. 찍찍거리는 소리 같아요. 목소리의 상실이죠. 더 정확하게 말하면 말의 상실, 언어의 상실. 즉 소통이 불가능한 상황입니다. 그리고 문을 열려고 열쇠 구멍에 꽂힌 열쇠를 돌리다가 이빨이 없는 걸 깨닫습니다. 그에게 턱만 남았죠. 그런데 역설적으로 식욕이 발동해요. '모진 시장기가 느껴진다.'고 하죠.

누이가 갖다준 치즈와 우유를 먹으려고 했더니 먹을 수가 없어요. 그가 좋아하던 음식이 더는 음식이 아닙니다. 그런데 식욕은 있어요. 그럼 뭘 먹어야 하나? 카프카가 쓴 작품 중에 『단식 광대 *Ein Hungerkünstler*』를 참고할 만합니다. 매일 굶어 다 죽게 된 광대에게 서커스 단장이 왜 굶냐고 물어봐요. 죽어 가는 광대가 자신은 정말 맛있는 걸 먹고 싶다고 말합니다. 식욕이 없어서 굶는 게 아니었어요. 이 대목에서 정말 맛있는 음식은 '미지의 음식'이라는 게 나옵니다.

갑충으로 변한 뒤에 일어나는 사건은 그 전의 것들이 다 무효화되는 과정, 상실되는 과정입니다. 얼핏 읽을 때 이 상실 과정의 끝에서 결정적으로 아버지가 던진 사과에 그레고르가 상처 입고 죽게 되죠. 사과가 종교적으로 원죄를 상징하기 때문에 이것을 종교적인 코드로 읽을 수도 있지만, 꼭 그럴 필요는 없다고 생각합니다. 중요한 것은 '아버지가 던졌다'는 사실이거든요. 사과가 박힌 부위가 곪으면서 썩어 가고, 또 먹지를 못해 차츰 소멸되다가 죽습니다. 처음에는 인간이었다가 갑충이 되고, 나중에는 그냥 어떤 것이었다가 결국 아무것도 아닌 게 되는 일련의 과정에서 우리가 흔히 아는 문화적 코드가 다 무효화됩니다.

중요한 문화적 코드는 '먹는다'는 행위와 '입맛'입니다. 단식 광대가 미지의 음식, 정말 맛있는 것이 먹고 싶다고 합니다. 입맛은 먹는 행위의 최초 금기가 생긴 위에 습득되죠. 문화사적으로 최초 금기가 된 음식은 인육입니다. 그다음에 도덕이 생기죠. 성적으로 최초의 금기가 근친상간이라면 음식의 최초 금기는 인육입니다. 카프카는 이렇게 근본적입니다. 단식 광대가 버리지 못하는 식욕은 금지된 음식에 대한 것인데, 살아 있는 동안 금지된 음식이 주어질 수 있나요? 그런 일은 절대로 없습니다. 해충으로 변해 버린 사람이 식욕이 동하고 그때까지 먹던 음식이 다 먹기 싫은 썩어 빠진 음식이 되면서 새로운 음식을 끊임없이 찾아가게 됩니다. 나중에 그 음식은 음악으로 밝혀지죠. 그런데 마지막에 음식이 왜 음악이 될까요? 가장 먹고 싶은 미지의 음식이 어떻게 음악이라는 가장 고급한 상태로 변할까요? 음악이라는 이름의 음식, 가능합니까? 음악을 먹을 수 있나요? 음식은 철저히 물질이고, 음악은 가장 비물질적이죠. 이 둘이 이상하게 교환되는 것을 마지막에 볼 수 있습니다. 여기서 아주 은밀하게 삶의 전략이 펼쳐지는 겁니다.

전체적으로 볼 때 자연이라고 생각하던 문화적 코드가 상실되는 과정이라는 것을 알 수 있는데, 이 과정 속에서 뭔가 계속 발견됩니다. 언어가 상실되면서 목소리가 발견되고, 우유와 치즈는 먹기 싫어져도 미지의 음식에 대한 식욕이 일어나죠. 신체가 소멸되면서 음악이 발견되고, 이빨이 없어지면서 턱이 발견돼요. 바로 이런 과정에서 변신의 의미가 이중적이라는 것을 알 수 있습니다. 눈에 띄는 것은, 사람에서 갑충이 되는 변신입니다. 그런데 그 밑에서 뭔가 다른 변신이 일어납니다. 상실하는 변신이면서 다른 코드를 발견하거나 획득하는 변신이죠.

아버지 대 아들의 권력투쟁

여기서 아버지 문제를 다시 생각해 봅시다. 아버지는 아들에게 권력을 찬탈당했습니다. 아들은 돈을 벌면서 가정을 꾸려 갈 고민을 했죠. 아들이 가장이에요. 아들이 가장일 때 아버지는 잠옷쟁이일 뿐이었어요. 이런 아버지가 나중에 사과로 왜 공격하나요? 그동안 가장 자리를 빼앗기고 아들이 주는 음식만 받아먹으면서 잠옷만 입고 생활하던 아버지 속에 있던 권력 탈환과 가정 재점거를 향한 의지가 사과에 실려 아들에게 치명타를 입힌 겁니다.

아버지와 아들 구도는 이렇습니다. 빼앗긴 가장의 자리를 아버지가 획득하는 것을 아버지의 승리로 볼 수 있습니다. 그리고 이 승리를 견고하게 만들어 주는 요소는 엄마와 누이동생의 동의입니다. 이 동의가 아버지의 권력을 승인한 거예요. 그래야만 가장이 되죠. 처음에는 어머니와 누이동생이 그레고르를 아주 떠받들다가 차츰 아버지에게 건너갑니다. 마지막에는 벌레가 된 그레고르가 이 여자들이 어떻게 변하는가를 관찰합니다. 처음에 그레고르를 챙기던 누이동생이 아버지 쪽으로 건너간 것을 표현하는 장면이 있습니다. 누이동생이 아버지의 목을 꽉 껴안아요. 아주 중요한 부분입니다.

누이동생은 한 손으로 아버지의 목을 껴안고 있었
다. —76쪽

여자, 특히 젊은 누이동생이 아버지 쪽으로 건너갔죠. 그다음에
그레고르가 죽어요. 죽을 수밖에 없습니다. 표면적으로는 아버지
와 벌이는 싸움을 연기해 주는 계기가 바로 어머니와 누이동생이
거든요. 마침내 두 여자가 아버지에게 달려가 꽉 안기는 장면(84쪽)
이 있고, 이로써 이들이 아버지에게 완전히 투항합니다. 그레고르
가 투쟁에서 이길 가능성이 없습니다. 권력투쟁에서 주인공이 패
배하고, 그래서 죽을 수밖에 없죠. 그런데 카프카다운 마지막 속임
수가 있습니다.

말할 수 없는 동정과 애정을 느끼며 그는 가족들을
돌이켜 생각해보았다. 자신이 없어져야 한다는 그
의 생각은 누이동생의 생각보다 훨씬 더 단호했다.
교회의 탑시계가 새벽 3시를 칠 때까지 그는 내내
이런 허전하고 평화로운 명상에 잠겨 있었다. 그는
창 밖에서 세상이 환해지는 것을 느꼈다. 그러자 그
의 머리가 그도 모르게 밑으로 푹 수그러졌다. 그리
고 그의 콧구멍에서는 마지막 숨이 가늘게 흘러나
왔다. —78쪽

이걸 진짜라고 믿으세요? 이 장면을 우리가 문자 그대로 읽으면 이렇게 훌륭한 아들이 없습니다. 완전히 도덕적이고 윤리적인 가족 소설입니다. 100만 부 이상 팔렸다는 『엄마를 부탁해』도 이 책과는 비교가 안 돼요. 수천만 부가 팔려야 할 가족 소설입니다. 자기를 소외시키고 버린 가족을 위해 스스로 죽는 아들, 이런 휴머니즘이 세상에 어디 있습니까? 이 소설이 정말 그런 소설이라고 믿으세요? 마지막까지 속이는 겁니다. 무엇 때문에 속이죠? 속이지 않으면 들키게 돼 있습니다. 들키면 잡히고, 잡히면 진짜 죽게 되니까요. 우리는 카프카의 작품 곳곳에서 교묘하게 자신을 위장하는 모습을 볼 수 있습니다. 어떻게 보면 문학을 속이는 거예요. 문학이 자신을 드러내는 수단이라고 생각하는 사람이 많지만, 가만히 들여다보면 자신을 숨기는 수단인 경우가 더 많습니다. 세상의 그물에 걸리면 꼼짝없이 죽는다는 걸 아니까, 글에 자기를 드러내면서도 숨는 거죠. 그냥 숨으면 찾기 쉬워요. 엄폐물을 만들어 놓으면 못 찾죠. 군인이 철모에 풀을 꽂고 위장하는 것과 다르지 않습니다.

독자는 이 세상의 그물입니다. 모든 장치를 갖추고 세상에서 훈련된 로봇이에요. 독자에게 붙잡히면 세상에 붙잡히는 겁니다. 그래서 예술가는 기본적으로 독자에 대한 미움과 불신이 있습니다. 독자에게 읽히고 싶어서 쓰기도 하지만, 독자에게 붙잡히지 않으려고 숨기는 것도 있어요. 또 작가가 일부러 그러기도 하지만 의도

없이 그러기도 합니다. 이런 것을 읽어 내야 독서예요. 이런 의미에서 독서 없이, 독자 없이 작품이 살 수는 없습니다. 독자에게는 이중적 의미가 있습니다. 숨으려고 하는 글을 끝까지 세상의 제단 위에 올리려고 하는 동시에 그것을 세상으로부터 구원해 내기도 하죠.

───────● **누가 승리했을까**

『변신』에서 아버지를 개인의 존재를 인정하지 않는 권력 체제라고 본다면, 결국 아버지가 승리하는 것으로 읽을 수 있습니다. 먼지가 된 것을 내버리면서 마지막 승리의 구호가 나옵니다. "집안의 우환이 드디어 없어졌다." 그리고 집안에 좋은 일만 생기니 소풍이나 가자고 하죠. 아침 전차를 타고 소풍을 갑니다. 딸이 맞은편에 혼자 앉아 있다가 햇살 속에서 아름다운 몸으로 기지개를 쫙 켭니다. 삶의 환희죠. 부모는 이 모습을 보면서 자부심을 느낍니다. '내 딸이야. 이제 결혼시켜야 한다.' 그런데 묘한 일이 일어납니다. 제가 볼 때는 세 번째 변신입니다. 그게 진짜 누이동생입니까? 아닐 수 있어요.

너를 음악 학교에 보내고야 말겠다는 굳은 결심을

했었노라고 말해 줘야지. 이런 불행한 사건만 일어
나지 않았더라면 지난 크리스마스 저녁에 여러 사
람 앞에서 나의 계획을 발표했을 것이라고 말해 줘
야지. 벌써 크리스마스는 지났나? 이런 이야기를
하면 그 애는 분명 감격의 눈물을 흘릴 것이다. 그
러면 어깨까지 올라가 그 애의 목에 키스를 해 줘야
지…… 누이동생은 직장에 나가면서부터 리본도
칼라도 없이 목을 드러내고 다녔다. —70~71쪽

　돈벌이에 지친 주인공의 유일한 기쁨은 누이동생을 음악학교에
보내 바이올린을 배우게 해야 한다는 생각이었습니다. 소외되고
핍박받다 죽어 가던 갑충이 누이동생의 서투른 바이올린 연주 소
리에 다시 눈을 뜨고 밖으로 나갑니다. 이렇게 음악에 감동을 받는
데, 내가 동물인가? 자기야말로 사람이라는 거죠. 그리고 이 존재
가 발견하는 음식이 있습니다. 음악과 더불어 먹어야 하는 미지의
음식. 그게 뭐죠? 어디서 풀립니까? 그레고르가 돈을 모아 누이동
생에게 하고 싶었던 음악을 해 보라고 하면, 누이동생은 감동의 울
음을 터트릴 테고, 그레고르는 그녀의 어깨까지 몸을 일으키고 그
녀의 목에 입맞춤할 거라고 합니다. 누이동생은 직장에 다니고부
터 리본이나 칼라 없이 목을 드러냅니다.

　어느 독일 작가의 에세이에 이런 게 있어요. 어떤 여자가 밤 골

목을 갑니다. 그 뒤에서 한 남자가 같은 길을 가죠. 이 남자는 이 여자에게 전혀 관심이 없었는데 우연히 달 때문이든 가로등 때문이든 빛이 떨어지면서 여자의 목이 드러나고 남자가 공격을 멈출 수 없게 됐다고 합니다. 다른 부분이 아니라 목이죠. 희고 길고 가느다란, 미인의 목이에요. 본질적인 폭력 충동은 금기에서 옵니다. 금기를 정해 놓으면 그것을 지키면서 금기를 잊어버리는데, 갑자기 그런 금기를 공격했다면 그건 나를 지키기 위한 공격이에요. 여인의 목이 공격해 들어오니까 맞받아치는 거죠. 위기의식 때문에요. 금기에 접근해 있던 것을 그대로 두면 내가 살 수 없어요. 파괴당해 버려요. 그래서 나를 지키기 위해 공격합니다. 그리고 흡혈귀가 무는 곳도 목이죠.

흡혈귀가 왜 목을 물까요? '목'에 한없는 위악성, 순수성, 치명성이 있어요. 이것에 모든 문화 체계가 위험을 느낍니다. 적이 치고 들어오면 꼼짝 못 하니까 이걸 막아 내야 합니다. 문화란 위험한 겁니다. 아무 문제 없는 듯하지만 겨우겨우 버티는 것일 수도 있어요. 항상 불안한 문화는 잠을 못 잡니다. 제도를 만들어 내고 관리하려고 하고 편하게 있지를 못해요. 항상 위기니까요. 로마 황제 네로가 밤잠을 못 잤어요. 밤이면 로마의 모든 불이 꺼져야 잠을 잘 수 있는데, 켜진 불을 보고 모반을 의심하느라 잠을 못 잡니다. 독재자들은 대체로 불면증이 있죠. 문화는 자연에 대한 독재자입니다. 금기를 통해서 자기를 방어하지만, 금기가 이상한 틈새에

따라 열리기 시작하면 막을 길이 없습니다. 치명타죠. 목에 입을
맞추는 것이 바로 이런 경우라고 볼 수 있습니다.

● 누이동생이 누구인가

『변신』의 가장 중요한 문제로 '누이동생이 누구인
가'를 들 수 있습니다. 바로 눈에 띄기로는 유일하게 오빠를 인정
해 주는 사람입니다. 음식을 갖다주고 살펴보기도 합니다. 그런데
갈수록 오빠를 미워하는 존재가 됩니다. 나중에는 "저건 오빠도 아
니에요."라고 하며 그레고르의 이름을 박탈합니다. 그리고 결정적
인 판결을 내립니다. "저것 땜에 우리 집이 개판 됐어요. 저것은 없
어져야 해요." 그러고 나서 진짜 그레고르 잠자가 없어지죠.

누이동생이 어떤 존재일까요? 나중에 완전한 승리의 증표가 되
는 풍요롭고 아름답고 생기로 가득 찬 신체, 아침 햇살 속 전차에
서 기지개를 켜는 누이동생의 신체는 뭘까요? 얼핏 보기에는 가족
이 한 사람을 철저히 소외시키고 그 힘으로 다시 풍요의 건강함 속
으로 건너갑니다. 그런데 그렇게 간단하지는 않습니다.

갑충이 슬그머니 누이동생을 타고 올라가 그 치명적인 목에 입
을 맞춥니다. 말이 좋아 입맞춤이지, 이를 박고 흡혈하려는 겁니
다. 뱀파이어에게 물리면 뱀파이어가 되죠. 이런 논리로 이해해 봅

시다. 그레고르가 누이동생을 물었어요. 물린 누이동생이 그레고르가 된 겁니다. 당연히 그레고르는 없어져요. 그리고 누이동생은 소풍을 갑니다. 누이동생이 누구입니까? 아버지가 보기 싫은 아들을 드디어 이기고 사랑스럽게 쳐다보는 전리품인 딸이, 바로 아들이죠. 누이동생을 매개로 아버지와 직접적인 싸움을 안 하면서 아버지를 속이는 겁니다. 아버지는 영원히 몰라요. 딸이라고 생각하면서 아들을 기르는 거죠. 동물 세계에서 볼 수 있는 장면입니다. 다른 새가 자기 둥지에 두고 간 알을 자기 새끼인 줄 알고 기르잖아요. 이길 수 없는 싸움에 곧이곧대로 나서면 질 수밖에 없어요. 전략이 필요합니다. 그 전략은 머리를 쓴다고 떠오르는 게 아니라 살아야 한다는 원칙에 충실할 때, 오직 그것만 생각할 때 발견됩니다. 그 전략의 총체가 바로 카프카 문학입니다.

자본주의라는 거대한 권력 체계 속에서 어떻게 나라는 존재를 포기하지 않으면서 지킬 것인가? 엄청난 전략이 필요해요. 열심히 살겠다거나 자연으로 돌아갈 거라는 다짐만으로는 부족합니다. 꼭 필요한 무기는 나에게 있지 않습니다. 나는 그렇게 강인하지 않아요. 무기는 적에게 있습니다. 문제는, 나를 공격하는 적의 칼이 양날이라는 겁니다. 그 칼로 적이 나를 치면 내가 맥없이 나가떨어지지만, 칼을 다르게 쓰면 적이 자기 칼에 당할 수 있다는 거죠. 씨름을 생각해 보세요. 힘으로 이기나요? 상대가 쓰는 힘의 방향을 어떻게 바꾸느냐에 따라 엉뚱한 방식으로 승리와 패배가 갈립니다.

카프카가 바로 그렇습니다. 이런 테크닉이 카프카 문학의 묘미라고 생각합니다. 우리가 이걸 읽어 내야죠. 평면적으로 현대의 소외를 이야기하는 것으로는 부족합니다. 틀렸다는 게 아니라 카프카가 그렇게 낮은 개울물은 아니라는 뜻입니다. 조금 더 깊이 찔러 봐야 합니다.

신체라는 이름의 전략

『변신』에는 세 층위가 있습니다. 하나는 누구나 알 수 있는 변신이죠. 어떤 사람이 갑충이 돼 말라 버리고 사라져 가는 변신, 이것은 사회적인 것이나 가족적인 것으로 해석할 수 있습니다. 그런데 은밀하게 다른 변신이 진행됩니다. 상실 과정 중에 항상 뭔가를 발견하고 획득하는 것이죠. 그리고 세 번째는 누이동생이 그레고르가 되는 겁니다. 아버지와 벌인 싸움에서 누가 승리했나요? 아버지는 이 승리의 비밀을 알 수 있을까요? 전혀 모릅니다. 달리 말해 우리가 자기 보존의 특별한 논리를 펴고 그 논리가 책략적인 것이라면, 사회는 우리를 결코 통제할 수 없습니다.

어쩌면 삶은 니체 말대로 마스크를 쓰는 것과 같습니다. 완벽한 마스크는 얼굴 자체고요. 마스크를 안 쓴 얌전한 얼굴이 바로 마스크일 수 있습니다. 잡을 수 있나요? 못 잡아요. 어쩌면 이건 특별한 이야기가 아니고, 우리가 살고 있는 모습일지 모릅니다. 그러니까 살 수 있어요. 그럼 이 세상이 살 만한가요? 매일 노동하고 경쟁하고 남을 속여야 하고 속기도 하는데, 살 만한 세상인가요? 촘촘하기 짝이 없는 사회라는 그물망으로부터 빠져나가기 위해 우리는 점점 작은 고기로 변하고 있습니다. 그래서 카프카의 이야기가 특별하지 않을 수도 있습니다. 너무 평범한, 누구나 이렇게 이길 수 없는 싸움을 하고 그럼에도 이겨 내면서 살아가고 있다는 겁니다.

제가 볼 때 이건 너무 평범한 이야기예요. 우리가 그렇게 삽니다. 인터넷에 글 올려도 잡아가고, 하지 말라는 게 많죠. 사는 게 참 비밀스럽습니다. 살아가는 '데 좋은 머리가 필요합니다. 이 머리는 교양을 쌓는 머리와 달라요. 이게 신체의 능력이죠. 신체보다 영리한 게 세상에 없습니다. 뒤돌아보면 알 거예요. 신체가 위기에 정확하게 대처합니다. 날아오는 것을 피하고, 지하철이나 버스에서 졸다가도 내릴 때가 되면 벌떡 일어납니다. 신체라는 이름의 전략, 제가 볼 때는 삶의 참모습이에요. 그래서 관찰할 필요가 있습니다. 심각하고 어려운 선택을 할 때는 생각을 너무 많이 하지 말라고 흔히 말하죠. 근본적으로 자신의 감각을 믿으라는 뜻입니다.

기억

『잃어버린 시간을 찾아서』, 마르셀 프루스트

──────────● **이야기가 불가능해진 현대**

이번에는 프루스트를 만납니다. 사실 프루스트는 워낙 연구사도 길고 작가의 함량도 커서 빨리 끝내기가 힘든데, 이번 강의에서는 그 유명한 '마들렌' 체험과 기억 문제를 다루겠습니다. 지금까지 '무의지적 기억'이라는 단어로 설명했지만 사실 결정적인 것은 소설 문장이죠. 내용을 직접 읽으면서 보겠습니다.

아시다시피 『잃어버린 시간을 찾아서』*À la Recherche du Temps Perdu*는 원작 기준으로 7편 10권이나 되는 방대한 작품인데, 그중 반은 프루스트 생전에 출판하고 나머지는 작가가 써 놓은 것을 갈리마르출판사에서 정리해 펴냈습니다. 1편 『스완네 집 쪽으로』(3권), 공쿠르상을 받은 2편 『꽃피는 소녀들의 그늘에서』(2권), 3편 『게르망트 쪽』, 4편 『소돔과 고모라』까지 출판된 것입니다. 알베르틴 얘기가 많이 나오는 5편 『갇힌 여인』, 6편 『사라진 알베르틴』, 그리고 아주 중요한 부분인 7편 『다시 찾은 시간』은 프루스트가 원고로만 남겨 놓았지 그걸 정서하거나 출판하지는 못했습니다. 그런데 열 권이나 되는 이 작품을 대하소설이라고 할 수 있을까요? 대하소설은 등장인물과 이야기의 장구한 연관 속 전개가 특징인데, 프루스트 소설은 우리가 전통적으로 아는 서사가 중심에 있지 않습니다.

현대 소설의 기점을 이야기할 때 꼽히는 작가들이 있습니다. 조이스James Joyce, 울프Virginia Woolf, 카프카 그리고 프루스트가 빠질 수 없습니다. 우리가 흔히 '모던'하다고 말하는 이들의 현대 소설과 전통적인 소설 사이에는 패러다임의 연속성이 존재하지 않는데, 내용도 그렇습니다. 현대 소설은 전통적인 사회를 이야기하지 않습니다. 괴테Johann Wolfgang von Goethe의 교양소설에서는 전통적인 사회를 볼 수 있어요. 교양소설은 대체로 한 아이가 세상의 유혹과 혼돈 속에서 어른으로 성장해 가는 과정을 이야기하죠. 그 기원은 여행 소설과 모험 소설에 있고, 기본구도는 호메로스Homeros의 『오디세이아Odysseia』에서 나옵니다. 고향을 떠난 사람이 긴 여행 끝에 고향으로 돌아가는 이야기죠. 한 개인이 여러 어려움을 만나지만 그 속에서 주체성을 형성해 성숙한 인간이 될 수 있다는 전제를 깔고 있습니다. '개인의 완성이 가능하다'는 것이 전통 소설에 있는 기본 전제인데, 현대 소설에서는 이 전제가 문제시됩니다.

현대 소설은 대체로 완성태를 지닌 형식에서 미완성 형식으로 변하고, 포스트모던에 이르면 아예 형식을 갖지 않아요. 소설이 끝으로 갈수록 실마리가 풀려야 되는데, 안 그런 경우가 있습니다. 핀천Thomas Pynchon의 『제49호 품목의 경매The Crying of Lot 49』 같은 경우

비밀이 더 커지는 방향으로, 즉 역순으로 나아갑니다. 베케트Samuel Beckett를 봐도 그렇죠. 희곡『고도를 기다리며En Attendant Godot』로만 떠올리는 작가지만 소설도 많이 썼습니다. 그의 소설을 보면 형식성을 찾을 수가 없습니다. 결국 이야기가 가능하냐, 그렇지 않느냐의 문제죠. 이야기라는 것은 수미일관하게 나아가는 면이 있어야 하는데, 우리가 살아가는 모습이나 개인과 사회의 관계가 그렇게 수미일관한지가 문제입니다. 결국 이야기의 가능성 문제가 소설을 위기에 몰아넣었습니다.

요즘 소설의 위기에 대해서 많이 이야기합니다. 실제적 근거가 있는 이야기가 별로 안 나오거든요. 개인의 몽상 세계라든지 나쁘게 말하면 장난처럼 '이런 식으로 한번 생각해 봤다' 하고 보여 주듯 계속 나오지 않습니까? 그런데 소설의 이런 현상을 작가 개인의 문제보다는 사회현상으로 봐야 합니다. 오늘날 우리의 존재가 얼마나 파편화되어 있는지를 드러내기 때문입니다. 사회에 필요한 작품이 그냥 나오지는 않죠. 예를 들면, 대중문화 현상 중 아이돌이 인기가 높은 것을 두고 노래의 가치를 따지기 전에 왜 그렇게 큰 호응을 받는가를 이야기해야 합니다. 제가 볼 때 내적 완성도나 문화와는 관련이 없어요. 소설로 돌아오면, 현대 소설은 이야기할 거리가 없습니다. 하지만 소설은 근본적으로 이야기잖아요. 이야기할 것이 없는데 이야기를 해야 하죠. 형식은 이야기할 것을 요구하는데, 내용은 이야기할 게 없다. 이렇게 되면 소설 쓰기 자체가 근본적으로 달라지지 않으면 안 됩니다.

──────● 현대 소설의 결정적 징후를 보인 소설

『잃어버린 시간을 찾아서』 첫 권 제목이 '스완네 집 쪽으로'죠. 소설의 앞부분 50쪽 이상이 실제로 도입부일 뿐입니다. 진짜 이야기는 마들렌 체험이 있고 나서 시작되죠. 그 전에는 침대에서 자다 깨다를 반복할 뿐입니다. 마들렌 체험이라는 결정적인 체험 뒤에 작가가 '이야기를 하겠다' 하고 시작돼요. 어느 소설에나 도입부가 있지만, 프루스트처럼 소설의 막을 올리기까지 이렇게 방대하게 쓰는 경우는 거의 없습니다.

카프카를 예로 들어 봅시다. 『성』이나 『소송』은 돌발적으로 시작해요. 어디에서 왜 왔는지 모를 사람이 어느 날 갑자기 그냥 성에 도착합니다. 어떤 이야기든 시작하려면 주인공의 전력을 보여 줘야 하잖아요. 그 사람이 어떻게 살아왔는지를 제시하고 나서 갈등과 이야기를 시작해야 하는데, 카프카 소설의 주인공들에게는 결정적인 '과거'가 없습니다. 과거가 없다면 엄밀하게 볼 때 사람이 아니죠. 이번 강의에서 기억 문제를 이야기할 텐데, 기억이 없는 사람이 어떻게 정체성을 갖겠습니까? 내가 누구라는 정체성은 기억 작용 때문에 생깁니다. 카프카와 프루스트의 소설이 도입부의

분량은 차이를 보이지만, 내용상 도입부가 없는 것으로 보인다는
점은 비슷하고 그 뒤에 전개되는 현상은 동일합니다.

『잃어버린 시간을 찾아서』의 도입부는 현대 소설의 결정적인 징
후를 보여 줍니다. 이야기할 것이 없는데 이야기해야 하는 난감한
화자, 이야기꾼의 딜레마죠. 이 딜레마가 도입부에서 끊임없이 이
야기되다가 그 끝부분에 마들렌 체험이 나온다는 것은 작가가 '이
제 무슨 이야기를 해야 할지 알겠다'는 뜻입니다. 그래서 콩브레에
도착하면 동네가 어떻게 보이는지로 시작됩니다. 콩브레는 소설
의 화자인 마르셀이 어린 시절 부활절 방학 때면 식구들과 함께 가
서 지내곤 하던 레오니 고모네가 있는 시골 마을이죠. 여기를 묘사
한 뒤에 수미일관한 서사 없이 사건이 별자리처럼 분포합니다. 어
떤 의미에서 보면 아주 거대한 몽타주 같은, 영화 기법과 닮은 면
도 있습니다.

프루스트를 다루려면 많은 전제 조건을 살펴야 하는 만큼 시간
이 많이 필요합니다. 아쉬움이 남겠지만, 간단하게 진행해 보겠습
니다.

───────● **프루스트, 세상에서 침대로**

프루스트는 매우 부유한 집에서 태어났습니다.

그의 아버지는 위생학에서 아주 큰 업적을 남겨, 오늘날에도 위생학 도서를 뒤져 보면 그 이름이 나온다고 합니다. 아버지가 의사였고 위생학을 전공했다는 사실이 프루스트의 삶과 문학에 전반적으로 상당히 재미있는 영향을 미쳤습니다. 그의 삶이나 문학에 깊이 숨은 무의식적 욕망이 있다면, 그건 '자기 보호'입니다. 성장 과정의 영향이 있겠지만, 직접 세상과 대면하면서 끊임없이 자기를 보호해야 한다는 충동을 느꼈기 때문일 수도 있습니다. 그가 여름날에도 밤 산책을 할 때 코트를 입었다는 이야기가 잘 알려졌습니다. 물론 천식을 앓아 감기에 안 걸리려고 한 행동이었겠지만, 그의 철저한 위생성을 확인할 수 있습니다. 그의 문장에서도 철저한 위생성이 보이죠.

프루스트는 1880년, 아홉 살 때 처음 천식 발작을 일으켰습니다. 천식은 지금도 고치기 어려운 병이죠. 아버지가 의사였지만, 결국 그는 천식의 영향으로 앓게 된 기관지염과 폐렴으로 사망했습니다. 어쨌든 그는 유년 시절에 온 가족의 보호를 받으며 아주 행복하게 살았습니다. 성장기에 경제적인 어려움이 전혀 없었어요. 그리고 괴물이라고 할 만큼 남달리 예민한 감수성을 타고났죠. 이 세 가지 조건이 합쳐지면서 프루스트 삶의 전반기가 결정됩니다. 감수성이 예민하고 병약한 사람이 노동을 안 해도 될 만큼 돈과 시간이 많은 경우 할 수 있는 일이 몇 가지 안 됩니다. 그래서 미술과 음악에 대한 놀라운 교양을 쌓죠. 그 결과, 『잃어버린 시간을 찾아서』의 한 축은 프루스트의 음악과 미술과 문학에 대한 생각으로 채워졌습니다. 이번 강의에서는 어렵지만 프루스트의 예술론도 따로 떼어서 접근해 볼 만합니다.

이렇게 감각적이고 예술적인 교양을 쌓은 프루스트가 뜻밖의 장소를 찾아다니기도 했습니다. 하나는 고급 콜걸이 있는 유곽입니다. 영화 같은 걸 봐도 당대 프랑스 사회의 중·상류계급 남자들이 유곽과 가정에서 이중성을 드러냅니다. 집에서는 근엄하고 도덕적이고 윤리적인 아버지가 유곽이라는 전혀 다른 세계를 드나들죠. 이 또한 스노비즘입니다.

프루스트가 드나든 또 다른 장소는 상류계급의 유곽이라고 할 수 있는 살롱입니다. 당시 산업혁명에 따라 경제적 지각변동이 일어났죠. 그 전에 토지를 통해 경제권을 쥐고 있던 귀족들이 공장 생산 체제가 들어서면서 힘을 잃어 갔고, 신흥 경제 집단인 부르주아 계급이 커졌습니다. 프루스트도 부르주아 계급에 속했죠. 당시 부르주아는 돈을 많이 벌어도 귀족에 대한 선망이 있었습니다. 이게 바로 타락한 부르주아의 모습입니다. 역사적으로 더는 존재하지 않는 계급을 그리워하는 타락한 모습. 교양 있고 감각이 예민한 프루스트는 스놉으로서 귀족계급의 문화에 대한 선망이 있었기 때문에 끊임없이 살롱을 드나들었습니다. 한편으로는 고급 교양을 쌓지만 한편으로는 스놉으로서 살아가는 시기가 프루스트 삶의 전반기입니다. 그런데 어느 날 프루스트가 침대 속으로 들어갑니다.

『잃어버린 시간을 찾아서』의 첫 문장이 뭔가요? "오래전부터 나는 일찍 잠자리에 들었다." 잠자리는 침대죠. 그 전 삶이 침대 외부라면, 그때부터 삶은 침대 내부로 규정할 수 있습니다. 바르트가 말한 삶의 '전환점'에 이른 것입니다. 우리가 원하는 대로 삶을 시작하지는 않았죠? 태어나고 싶어서 태어난 게 아니고, 지금의 내가 되고 싶어서 된 것도 아닙니다. 그냥 어떻게 태어나서 살다 보니 지금의 내가 되었잖아요? 어쩌다 대학에 들어가고, 어쩌다 유학을 가고, 어쩌다 직장도 구합니다. 자발적으로 시작한 삶이 아닌데 끝까지 이렇게 간다면, 타자가 결정한 삶을 그대로 받아들이면서 살 뿐이죠. 이런 의미에서 실제 삶은 전환점이 있을 때 시작됩니다. 이게 바로 바르트가 이야기하는 '삶의 중심'입니다. 다시 말해, 지난 삶과 단절하면서 주체적으로 자기 삶을 다시 시작하는 지점입니다. 바르트에게는 어머니의 죽음이 『카메라 루시다_La Chambre Claire_』 같은 책을 쓰는 쪽으로 건너가는 삶의 중심이라고 할 수 있어요. 그도 당시 프루스트에 관한 글을 많이 썼습니다.

프루스트는 삶의 전환점에 '세상'으로부터 '침대'로 옮겨 갑니다. 그리고 외부 소음을 완전히 차단하기 위해 침실 벽을 코르크로 만들죠. 코르크 벽을 만든 것도 모자라 창마다 커튼을 드리웠다고 해요. 그런 방에서도 침대 '속'으로 들어가서 글을 많이 썼고, 필요하면 끈을 당겨서 그의 유명한 동반자인 하녀 셀레스트를 불렀어요. 이 여자가 작품에는 '프랑수아즈'라는 이름으로 나오죠. 이렇게 침대 속에서 지내던 프루스트가 외투라는 이름의 침대를 걸친 채로 필요할 때만 나갔다고 합니다. 이런 식으로 10여 년에 걸쳐서 죽을 때까지 쓴 작품이 바로 『잃어버린 시간을 찾아서』입니다.

────● 신체 감각을 통해 만나는 기억

『잃어버린 시간을 찾아서』는 여러 관점에서 이야기할 수 있는 작품입니다. 앞에 말한 예술론은 물론이고 정치소설로도 볼 수 있어요. 살롱 문화와 부르주아 계급의 스노비즘에 대한 가열하고 예리한 분석이 드러나죠. 이 부분에 대해서는 벤야민이 쓴 「프루스트의 이미지Zum Bilde Prousts」라는 논문이 있습니다. 짧아도 함량이 큰 논문이에요. 프루스트를 읽으면서 '무의지적 기억'에 대한 이야기만 하는 경우가 많잖아요. 그런데 한국 사회에 프루스트의 유산 중 무의지적 기억이 필요한지, 속물주의에 대한 분석적 시선과 비판이 필요한지는 생각해 볼 문제입니다. 모든 독서는 당대의 요청에 따르기 마련이지요. 물론 개인의 취향을 따르기도 합니다만, 독서는 사회적 성격과 그에 대한 시대의 요청이 분명히 있으니 우리가 이를 인식할 필요가 있습니다. 한 예로 우리가 고전을 어떤 측면에 주목해서 읽을지에 대해 결정하는 방법도 있습니다. 프루스트에 대해 제가 흥미롭게 느끼는 지점은 당대 귀족 사회와 타락한 부르주아 사회를 예리하게 분석해 내는 관상학적이고 해부학적인 시선과 용서 없는 응징의 시선입니다. 저는 우리 사회가 이런 면에 더 주목해야 한다고 봅니다.

어쨌든 우리가 이야기해 볼 것은 전통적으로 언급되는 무의지적 기억입니다. 기억에는 두 가지가 있습니다. 하나는 '의지적 기억'이고, 다른 하나는 프루스트가 이야기한 '무의지적 기억'으로 프로이트에 따르면 '무의식적 기억'이며 더 폭넓게 이야기하면 '신체적 기억'이라고 할 수 있습니다.

기억은 지나간 것에 대한 의식적 접근, 즉 의식 활동입니다. 절대로 무의식 활동이 아닙니다. 하지만 기억을 탈의식적인 것으로 받아들이는 경우가 많아요. 섬세한 성찰 없이 기억은 상당히 문학적인 개념으로, 의식은 비문학적인 개념으로 이야기합니다. 마치 기억을 중요시하는 것은 문학의 영역인 양 말이죠. 프로이트의 정신분석학에 따르면 기억이 결국 '자기방어 시스템'이고, 그 목적은 자기 보존에 있습니다. 현재의 자기를 지키려고 하는 거예요. 그래서 의식은 객관적이지 않고 현재 자기를 그대로 유지하는 데 방해가 되는 요소를 걸러 내는 필터로 작용합니다. 언제나 방어기제죠. 의식 활동으로서 기억은 과거라는 무한한 경험의 저장고에서 현재 자기에게 유리한 것들만 뽑아내는 작업입니다. 기억을 분석하면 결국 '의도'가 들어 있다고 할 수 있겠죠. 우리가 과연 지금의 나를 위험스럽게 할 수 있는, 지금의 나를 부정할 수밖에 없는 과거사를 끌어들이는 작업을 하는지 생각해 볼 필요가 있겠습니다. 시간이 지나면 과거의 트라우마까지는 아니라도 아픈 연애사까지 달콤하게 왜곡하죠. 결국 수렴 작용이 일어난 것입니다.

헤겔식 기억이 대체로 이렇게 변증법적 운동을 일으키는 기억이라면, 프루스트가 이야기하는 기억은 이와 전혀 다른 무의지적 기억이라고 볼 수 있습니다. 의지적 기억의 주체는 의식이죠. 의식은 곧 합리성이라고 볼 수 있고요. 합리성에 기초해 과거를 응시하고 의식 활동을 해서 오늘과 과거의 상관관계를 만드는 작용을 의지적 기억이라고 한다면, 무의지적 기억은 운동의 주체가 의식이나 합리성과 무관한 신체·감각입니다. 감각을 매개로 만나는 기억이죠. 『잃어버린 시간을 찾아서』에서 보겠지만, 반수면 상태로 침대에서 왔다 갔다 할 때 내 신체의 어느 부위가 닿느냐에 따라서 다른 기억들이 툭툭 떠오르죠. 이 기억들에 의식의 기억으로는 결코 만날 수 없는 내용이 있습니다.

―――――● **무의지적 기억의 순간성**

또 무의지적 기억은 언제나 '순간적 기억'입니다. 냄새이든 색깔이든 억눌려 있다가 돌발적, 순간적으로 나타납니다. 이것들은 의식의 수면 위로 떠올랐다가도 곧 의식에게 추방당하기 때문에 다시 사라집니다. 순간성이죠. 사실 '순간'이라는 것은 '경험 불가능한 어떤 시간대'예요. 너무 짧아서 언어화할 수 없습니다. 한자의 뜻을 풀면, 눈을 깜짝이는[瞬] 사이[間]니 포착해 낼 수가 없죠. 그런데 시간은 지속성이 있기 때문에 엄밀히 말하면 계량하거나 측량할 수 있어야 합니다. 그래야 우리가 시간을 대상화하고 이야기할 수 있어요. 마치 나비처럼, 순간은 잡으려고 하면 날아가 버리기 때문에 상당히 어려운 개념입니다.

그럼 프루스트는 무엇을 순간이라고 했을까요? 무의지적 기억의 순간은 '모든 것이 다 오는' 시간입니다. 소설에서 마들렌 체험 이야기 전에 엄마를 비롯해 이런저런 생각을 하는데 맨날 조각으로 온다고 말합니다. 어린 시절을 생각해 보세요. 한꺼번에 떠오르지 않습니다. 특정 부분이 툭툭 떠오르죠. 그런데 무의지적 순간적 기억은 모든 것이 한꺼번에 떠오릅니다. 마들렌 체험이 바로 모든 기억이 한꺼번에 떠오르는, 하나도 빠뜨리지 않고 다 떠오르는 체험입니다.

한편 '순간'과 관련해서 프루스트와 벤야민이 많이 겹칩니다. 한꺼번에 떠오르면 바로 그것 때문에 모든 것이 무엇인지가 자명해져요. 부분적으로 떠오를 때는 도대체 뭔지 몰랐다가 한꺼번에 떠오르면 "아, 뭔지 알겠다!" 하는 인식이 생깁니다. 경험은 몸, 감각과 연결되고 인식은 머리와 연결됩니다. 우리가 흔히 이분법적으로 생각할 수밖에 없는 의식과 무의식이 돌연히 하나로 겹쳐지는 순간이에요. 단순히 감각을 통해서 '맛을 봤다' 하고 끝나는 게 아닙니다. 소설로 돌아가서 얘기하면, 마들렌이 '통통하고 조개처럼 생겼다'고 설명합니다. 시각적이죠. 여기에서 그치지 않고 '과자 표면에 그어진 엄격하고 경건한 주름 무늬'라고 하죠. 조형성입니다. 이것은 의식의 차원을 이야기합니다. 이렇게 보면 마들렌 체험을 단순히 감각적 체험이라고 할 수 없습니다. 오히려 이 체험의 결정적인 부분은 우리가 유아였을 때, 피조물 상태에서 가질 수 있었던 정체성과 만난다는 것입니다. 피조물 상태에서 의식적 존재가 되고 나면 감각 세계와 사유 세계로 갈라져 버리죠. 그러다 특별한 계기가 되는 기억을 만나 이분법이 해소되고 총체적 자기와 만나는 체험을 하는 겁니다. 이건 아이들만 알아요. 라캉Jacques Lacan 식으로 말하면 '상징계'에 들어오지 않은 상태에서만 가능합니다.

───────● **임종의 침상에서 만나는 총체적 기억**

이 순간은 절대로 아무 때나 오지 않습니다. 모든 것이 다 떠오르고 그것이 뭔지를 분명하게 알 수 있는 순간은 일생에 한 번밖에 안 와요. 임종 때. 그래서 '오래전부터 나는 일찍 잠자리에 들었다'고 할 때 '잠자리'(침대)는 사실 '관'과 같습니다. 임종 자리에 미리 들어갔다는 뜻입니다. 사람이 죽을 때 평생 겪은 일이 전부 주마등처럼 지나간다잖아요. 진짜 그런지는 죽을 때나 알 텐데, 많은 사람들이 그렇게 말합니다. 벤야민은 「이야기꾼Der Erzähler」에서 삶이 마감되는 순간에 스스로 깨닫지 못한 채 마주쳤던 자기 자신의 모습들로 이루어진 이미지들이 막 떠오른다고 했어요. 우리가 얼마나 많은 사람을 만나면서 살아갑니까? 친분에 따라서만 사람을 만나지는 않죠. 특히 대도시에서는 하루에만도 수십 명과 스칩니다. 그 사람들이 나하고 무슨 관계가 있느냐고 물을 수 있지만, 지하철을 타고 오가다 수많은 시선이 만납니다. 물론 그 시선은 사라집니다만, 불교적으로 이야기하면 다 인연이지요.

시선의 만남, 시선의 관능성을 봅시다. 관음증은 일종의 시선의 섹슈얼리티입니다. 접촉은 없어요. 정신분석학적인 성 이론으로 들어가면, 시선을 통한 관음증적 관계가 실제로 신체 접촉을 통한 관계보다 훨씬 더 강력할 수 있다고 하죠. 시선이 상당히 에로틱한 겁니다. 시선의 역사를 보면, 신체와 신체가 원형적 의미의 도덕에 따라 마음대로 결합하지 못하게 되었을 때 그리고 근친상간이라는 터부가 생겼을 때 거기서 발생한 욕망이 옮겨 간 곳이 바로 시선이에요. 만지지 않으면서도 만지는 것과 같거나 더 강력한 관능성을 맛볼 수 있는 것이 시선의 기초적인 영역입니다. 그러니 임종의 순간은 모든 사람이 다 보일 만큼 눈이 가장 밝아지는 때일 수도 있습니다.

프루스트의 무의지적 기억도 따져 보면 오로지 한 상황에서만 일어나는 기억입니다. 절대로 아무 때나 흔히 오지 않습니다. 그런데 임종의 순간은 왜 모든 것과 만나는 사건을 가능하게 할까요? 이때는 미래가 차단됩니다. 미래가 없어지죠. 임종의 침상이 아니라면, 사는 동안 미래가 차단되는 순간이 언제일까요? 특히 현대사회에서 우리는 현재나 과거를 살지 않습니다. 올지 안 올지 모르는 미래를 위해서 나 자신을 봉사시키고 있습니다. 좋게 보면 꿈을 이루어 간다고 할 수 있지만, 아주 전통적인 희생 제의를 그대로 답습하는 거예요. 지라르René Girard 같은 사람은, 욕망의 삼각형에 내 욕망이 아닌 남의 욕망을 좇기 위해서 나를 끊임없이 제단에 올리는 것이 바로 현대인의 미래주의적 삶의 방식이라고 말합니다. 정치와 사회가 이런 방식을 끊임없이 야기합니다. 정치는 권력을 유지하기 위해서, 시장은 잉여가치를 얻기 위해서 우리가 미래를 지향하게 만듭니다.

───────● **망각의 경계를 넘어서는 체험**

　　임종의 침상은 획기적인 사건입니다. 우리가 평생 살면서 한 번도 체험해 보지 않은 시간대, 현재에 머무는 겁니다. 미래로부터 처음 해방되는 현재, 이 순간에 사유 대상이 될 수 있는 것은 과거밖에 없습니다. 그래서 시간이 역류하죠. 기억이 역류하는 겁니다. 과거로 몰입하죠. 과거로 몰입하다 보면 벽을 만납니다. 우리의 기억 작용에 의식적인 수렴이 있기 때문에 어느 선까지밖에 못 갑니다. 즉 망각이라는 경계선과 만납니다.

여러분은 혹시 첫 기억을 떠올려 본 적이 있습니까? 우리의 기억은 언제나 한계, 경계가 있습니다. 치매에 걸리면 그 한계를 넘어간다고 하죠. 즉 치매에 걸리면 미래를 상실하는 겁니다. 바로 전에 있었던 일은 기억이 잘 안 나는데, 먼 과거일수록 기억이 잘 납니다. 기억의 회로가 뒤집어졌기 때문입니다. 미래가 차단되면 기억의 물길이 역류해 망각의 영역과 만납니다. 망각의 영역에는 살면서 수없이 시선을 마주친 사람, 바람과 꽃향기, 읽은 문장, 우리 몸이 끊임없이 접촉한 부분 들이 있습니다. 그러나 의식은 '이건 필요 없어. 도움이 안 돼.' 하면서 창고 속, 쓰레기장에 모아 놓죠. 의식은 까맣게 잊어버린, 그러나 신체는 자기 안에 간직하고 있는 기억이 바로 망각의 영역입니다. 이 부분을 뚫고 들어갈 수 있느냐 없느냐가 문제입니다. 프루스트가 소설을 못 쓰겠다고 하는 이유가 부분은 기억나는데 전체는 기억나지 않는다는 것이었습니다. 망각의 경계를 못 넘어가겠다는 뜻입니다. 그런데 마들렌 체험을 통해 모든 것이 한꺼번에 떠올랐다면 망각의 문이 드디어 뚫린 겁니다. 망각의 영역에 접근해서 그 문을 뚫고 들어가거나 망각의 영역이 문밖으로 뛰쳐나온 체험을 여러 방식으로 설명할 수 있지만, 프루스트는 이 방식을 감각에서 찾는다는 점이 특이합니다.

프루스트와 달리 아도르노는 합리성에 더 기대며 의식이 정점에 도달하면 무의식으로 건너갈 수밖에 없다고 이야기합니다. 또 불교에서는 끊임없는 감각적 비늘층을 벗어 버릴 때 갑자기 다른 세계로 건너간다고 합니다. 이런 점에서 불교는 대단한 정신성을 요구하는 영역이라고 볼 수 있죠. 그런데 프루스트는 전혀 다릅니다. 후각이든 청각이든 시각이든 촉각이든 감각, 특히 냄새를 맡는 후각에 의지합니다. 오감이 총체적으로 체험을 만들어 내는데, 이 체험이 일어나는 공간이 바로 입안, 구강입니다. 왜 하필 구강인가, 왜 시각이나 촉각 대신 케이크와 차 한 잔이 입안으로 들어가는 순간에 기억이 떠올랐는가? 입안이 뭔지를 주목해 봐야 마들렌 체험이 혁신적이며 문학사에서 전기를 마련했다고 평가받는 이유를 알 수 있습니다.

———————● 시간의 권력, 주체가 해체되는 순간

감각은 언제나 우리에게 있습니다. 후각도 있고, 미각도 있죠. 프루스트는 평소에 마들렌을 먹었겠지요? 하지만 그 감각이 존재한다고 해서 무의지적 기억이 항상 오지는 않습니다. 그런 상황이 내 힘만으로는 오지 않고 은혜가 있어야 합니다. 다른 것의 도움이죠. 바로 우연이라고 부릅니다. 프루스트가 베르그송

Henri Bergson의 영향을 받았는데, 두 사람의 기억 개념은 상당히 유사한 동시에 차이도 보입니다. 베르그송도 무의지적 기억이 가능하다고 보는데, 기억 층위가 분명히 있습니다. 베르그송 전공자가 듣는다면 너무 거칠게 이야기한다고 하겠지만 그에게는 자유 개념이 있어요. 이렇게 말합니다. "현대인은 전부 바보다." 현대인은 언제든 해방될 수 있는 영역을 껴안고 있으면서도 그 영역에 대한 자유를 두려워한다고 이야기합니다. 그 영역과 만나기를 두려워한다는 거죠. 이 영역, 베르그송의 개념으로 망각된 것이 없는 온전한 기억인 무의적無意的 기억은 우리가 의지적으로 원하기만 하면 언제라도 열릴 수 있습니다. 그러나 프루스트에게는 그렇지 않죠. 아무리 의지를 갖고 접근하려고 해도 절대로 열리지 않고 '우연'에 따라 열립니다. 우연에 따라 튀쳐나오기 때문에 무의지적이죠.

프루스트가 이렇게 이야기했습니다. 이 세상에 산길을 걸어가면서 수많은 꽃과 만나고 그 향기를 맡는 사람은 많다. 하지만 그것을 통해서 무의지적 기억을 경험하려고 기도하고 애쓰고 오매불망해도 유감스럽게 평생 단 한 번도 무의지적 기억의 행복감을 맛보지 못하는 사람이 태반이다. 반면에 무의지적 기억에 도달하기 위해 오매불망하지 않아도 어느 순간 돌연히 무의지적 기억과 만나는 우연의 은총 속으로 들어갈 수 있다고 해요. 근대 이후 신을 대체하던 주체성에 대한 프루스트의 태도가 어땠는지를 알 수 있습니다. 무의지적 기억은 주체성을 통해 관리되는 영역이 절대 아니죠. 오히려 주체가 해소되는 순간에 비로소 만나게 되는 영역이에 요. 그래서 무의지적 기억은 감각의 문제, 우연의 문제로 봐야 합 니다.

그럼 무의지적 기억이 일어나면 단순히 감각의 경험이나 하강 초월적 시간 체험이 끝날까요? 그건 아닙니다. 여기에는 상당한 비판 의식이 숨어 있어요. 감각의 우연성에 따라 파열되는 것은 기 본적으로 소위 진보적 삼분법적 시간입니다. 과거-현재-미래로 흘러가는 시간이죠. 별다른 게 아닙니다. 현재는 언제나 과거가 되 고, 미래는 현재가 되고, 현재가 된 미래의 시간은 언젠가는 또 과 거가 되죠. 그리고 과거는 다시 현재가 될 수 없습니다.

"긍정적으로 생각해. 잃어버린 것 때문에 괴로워해도 아무 소용 없어." 이런 말을 일상적으로 많이 하죠. 또 사랑하는 사람이 죽었 다면 이렇게 말합니다. "산 사람은 살아야지." 근본적으로 인간이 시간 앞에서 절망하기 때문에 이런 말을 합니다. 모든 것이 무상하 고, 무상하게 지나간 것은 다시 만날 수 없지요. 그래서 우리는 끊 임없이 과거에 대해 절망합니다. 그리워합니다. 하지만 그리워하 는 순간 '안 된다'고 스스로 되뇌죠. 그리고 남은 것은 과거에 대한 제스처, 포즈입니다. 절대로 믿음은 없어요. 과거가 살아 있다고 믿는 분이 계세요? 그런 분은 샤먼, 무당이죠. 죽은 사람을 다시 만 날 수 있다고 생각하세요? 우리에게는 그런 능력이 없습니다. 우 리 의식구조가 그렇게 되질 않아요. 말은 할 수 있죠. 하지만 말은 유희로 남을 뿐이고 진실성은 전혀 없습니다.

프루스트는 삼분법적 시간이 가진 놀라운 권력, 우리를 지배하는 시간의 권력인 현대성이 무의지적 기억을 통해 과거가 완전히 되살아나면 해체된다는 것을 이야기하려고 합니다. 현대성에 있는 권력을 해체하는 데서 그치는 게 아닙니다. 현대성의 기본 동력은 '진보'에 있거든요. 알게 모르게 삶을 관리하고 지배하고 있던 또 하나의 권력, '과거를 되살리지 못하면서 항상 과거의 노예가 되어 있는 것'을 파괴합니다. 내가 진정으로 새로운 삶을 구가할 수 없도록 만드는 것이 내가 살아온 이력이죠. 내가 살아온 과거가 나를 완전히 장악하고 있어요. 내 문제이기도 하지만 나를 관리하려고 하는 권력 체제에 따라 그렇게 됩니다. 그리고 나는 이 체제에 아무런 항거도 할 수 없죠. 그런데 시간 구도가 해체되면 내 이력으로부터 내가 해방될 가능성을 찾는 것과 같습니다.

──────● 환유적 글쓰기, 욕망의 글쓰기

사실 문학의 영역에 들어가면 무의지적 기억이 필연적으로 다른 글쓰기를 요청한다는 것이 더 중요합니다. 지금까지 하던 글쓰기는 현대적 시간성을 따르는 글쓰기에 지나지 않는다는 거죠. 전형적인 예로 교양소설을 보면, 누군가 태어나서 어떤 일을 겪고 성공적인 이력을 쌓아 가는 과정을 통해 성숙한 어른이 되었다고 합니다. 그런데 현대 소설의 기점을 이루는 조이스, 울프는 '의식의 흐름'을 이야기하잖아요. 의식은 시계 방향을 따르지 않습니다. 과거가 내 앞에 있다가 갑자기 미래가 들어오죠. 프루스트도 의식의 흐름이죠. 의식의 흐름이라는 영역과 만나면 글쓰기 자체가 달라집니다. 조이스의 『율리시스Ulysses』나 울프의 『댈러웨이 부인』, 프루스트의 『잃어버린 시간을 찾아서』 등이 전형적이죠. 시간이 아니라 사건 중심으로 소설을 쓰는 겁니다. 사건은 시간 순서를 따르지 않고 마치 꿈속에 제멋대로 출몰하는 이미지처럼 등장합니다.

새로운 글쓰기라는 것이 과연 무엇인가에 대해 이야기해야 하는데 시간이 부족해서 간략하게 짚고 넘어가겠습니다. 프루스트의 글쓰기가 왜 새롭나요? 흔히 이야기하는 환유적 글쓰기이기 때문입니다. 시니피에(기의, 의미) 없는 시니피앙(기표, 형식)이 이 시니피앙에서 저 시니피앙으로 시니피앙을 물고 나가는 욕망의 글쓰기라고 이야기하죠. 결과적으로 이렇게 쓰이는 글은 전통적인 완성 형식을 결코 가질 수 없습니다. 왜냐하면 끝날 수가 없어요. 형식이 미완성이라는 운명을 껴안게 됩니다. 끝나는 건 쓰는 사람이 죽었을 때나 가능합니다. 하지만 소설은 남아서 더 이어져야 한다는 요청이 있고, 그 안에 계기가 잠재하고 있어요. 요즘 많이 이야기하는 간텍스트성(상호텍스트성)이나 파라텍스트처럼, 누가 쓴 것을 다시 가져다 쓰는 겁니다. 포스트모던 소설이 결국 완성 형식을 갖지 않죠. 이렇게 본다면 그 시발점에 프루스트적 글쓰기가 있습니다.

—————● **감각 앞에서 무력해지는 이성**

본격적으로 소설을 읽겠습니다. 제가 프랑스어를 조금 하지만 프루스트의 문장을 옮기려니 유감스럽게도 손이 너무 많이 가서 독일어본을 번역해 봤습니다. 음악성을 살리고 중요한 점은 강조하려고 했는데, 부분적으로는 지나치게 번역했을 수 있습니다. 하지만 제 의도를 넣어서 강의용으로 번역했으니, 이 점은 참고하시길 바랍니다. 제가 생각하기에 번역의 가장 중요한 원칙인 충실성은 지키려고 노력했습니다.

이번 강의에서는 마들렌 체험 장면을 중심으로 보겠습니다. 『잃어버린 시간을 찾아서』가 연구사를 통해 빼어난 작품으로 인정받기도 했지만, 각 시대의 요청과 아주 잘 통했기 때문에 유명해진 면이 있습니다. 가장 대표적인 예가 마들렌 체험 부분이고, 이 밖에도 많이 다루어지는 장면들이 있습니다. 『사라진 알베르틴』 중에 침대에서 자는 알베르틴의 모습을 화자가 병리적인 시선으로 응시하고 묘사하는 대목이 있죠. 알베르틴은 소설 화자의 애인으로 레즈비언입니다. 할머니의 죽음을 다루는 장면도 있는데, 할머니가 죽어 가는 모습을 잔인할 정도로 묘사해 내죠. 동성애 장면도 있습니다. 이 작품에서 제일 멋있는 인물이라고 할 만한 샤를뤼스가 화자 대신 동성애 문제를 얘기하는 부분이 있어요. 이것이 바로 프루스트의 문제였습니다. 프루스트는 17, 18세에 자신의 동성애 성향을 깨닫습니다. 샤를뤼스 장면을 보면 동성애자들이 서로 알아보는 시선의 세계, 이성애자에게 없는 관음적 시선들이 나와요. 서로 안면이 없는데 만나자마자 바로 자기 상대를 찾아내는 '동물적 감각'의 시선이 드러납니다. 또 거짓말을 하는 알베르틴의 수법, 음악에 대해서 이야기하는 부분도 주목할 만합니다. 예술가의 죽음을 뜻하는 베르고트가 죽는 대목도 있습니다. 베르고트는 소설가인데, 어린 마르셀에게 글쓰기에 대한 욕망을 불러일으키고 일종의 롤모델이 되죠. 그럼 첫 장면부터 보겠습니다.

오래전부터 나는 일찍 잠자리에 들었다.

이 문장에 대해서는 이미 앞에서 설명했습니다.

때로는 촛불을 끄자마자 바로 눈이 감겨서 '이제 잠이 드는구나.'라는 생각을 미처 할 틈도 없이 잠이 들었다. 그러다가 반시간쯤 뒤, 이제 자야 할 시간이라는 생각에 다시 깨어나 아직도 손에 들고 있다

111

고 생각되는 책을 내려놓고 촛불을 불어 끄려고 하기도 했다. 잠깐 잠든 사이에 나는 잠들기 전에 읽고 있던 책의 내용을 계속 곰곰이 생각하고 있었지만, 그 책의 내용들은 엉뚱한 길로 빠져들곤 했다. 책에 나오는 성당, 현악 사중주의 연주 소리, 프랑수아 1세와 카를 5세가 벌이는 대결 등등이 마치 나 자신의 일처럼 여겨지기도 했다.

반수면 상태라는 특별한 의식과 무의식의 경계에서 평소와 달리 어떤 상상력이 일어나는지를 이야기합니다. 중요한 것은 자면서 자꾸 일어나는 착각이에요.

이런 착각들은 때로 잠이 깬 뒤에도 한동안 계속 이어졌다.

잠이 깼는데도 몽롱합니다. 아침에 일어났을 때 몽롱한 것과 마찬가지예요. 벤야민은 『일방통행로_Einbahnstraße』에서 깊은 꿈에서 깬 날에는 절대 중요한 계약을 하면 안 된다고 이야기했어요. 잠을 깬 뒤에도 무의식이 의식에 깊이 침투해서 의식 상태로 바로 돌아가지 못한 채 흔들리고 있다는 겁니다. 이성에 대해서는 이렇게 말합니다.

그건 깨어난 뒤에도 나의 이성이 그런 착각을 저지
하는 것이 아니라 눈꺼풀 위에 비늘처럼 내려앉은
채 촛불이 이미 꺼져 있다는 사실을 분명하게 의식
하는 걸 방해만 하기 때문이었다.

이게 이성 비판입니다. 이성 또는 합리성은 그 어떤 착각도 다
계몽해서 감각의 미신이라든지 상상의 안개를 헤쳐 낼 만큼 아주
막강하고 객관적인 힘이 있다는 믿음이 근대의 근본적인 출발점이
거든요. 이성에 대한 신앙심이죠. 이것에 일침을 가하는 대목이라
고 할 수 있습니다. 잠에서 깼지만 반수면 상태에서 일어나는 착각
을 이성이 저지하지 않고 '눈꺼풀 위에 비늘처럼 내려앉은 채' '방
해'만 한다고 합니다. 의식이나 이성이 무의식의 영역과 만나면 힘
을 별로 못 쓴다는 뜻입니다.

그러면 나의 상상은, 마치 전생의 기억을 간직한 죽
은 사람들의 영혼처럼, 점점 더 종잡을 수 없는 것
이 되어 버렸다.

이것은 근대적 이성에 대한 전혀 다른 접근 방식을 보여 줍니다.
왜 감각이 이성보다 훨씬 강력하며 사물을 더 정확하게 인식하는
지를 보여 주는 것이 『잃어버린 시간을 찾아서』의 의도라면, 이 부

분이 그것을 잘 드러낸다고 볼 수 있습니다.

> 때때로 잠 속에서 불편한 자세 때문에, 마치 이브가
> 아담의 갈비뼈에서 태어나듯이, 모르는 한 여인이
> 옆구리에서 태어난다. 그 여인은 분명 한때 내가 맛
> 본 쾌락으로부터 태어났지만, 내게는 쾌락이 그 여
> 자 때문에 (지금 새롭게) 나에게 태어난 것처럼만 여
> 겨진다.

이때 쾌락은 유곽에서 맛본 것이죠. 의식 차원에서는 그 여인이
중요하지 않기 때문에 죽은 사람과 마찬가지로 없어졌습니다. 그
런데 반수면 상태로 침대에서 뒤척거리다 옆구리가 닿았을 때 그
여인이 깨어났죠. 과거에 내가 맛본 쾌락이 떠오르면서 그 여인의
얼굴도 떠올랐겠지만, 대상 자체가 중요하지는 않고 대상에게서
소유했던 어떤 것들이 나에게 다가온 다음에 그것을 증명하기 위
해 대상이 따라옵니다. 그런데 여기에서 다른 식으로 이야기합니
다. '내게는 쾌락이 그 여자 때문에 나에게 태어난 것처럼' 느껴지
죠. 그 여자와 한때 맛본 쾌락 때문에 여자가 떠오르는 게 아니라
그 여자가 떠오르면서 그 쾌락이 떠오른다는 겁니다. 과거의 쾌락
이 없어지지 않고 다른 모습으로 그 자리에서 또 태어난다는 것이
중요합니다. 그럼 과거의 여자가 더는 과거의 여자가 아닙니다. 내

가 여자와 접촉하면서 맛본 쾌락, 그 여자는 죽어서 없어졌을지 몰라도 과거의 쾌락이 시간과 무관하게 지금 다시 내 몸에서 완전히 새로운 모습으로 그때 그곳 그 여자와 함께 있는 것처럼 떠오릅니다. 그 결과가 뭡니까?

> 나의 신체는 그 여자의 신체 안에서 내 신체의 따뜻함을 감지하고 그녀에게 달려들다가 나는 그만 깨어난다. 그러면 잠 속에 등장한 모든 사람은, 조금 전 아쉽게 헤어지고 만 이 여인 때문에 모두들 멀리로 쫓겨나 버리고 만다. 나의 뺨은 그녀의 키스 때문에 여전히 뜨겁고 나의 신체는 그녀의 몸에 눌려서 부서질 것만 같다.

반수면 상태에서, 쾌락이 이미 지나가 버린 어떤 여인의 부재를 통해서만 오는 게 아니라 그 쾌락을 통해서 여인이 새로 살아난 것처럼 지금 내 몸 위에서 나를 누르며 숨 못 쉬게 하는 사람이 되어 버렸다고 이야기합니다. 반수면 상태에서 내 신체 감각에 따라 되살아온 기억에 근본적으로 어떤 의미가 있는지를 보여 줍니다. 프루스트가 이 첫 장면에서 이야기하려는 것은 감각적이고 신체적인 또 다른 기억입니다. 이 기억이 어떻게 나오는지 이야기하면서 언제나 감각을 관리할 수 있었던 근대성의 이성이 무의지적 기억 속에서 뒤집어지는 것을 보여 줍니다. 이성이 감각 앞에서 결코 힘을 쓸 수 없어요. 그리고 감각은 어떤 실재성 같은 것을 다시 체험할 수 있게 합니다. 이성은 이렇게 못 하죠.

——● 어머니의 책 읽기

다음은 어머니가 책을 읽어 주는 장면입니다. 어린 마르셀은 엄마가 책을 읽어 주지 않거나 잠자리 입맞춤을 하지 않으면 잠을 못 잡니다. 저녁에 손님이 오면 혼자 자야 하니까, 이웃인 스완이 집에 오는 것을 상당히 싫어하죠. 부르주아 계급의 교양 있는 남자인 스완은 예술에 대한 심미안이 있고 마르셀에게 많은 것들을 가르칩니다. 어쨌든 마르셀이 칭얼대는 장면이 나오고 엄마가 와서 책을 읽어 주는데, 이때 읽은 책이 그 유명한 상드George Sand가 쓴 『프랑수아 르 샹피François le Champi』(한국어 번역판 제목은 『사생아 프랑수아』)예요.

프루스트에게 엄마만큼이나 중요한 인물이 바로 할머니입니다. 할머니는 비록 노인이지만 소녀 같은 면을 잃지 않아 상당히 재밌는 인물이죠. 엄마는 마르셀을 건강하고 남자답게 기르고 싶어 하는데, 할머니는 마르셀을 보듬습니다. 그래서 마르셀은 할머니가 돌아가셨을 때 엄청난 슬픔을 이야기하죠. 이 할머니가 소녀 같고

엉뚱하고 탈코드적인 측면이 강해요. 할머니가 마르셀의 생일 때 정념, 자살 등을 다룬 상드의 『앵디아나*Indiana*』, 뮈세의 시, 루소의 작품을 사주려 하는데, 아버지가 책 이름을 듣고 거세게 반발하는 바람에 상드의 전원 소설 네 권으로 바꿔 온 일이 있어요. 그 안에 불그스름한 표지의 『프랑수아 르 샹피』가 있었죠.

어느 날 스완이 놀러와서 어머니의 굿나잇 키스를 못 받겠다 싶어 절망에 빠진 마르셀을 달래려고 어머니가 『프랑수아 르 샹피』를 읽어 주죠. 이게 연애소설이라 아이가 들어서는 안 되는 장면이 나오기도 하는데 그때마다 엄마가 슬쩍 넘어갑니다. 내밀한 연애 장면을 건너뛰는 거죠. 듣고 있는 마르셀은 엄마가 그러는 걸 다 압니다. 이 비워진 틈, 부재의 장소에서 욕망이 뭔지, 관능이 뭔지 그리고 남녀 사이에 특별한 무엇이 있다는 것을 상상을 통해서 눈치챕니다. 부재와 실재의 문제죠. 우리가 어떤 것을 드러내는 방식은, 있는 그대로 표현하는 묘사뿐만 아니라 생략도 있습니다. 프루스트의 글쓰기에서 상당히 중요한 모티프가 되는 지점이에요. 우리의 감각이 눈앞에 소유할 수 있는 그 무엇이 있을 때 더 강력해지는지 그것이 부재하지만 흔적이 있을 때 더 강력해지는지에 대해 말합니다. 있다가 없어지는 장소는 그냥 텅 빈 장소가 아니죠. 있다가 없어졌을 때 그 장소에서 더 강력한 감각, 더 강력한 촉감을 갖게 돼요. 이게 부재와 실재의 변증법입니다.

목소리와 문자의 관계성

문제는 흔적의 개념입니다. 흔적이 낳는 욕망의 운동이 언어화되면 그것을 환유 운동이라고 부르거든요. 어머니가 책을 눈으로만 읽는 게 아니라 소리를 냅니다. 문자와 목소리. 사실 문자는 추상적이고 목소리는 아주 감각적이며 신체적이에요. 이 둘이 만날 때 어떤 효과가 나오는지를 정확하게 보여 주는 장면이 있습니다.

> 어머니는 책을 읽으면서 자연스러운 부드러움과 달콤함을 그런 부드러움과 달콤함을 갈구하는 문장에 불어넣었고, 그러면 그 문장이 마치 어머니의 목소리를 위해 쓰인 것처럼 어머니의 감정들이 생생하게 살아 움직이는 미묘한 뉘앙스의 영역으로 들어가 그 안에서 흘러갔다.

이 운동을 이해하시겠습니까? 어머니 목소리에 들어 있는 부드러움이 문장의 요청에 따라 문장으로 들어가면 문장이 다시 어머니의 목소리로 들어오는데, 어머니의 감정이 생생하게 살아 있기 때문에 마치 그 문장이 어머니의 목소리를 위해서 쓰인 것처럼 흘러갔다. 이게 바로 프루스트입니다. 이게 바로 문장의 음악성입니다. 읽는 사람과 문장이 둘로 나뉘지 않습니다. 이 둘은 일종의 혼음 관계입니다. 분명 둘이었는데 어느 순간 섞여서 무엇이 먼저고 무엇이 나중인지 모르는 채 하나로 흘러가는 겁니다. 이게 음악성이거든요. 프루스트의 문장은 다 이런 구조입니다. 어머니의 목소리와 문자가 어떻게 어울리는지를 보여 주는 부분이죠.

> 책을 읽어 주는 어머니의 목소리에는 마음에서 우러나오는 울림이 있었는데, 그 울림은 (어머니가 혼자서 만들어 내는 것이 아니라) 문장 속에 처음부터 잠재하던 바로 그 울림이어서, 어머니는 비록 문장 속 단어들이 분명히 그렇게 지시하지는 않아도 책을 읽어 가면서 그 울림을 문장들에게 다시 돌려주는 것 같았다. 바로 그 울림으로 어머니의 목소리는 동사형이 쓰일 때 생기는 거친 단절을 이어 주고 모든 과거형 문장을 (어머니의) 선한 마음에서 우러나오는 부드러운 위안, 부드러움으로 감싸인 조용한 슬픔으로 감싸이게 했는데,

여기에 모든 과거형 문장들, 서사적 과거형이라는 게 있습니다. 소설이 현재형으로 쓰이기도 하지만 대개 과거형으로 쓰이잖아요. 사실 소설은 죽음입니다. 다 과거예요. 과거는 사라져 버린 거죠.

소설은, 살아 있는 것을 찍으면 죽음이 되는 사진과 같습니다. 소설과 죽음의 관계는, 소설 내용에 죽음이 들어가기 때문에 떨어질 수 없는 것이 아니고 소설의 서사적 과거형 때문에 완전히 맞닿아 있어요.

> 모든 과거형 문장을 (어머니의) 선한 마음에서 우러나오는 부드러운 위안, 부드러움으로 감싸인 조용한 슬픔으로 감싸이게 했는데 다시 말해, 어머니의 목소리가 음절의 말미를 빠르게 또는 느리게 읽는 방식으로 음절의 길이를 일부러 무시하고 그 음절에 부여한 동일한 리듬을 통해 끝나는 문장을 끝나는 일 없이 다시 시작하는 새로운 문장으로 이어지게 했으며 바로 그 이어짐이 사실은 아무런 특별함도 없는 평범한 문장을 끊임없이 감동을 불러일으키는 생생한 산문으로 되살아나게 했다.

그런데 사라져 가는 것들에 대한 조용한 슬픔과 선한 마음이 어머니의 목소리에서 우러나와 문장이 종결어미로 끝나도 그걸 감싸면서 서사적 과거형이 내포하는 죽음의 문장을 다시 살려 그 문장이 끝없이 이어지게 만들었고, 그 평범한 문장 속에 생생함이 살아나도록 어머니가 낭독했다는 겁니다. 어머니의 책 읽기, 목소리와 문자의 관계성 낭독이 대단히 중요합니다. 하지만 우리는 낭독을 잃어버렸죠. TV에서 하는 낭독은 엔터테인먼트일 뿐이에요. 사실 언어는 말에서 시작합니다. 그렇기 때문에 문자에도 목소리가 끼어들어 있어요. 신체성이 문자에 깊이 내재되어서 떨어질 수 없다는 겁니다. 이걸 문자를 읽는 낭독 행위로 확인하죠.

　낭독이 사라진다면, 문자와 신체의 격리고 문자가 의미로만 남는 겁니다. 그 안에 어떤 신체적 감각이 남아 있는지는 묻지 않습니다. 수능하고 같아요. 점수를 내는 게 아무리 중요해도, 교육과정에 포함되는 읽기에서 신체를 발견하는 행위는 무시하고 의미만 중시하면 안 됩니다. 정신세계는 중요한데 감각 세계는 중요하지 않은 것처럼 되죠. 그러다 보면 억울하게 퇴출당한 감각들이 분노를 일으킵니다. 청소년의 폭력 문제가 나타나죠. 억눌린 것은 억울해서 절대로 가만히 있지 않습니다. 감각이나 관능이나 신체성은 누른다고 눌리는 게 아니에요. 이런 것들은, 풍선의 한쪽을 누르면 다른 쪽이 솟듯 기형적으로 튀어나오게 돼 있습니다. 청소년 폭력 문제의 원인을 분석하고 평가하고 진단하지만, 제가 보기엔 우스꽝스럽습니다. 본질적인 문제를 잊고 있어요. 교육, 문자의 문제죠. 시험제도가 감각을 잃게 만들잖아요. 시험할 수 없는 것은 다 빼 버리고 시험할 수 있는 것만으로 아이들을 닦달해요. 어른들이 극성을 부리니까, 우리 사회에서 하위에 자리한 아이들은 교육의 짐을 떠안을 수밖에 없어요. 저는 교육이 잃어버린 방향에 대해 생각할 때라고 봅니다.

지금까지 본 책 읽기 부분은, 어머니가 보여 준 책 읽기의 묘미를 전달하는 데서 끝나지 않고 프루스트가 어떻게 글을 쓸 것인가를 제시합니다. 그가 나중에 어머니의 책 읽기 방식으로 사물에 대해 글을 써 나간다는 것입니다.

●　　**무의지적 기억을 불러내는 우연이라는 은총**

그다음은 우연에 관한 문제입니다.

나는 켈트족의 미신을 (미신이 아니라) 아주 이성적인 믿음이라고 생각한다.

또 이성 비판이죠.

그 미신에 따르면, 우리가 몹시 사랑했던 죽은 사람들의 영혼은 죽어서 영원히 사라지는 것이 아니라 계통적으로 낮은 단계에 소속되는 존재, 예컨대 동물이나 식물 또는 (바위처럼) 생명이 없는 존재 속으로 들어가 계속 살아가면서도 우리가 그들을 발견

해 주는 날이 올 때까지는 죽은 거나 마찬가지로 존
재한다는 것인데, 그러다가 만일 우리가 어느 날 우
연히 물론 이런 날이 거의 모든 사람에게는 영원히
오지 않기도 하지만, 그들이 들어가서 살고 있는 나
무를 지나가거나 물건을 소유하게 되는 일이 일어
나면 그 영혼들은 귀를 기울이면서 우리를 부르고,
그 부름을 듣고 대답하면서 우리가 그들을 알아보
면 그때부터 그 죽은 영혼들은 마법을 벗어나 우리
안에서 다시 살아가게 된다는 것이다. 그러니까 바
로 우리를 통해 그 영혼들이 죽음을 이기고 다시 살
아나서 세상으로 돌아와 우리와 함께 살게 된다는
것이다.

여기서 마법은 삼분법적 시간의 마법이죠. 이게 우연의 문제입
니다. 사라진 것들이 아예 소멸하지는 않고 꽃이든 나무든 어딘가
에 머물면서 늘 우리에게 말을 건다고 합니다. 하지만 우리는 그리
워하기만 할 뿐 그 말을 듣지 못하죠. 시간이라는 마법에 걸려 있
기 때문이에요. 그런데 감각의 '우연'이 오면 우리가 그것들이 꽃
이나 나무에 들어 있다는 사실을 알게 되고, 그다음부터는 내가 지
금 있는 이 시각으로 그것들이 건너와서 함께 살아가게 됩니다. 이
게 바로 무의지적 기억입니다. 사람들이 미신이라고 하지만 나는

그게 더 이성적이라고 생각한다, 이런 뜻입니다.

> 과거도 마찬가지다. 과거는 우리가 정신의 힘으로
> 아무리 불러내려고 노력해도 소용없는 그런 시간들
> 이다.

이렇게 알고 있어요. 우리가 아무리 의지적으로 정신을 통해 불러 봤자 결코 돌아오지 않는 시간이라는 거죠. '정신의 힘'이란 곧 이성의 힘입니다.

> 정신의 힘으로 아무리 애를 써 봐도 아무 쓸데가 없
> 다. 과거의 시간들은 정신의 힘이 닿지 않는 저 밖
> 에, 그러니까 그 어떤 물질적 대상이나 그 대상이
> 우리 안에서 깨워 내는 감각과 느낌들 속에 존재하
> 는 데다 그 대상들이 어떤 것인지 우리의 정신은 짐
> 작조차 할 수 없으므로, 과거의 시간들은 정신이 결
> 코 알아볼 수 없다. 게다가 이 대상은 죽기 전에 만
> 날 수도·있고 영원히 만나지·못할 수도 있지만 그
> 또한 우리 자신에게 달린 일이 아니다. 왜냐하면 그
> 건 전적으로 우연에 달린 일이기 때문이다.

바로 이 점에서 프루스트가 베르그송하고 근본적으로 다릅니다. 베르그송은 의지만 있으면 열린다고 했지만 프루스트는 아무리 원해도 우연이라는 은총이 없으면, 즉 주체 외부에서 계기가 오지 않으면 결코 무의지적 기억과 만날 수 없다고 합니다.

─────● 마들렌과 차를 마시는 장면

무의지적 기억을 대표하는 마들렌 체험에 대해 이야기하겠습니다. 책을 읽어 보면 무의지적 기억의 순간이 다른 장면에서도 나타납니다. 여기서는 맛이 매개지만 청각이나 시각이나 촉각을 통해 나타나는 무의지적 기억도 있죠. 『잃어버린 시간을 찾아서』에서 감각이 매개가 되어 나타나는 무의지적 기억의 순간들이 여러 장면이 있는데, 그중 대표적인 것이 마들렌 체험입니다. 2차 문헌이나 다른 사람의 말로 접하기보다는 직접 소설을 읽으면서 어떤 식으로 문제가 제기되는지 체험하는 게 중요하다는 생각이 듭니다. 그래야 무의지적 기억이 구체적으로 어떤 의미를 지니고 어떻게 묘사되는지 알 수 있을 겁니다. 앞에서 반수면 상태의 문제와 어머니의 목소리와 문자의 관계를 봤지요. 이번에는 마들렌과 차를 마시는 장면을 함께 봅시다.

수년 동안이나, 매일 밤 벌어지던 내 취침 광경과 드라마에 대한 기억을 제외하면, 콩브레는 사실 내게 존재하지 않는 거나 마찬가지였다.

콩브레는 프루스트가 어릴 때 가족이 휴가를 보내던 일리히라는 마을입니다. 소설 속 화자인 마르셀 아버지의 고향이고 레오니 고모가 사는 곳이죠. 콩브레의 기억이 전체가 아니라 단편으로만 오기 때문에 화자가 늘 불만을 품었습니다. 무의지적 기억은 불러내는 것이 어떤 시기 자체인지 또는 부분인지에 따라 큰 차이가 있다고 했습니다. 마들렌 체험에 이르기 전까지는 단편적 기억에 지나지 않는다는 것을 알 수 있습니다.

그런데 그렇게 지나가던 어느 겨울날 내가 몸이 꽁꽁 얼어서 집으로 돌아왔을 때, 어머니는 차를 싫어하는 내 버릇을 잘 알면서도 차 한 잔을 마시는 게 어떠냐고 물었다. 나는 처음에는 거절했지만, 왜 그랬는지 나 자신도 잘 알 수 없는 채로 생각을 고쳐먹었다. 어머니는 차 한 잔과 함께 마들렌이라고 불리는, 조개 모양을 본떠서 구워 낸 통통하고 달걀처럼 동그란 과자 한 조각을 가져오도록 시켰다.

울적했던 오늘 하루와 역시 쓸쓸하기만 할 내일의

날들 때문에 마음이 어두워진 채, 나는 어머니가 시
키는 대로 부드러운 과자 한 조각과 함께 차 한 모
금을 입안으로 가져갔다.

천식을 앓던 프루스트에게 '내일의 날'이란 삶을 위해서 남겨진
시간이라기보다는 언제나 죽음이 다가올지 모르는 시간으로 여겨
지는 상황이었습니다. 그래서 오늘 산다는 것도 울적한 일이고 내
일이라도 달라질 게 없다고 이야기합니다. 극심한 멜랑콜리 상태,
삶에 대한 절망과 불행을 드러내죠.

그런데 그때, 과자 맛과 섞인 차 한 모금이 입천장
에 닿는 순간, 나는 깜짝 놀라서 몸을 떨었다. 알 수
없는 낯선 어떤 것이 내 안에서 생겨나서 나를 주문
처럼 사로잡았다. 다른 느낌들과 전혀 섞이지 않은
채 그 자체만으로 다가오는 어떤 느낌, 도대체 그것
이 무엇인지 전혀 알 수 없는 채로 온몸을 가득 채
우며 몸속을 지나가는 그 느낌은, 전에는 한 번도
겪어 보지 못한 온전한 행복감이었다.

오늘 하루와 다가올 내일 하루도 우울과 불행의 대상이다가 모
든 것을 한꺼번에 뒤집으면서 전에 한 번도 겪어 보지 못한 온전

한 행복감, 라캉식으로 말하면 '주이상스'를 경험합니다. 그 어떤 부족함도 없는 총체적 관능의 만족 상태, 온전한 행복감. 아주 얌전해 보여도 이 말은 상당히 급진적이라고 할 수 있습니다. 도저히 맛볼 수 없도록 되어 있는 충족 상태를 이야기하거든요.

> 그리고 그 순간 내게는 삶에서 벌어지는 다사다난이 아무래도 좋은 것들만 같았고, 그 일들이 가져오는 이러저러한 불행한 사건도 사실은 아무런 해도 가하지 못하는 거짓 불행인 것처럼 여겨지면서 (언젠가는 끝나게 될) 짧은 생의 시간마저도 잘못된 감각 때문에 생기는 착각에 지나지 않는 것처럼 생각되었다.

여기서 '온전한 행복감'이란 죽음에 대한 두려움을 아예 소거하는 상태의 행복감이라고 볼 수 있습니다. 죽음을 극복하는 행복감이죠.

> 마치 사랑처럼 내 안에서 일어나 번져 가는 그 행복감과 더불어 나는 나 자신이 그 어떤 귀한 생명의 정수로 가득 채워지는 느낌이었다. 아니, 그 생명의 정수가 내 안에 있는 것이 아니라 나 자신이 그 생

명의 정수였다. 나는 이제 나 자신을 지금까지처럼 아무런 의미도 없는 존재, 그저 우연히 태어나서 살아가는 무의미한 존재, 결국 나중에는 덧없이 죽어가고 말 존재로 더는 생각할 수가 없었다.

시간의 무상성에 따라 자기를 방어할 수 없고 소멸을 향해 흘러갈 수밖에 없는 피조물의 삶, '우연히 태어나서 살아가는 무의미한 존재, 결국 나중에는 덧없이 죽어 가고 말 존재로 더는 생각할 수가 없었다'는 것이 바로 '온전한 행복감'의 근본적인 의미고 내용입니다.

왜 하필 구강인가

그런데 도대체 이 놀라운 기쁨은 어디로부터 내게 흘러들었을까? 물론 그 기쁨은 차와 마들렌의 맛과 관련 있었지만 차와 과자를 넘어서는 어떤 것, 그러니까 성질이 전혀 다른 어떤 존재였다.

차와 마들렌이 입안에 들어갔을 때 느끼는 행복감에 대해 이야기하고 있어요. 우리는 여기에서 마들렌 체험이 일어나는 '구강 세계'에 대해 생각해 봐야 합니다. 잘 살펴보면 '입안 세계'가 얼마나 관능적인 공간을 상징하는지 알게 됩니다. 차의 향기와 과자의 맛과 차에 과자가 녹아드는 부드러운 느낌이 있습니다. 구강은 외부와 차단되어 내밀한 피부 공간인데, 타액을 통해 맛과 향기가 어우러져 이 피부 공간이 일종의 용해 판타지의 공간이 된다는 거죠.

프루스트가 자기 삶이 불행하다고 한 이유는 삼분법적으로 구획된 시간 구조에서 벗어날 수 없고 바로 소멸할 수밖에 없는 존재라는 점에 있을 겁니다. 우리의 삶이 다 구획되고, 공간화되고, 경계화돼 있다는 거죠. 그런데 '주이상스의 상태'나 '격렬한 엑스터시 상태의 행복감'이란 것은 모든 경계가 소멸되는 '용해성'의 시공간적 경험이라고 할 수 있습니다.

그럼 왜 하필 구강인가? 왜 구강에서 무의지적 사건이 일어나는가? 구강이야말로 판타지의 세계와 일치할 수 있는 공간이기 때문입니다. 물론 프로이트가 프루스트 이후 사람이니까, 프루스트가 용해 판타지 개념을 알고 구강 공간을 제시했다기보다는 용해 판타지가 충족되는 공간으로서 경험하고 제시했다고 볼 수 있습니다. 조금 더 접근해 보면, 구강에 있는 혀가 상당히 에로틱한 기관이면서 언어의 본질적 기관이에요. 구강 공간을 재현할 방법을 찾는 것이 글쓰기(문학)의 목적, 욕망과 상당 부분 일치합니다. 구강은 말(혀)이 있지만 에로틱한 공간이라는 점에서 말로는 접근할 수 없는 터부가 존재하거든요. 다시 말해, 구강은 언어와 언어 외적인 것이 공존하는 특별한 감각의 공간입니다. 이 감각의 공간을 글로 바꾸려는 것이 문학의 근본적인 욕망이라고 할 수 있습니다.

이제 차와 과자가 왜 입에 들어갔으며 거기서 왜 무의지적 기억이 생겨났는지 그리고 '온전한 행복감'이라는 최고의 관능이 왜 체험되는지를 이해할 수 있습니다. 들어가는 것이 모두 녹아서 용해 판타지를 실현하는 공간이 구강이라면, 거기에서 무의지적 기억과 무의지적 기억이 가져다주는 '온전한 행복감' 그리고 그 전까지 단편적으로 떠오르던 기억들이 하나로 용해됩니다. 그동안 어떤 장치 때문에 서로 넘나들지 못하던, 터부를 벗어 버리지 못하던 기억 행위의 경계늘이 구강에서 허물어져 버린 겁니다. 터부시된 경계를 다 허물면서 기억들이 한꺼번에 떠오르는 가능성이 체험되는 경우라고도 볼 수 있습니다.

차와 과자 맛이 매개한 엄청난 행복감의 본질은 차와 과자를 넘어서는 다른 것이죠. 차와 과자가 맛있어서 '온전한 행복감'이 오는 게 아니라 차와 과자가 입에 들어가서 불러일으키는 감각의 사건이 화자에게 무의지적 기억과 엄청난 행복감을 가져다주는데, 이게 뭔지 물어볼 수 있습니다.

> 어쨌든 분명한 건 내가 찾고자 하는 (기쁨의) 진실이 차가 아니라 바로 내 안에 있다는 사실이었다.

앞에서 말했듯이 화자가 맛보는 온전한 행복감이나 관능적 충족감이라는 엑스터시는 차와 과자에서 오지 않고 차와 과자를 통해 유발된 '무엇'에 따른 것이죠. 그 '무엇'이 바로 내 몸속에 있다는 말입니다.

> 물론 그 진실을 차가 깨워 냈지만 차는 자기가 깨워
> 낸 것이 뭔지 알지 못하고 그저 짧은 동안 게다가
> 점점 힘을 잃으면서 똑같은 말만 반복할 수 있었다.

조금 더 읽어 보면, '온전한 행복감'인 '관능성'을 맛보고도 그게 뭔지 모르죠. 다만 그게 자기 몸속에 있다는 것만 압니다. 그런데 글을 쓰려면 그게 뭔지 정확하게 감지해야 하잖아요. 그래서 화자는 끊임없이 그게 뭔지, 본질이 뭔지 알고 싶어 하지만 안 되는 상태에서 이렇게 이야기합니다.

> 사정이 그렇다면 찾기만 하는 게 무슨 소용일까?
> 그래, 찾기만 해서는 안 된다. 이제는 스스로 창조
> 해야만 한다.

이 대목에서 화자가 찾는 것보다 스스로 창조하는 것이 중요하다고 깨닫습니다. 언어를 통해 감각을 재현하는 창조가 매우 중요

하다는 거죠.

그러고 나서 순식간에 기억이 의식으로 떠올랐다. (기억을 불러낸) 마들렌의 맛은, 콩브레의 주일 아침에 레오니 고모 방으로 아침 인사를 하러 가면 고모가 홍차나 보리수잎 차에 한 번 담갔다가 주곤 하던 그 마들렌의 맛이었다.

관능적 충족을 주는 기억에 대해 이야기합니다. 화자가 관능성의 내용을 정확하게 찾아내죠. 유년 시절에 레오니 고모한테 인사하러 가면 고모가 내주던 마들렌의 맛입니다.

───────● **신체적 기억 대 의식적 기억**

그런 식으로 추억은 오랜 세월 동안 기억으로부터 차츰 사라지고 말아 더는 아무것도 추억할 수 없게 되고, 모든 추억의 내용이 지워져 까맣게 잊히고 말았기 때문인지도 몰랐다. 그리고 사물의 형태, 말하자면 작은 조개를 닮은 마들렌의 모양, 과자 표면에 그어진 엄격하고 경건한 주름 무늬의 의상 밑에 감취진 도톰하고 아주 관능적인 과자의 이미지와 같은 사물의 이미지도 망각의 늪으로 깊이 가라앉아 의식의 표면으로 밀고 올라올 힘을 모두 잃어버리고 만 것이리라.

삼분법적 시간, 무상한 시간 때문에 어느 시간대에 일어나는 모든 일이 휩쓸려 망각된다고 이야기합니다.

하지만 사람들이 죽어서 사라지고 사물들도 낡아서 사라지고 말아 (그들이 존재하던) 지난 시간 중에 더는 아무것도 남아 있지 않게 되었어도 냄새와 맛만은 아주 연약하지만 그만큼 생생하게, 아무 형태도 없지만 그만큼 지속적으로, 마치 헤매는 영혼처럼 전혀 변하지 않은 채 그때 모습 그대로 그들의 삶을 계속 이어 가고, 기억하고, 기다리고, 희망하면서 모든 것이 사라져 버린 폐허 위에서 또는 거의 감지할 수 없을 정도로 작은 어떤 존재 속에서 여전히 그리고 앞으로도 오랫동안 저 기억의 측량할 길 없이 거대한 건축물의 어느 한 부분도 빼놓지 않고 모든 것을 자기 안에 간직한 채로 남아 있게 될 것이었다.

여기서 이렇게 생각해 볼 수 있습니다. '지금 여기'에서 또는 어느 한때 아무리 귀중하고 아무리 아름답고 아무리 충족적이던 것도 시간의 무상성에 따라 전부 흘러가 버리고 소용없어지잖아요. 아무리 아름답던 사람도 시간이 흐르면 아름다움을 잃어버리죠. 아무도, 그 어떤 신체도, 그 어떤 사건도 시간의 무상성 앞에서 자기를 지켜 낼 수 없습니다. 우리 몸은 시간에 따라 마모되고 쓸려 내려가면서 결국 죽고 탈물질화되죠. 탈물질화는 무상한 시간의 흐름이 원인입니다. 이런 점에서 신체가 정말 무상하고 가엾기 짝이 없다는 뜻이 아닐까요? 프루스트식으로는 적어도 물질적 차원에서라면 무의미하기 짝이 없다고 할 수 있겠지요.

프루스트가 발견한 무의지적 기억이 놀라운 점은 이렇게 아주 상식적인 면이라고 할 수 있습니다. 육체가 시간 앞에서는 아무 힘도 못 쓰고 소멸해 가는 물질일 뿐이에요. 그가 만일 우울한 오늘 하루와 앞으로 올 미래의 시간도 쓸쓸하기 짝이 없고 희망이 없다고 이야기한다면 자기 삶을 무의미하게 여기는 것이고, 그 무의미한 삶은 결국 죽은 경험이라고 볼 수 있습니다. 어차피 소멸할, 죽을, 탈물질화될 수밖에 없는 존재. 이렇게 자신을 받아들이고 불행의 의식인 멜랑콜리에서 벗어나지 못하고 있는데, 마들렌 체험을 통해 맛보는 엄청난 관능성과 행복감이 바로 신체에서 오죠. 신체가 탈물질적 존재인 동시에 탈물질을 이겨 낼 어떤 것을 그 안에 간직하고 있다는 사실의 발견이 아니겠습니까?

프루스트는 신체란 참 묘하다, 소멸할 수밖에 없는 신체가 그 안에 절대로 소멸하지 않는 그 무엇을 안고 있다고 이야기합니다. 역설이죠. 말이 안 돼요. 소멸하는 것이 그 안에 소멸하지 않는 것을 품고 있다? 프루스트는, 신체가 끊임없이 소멸되면서 자기가 경험한 모든 것을 그 안에 고스란히 간직하고 있다는 것을 발견했습니다. 그래서 무의지적 기억은 무의미해지는, 즉 소멸하는 신체 속에 무의미해지는 만큼 많은 경험의 내용이 그대로 저장되어 있는 이상한 창고라고 합니다. 끝없이 탈물질화되는 소멸 과정이 한편으로는 사라지지 않는 기억의 내용을 그대로 저장하는 과정이라는 거죠. 적어도 프루스트가 볼 때는 이 세상의 어떤 존재도 이런 이중성을 띠지 않습니다. 오로지 인간의 육체에만 이런 이중성이 있고, 내가 의식으로는 다 잊었지만 끊임없이 저장해 놓은 기억의 내용이 무의지적 기억을 통해 떠오를 수 있다는 겁니다.

의식도 무상한 삼분법적 시간 구성을 따르죠. 과거와 현재와 미래로 나눠 과거에 내가 경험하고 생각한 것은 이미 지난 것 또는 죽은 것이라고 생각하고, 내가 하고 있는 사유나 경험은 현재라고 생각하고, 앞으로 올 것은 기대하거나 두려워합니다. 우리의 의식적 운동이나 신체의 물질적 운동이 똑같은 시간 구조를 따라 움직인다는 겁니다. 그래서 우리 몸에 저장된 경험은, 결코 의식을 통해 사유되거나 의미화되거나 중요하다고 가치화된 것을 담고 있지 않습니다. 왜냐하면 의식도 탈물질화의 시간성에 따라 움직이기 때문에 전부 사라져 버리거든요. 신체 속 의식의 운동을 따라 움직이지 않았거나 의식이 무가치하다고 여긴 경험 내용만 신체가 기억해서 자기 안에 껴안습니다. 이게 신체적 기억의 내용이죠. 의식적 기억의 내용이 아니에요. 후각이든 청각이든 갖가지 감각으로 경험한 것들입니다. 기억, 의식은 잊었지만 신체는 저장 주체로서 생생하게 기억하고 있는 그 무엇, 여기서는 그 무엇이 '맛'이라는 겁니다.

아침에 찾아간 고모가 마들렌을 내준 것은 몇 십 년 전 일이고 의식은 기억하지 못했습니다. 하지만 우연히 마신 차와 마들렌을 통해 그 시절의 맛이 다시 살아난다면, 신체는 시간에 따라 사라지면서도 그 흐름에 따라 흘러가지 않는 그 무엇을 가지고 있는 거예요. 탈물질화되어 가는 신체는 죽어야 하는, 죽을 수밖에 없는 존재입니다. 그러나 기억 창고로서 신체는 결코 죽음에 승복하지 않고 '그때 그곳'에서 체험한 맛과 감각을 늘 지니고 있습니다. 그렇다면 우리가 가진 문제, 즉 탈물질화되어 가는 존재에 지나지 않는다는 절망감으로부터 어떻게 벗어날 것이며 신체의 또 다른 기억 공간을 어떻게 다시 만날 것인지가 남습니다. 화자는 신체가 무의미하고 무력한 삶의 공간에 그치지 않고 그때 그곳을 지금 여기에서 기억하게 만드는 놀라운 생명의 공간이기도 하다는 것을 냄새와 맛을 통해 체험했습니다.

이 문제는 '사라진 알베르틴'과 연결해서 생각하면 좋습니다. 프루스트에게 기억 창고, 감각 저장소로서 신체를 발견한 것만 중요하지는 않습니다. 더 중요한 것은 신체성의 비밀, 오묘함과 만나면서 기억을 통해 떠오르는 이미지입니다. 내가 어떤 것을 경험하던 그때 그곳에는 없던 이미지가 나중에 그때 그곳의 경험 자체로서 기억의 공간을 통해 떠오른다는 것은, 과거에는 실제로 경험할 수 없던 무한한 메타포와 만난다는 뜻입니다. 바로 이게 프루스트에게 쾌락이죠. 과거지만 엄청나게 생생한, 이미 지나간 감각이지만 지금 생생한 맛으로 되돌아오는 이미지의 무한함과 엄청난 흐름을 만나는 것이 바로 '용해 판타지'의 쾌락입니다. 왜냐하면 이런 이미지는 경계가 없거든요. 한꺼번에 범람해 올라와서 구분해 낼 수가 없어요. 이 엄청난 용해 판타지의 이미지는 감각을 통해 올라오기 때문에 맛과 냄새까지 납니다. 이런 이미지와 만나는 것이 바로 엑스터시고 최고의 관능성이며 '온전한 행복감'이죠.

놀라운 이미지들과 만났으니, 이제 글쓰기만 남습니다. 이 이미지를 글로 만드는 것이 그가 마침내 발견한, 작가의 소명입니다. '내가 써야 할 것이구나!' 진짜 이야기는 한참 지나야 나와요. 사실 도입부는 반수면 상태입니다. 마들렌 체험은 프루스트라는 작가가 '나만 알고 나만 체험하며 나만 이야기할 수 있는 대상'을 발견하는 과정입니다. 그래서 마들렌 체험이 끝나면 콩브레 이야기가 나오고, 거기에서 소설이 시작됩니다.

미완성의 운명을 지닌 현대 소설

현대 소설에는 본질적인 딜레마가 있죠. '이야기가 불가능해진 현대'라는 시대적 조건이 현대 소설을 규정합니다. 현대는 개인화, 파편화된 시대입니다. 전통적인 사회에서 개인은 파편화되고 외로운 존재가 아니라 공동체와 전통이라는 범주 안에서 공유할 것이 있는 존재였습니다. 그래서 공유점에 대해 충분히 이야기할 수 있었어요. 벤야민은 원래 이야기의 공간이 사랑방이라고 합니다. 옛날 우리에게도 사랑방이 있었습니다. 거기에서 할아버지가 할아버지의 할아버지에게 들은 이야기를 해 줘요. 입에서 입으로 전승되는 것이 이야기죠. 그 시대에는 이야깃거리가 엄청 많았습니다. 할아버지의 이야기가 손주의 삶이기도 했기 때문입니다. 그런데 이런 전통적인 공동체성이 현대사회에서는 도시화를 비롯한 여러 가지 조건 때문에 파열합니다. 우리가 군중으로 함께 있어도 서로 상관없는 사람들이잖아요.

그래서 현대 소설가가 이야기를 해야겠는데 도대체 뭘 이야기해야 할지 모르겠다는 딜레마에 빠지는 겁니다. 이 문제에서 빠져나오기 위한 이야깃거리가 '내면의 이야기'입니다. 전통적인 소설에는 등장하지 않던 소재입니다. 그래서 현대 소설을 내면 소설이라고 할 수 있습니다. 전통 소설은 외부에 대해 이야기하지만, 현대 소설에는 외부라는 것이 존재하지 않습니다. 세상이 어떻게 돌아가는지 몰라요. 이야기하고 싶어도 할 수가 없어요. 그런데 소설의 형식은 이야기를 하라고 요청합니다. 딜레마에 빠진 소설가가 겨우 발견한 것이 내면 소설이라는 장르입니다. 나만 아는 내 이야기. 그런데 이게 한동안 통하다가 안 통하게 되죠.

오늘날 우리에게 나만의 경험이라는 게 있습니까? 말만 개인입니다. 개인이라면 타자와 구별되는 특별함, 나만의 경험이 있어야죠. 다른 사람은 절대로 모르고 나만 아는 것, 말 그대로 내면성이 우리에게 있나요? 없습니다. 우리는 획일적으로 살고 있어요. 우리가 경험할 만한 것이 다 정해져 있고, 너나없이 모두가 인지하는 사실들만 공유합니다.

소설가 김승옥을 아시나요? 1960년대를 대표하는 작가인데, 지금까지 읽히는 이분 소설 중에 「서울, 1964년 겨울」이 있습니다. 어느 겨울 포장마차에서 우연히 만난 세 사람의 이야기예요. 구청직원인 '나', 대학원생인 '안', 부인의 시체를 병원에 팔고 방황하는 사내. 작가는 당대에 드물게 놀라운 감수성을 보입니다. 혼자 그 시대를 파악하고 있었어요. 이런 감수성은 공부를 많이 하는 것과는 관련이 없죠. 작가가 이해한 1960년대 상황은 세 사람이 모여도 나눌 이야기가 없다, 할 일이 없다, 소통이 안 된다는 겁니다. 만나고 인사는 했지만 술을 마시면서 할 이야기가 없어요. 그래서 아무도 모르고 나만 아는 것을 이야기해 보자고 하는 헛웃음이 나올 소리나 합니다. 어느 건물 앞을 지나면서 파리 한 마리가 그 유리

창에 붙어 있다 날아가는 걸 봤다, 유리창 닦던 사람과 눈이 마주
쳤다. 나만 아는 것이라는 게 기껏해야 이래요. 1964년 겨울 서울
의 일입니다.

김승옥이 프루스트와 같은 문제를 안고 있었습니다. 소설을 써
야겠는데 쓸 게 없어요. 소설가에게 내면이 있을 때는 그나마 행복
했습니다. 이야기할 것이 있으니까요. 그다음 시대에는 이야기할
게 없습니다. 오늘날 그 모습이 적나라하게 드러납니다. 경험이 아
니라 발상이 문제예요. 그저 에피소드 같은 소설이 나옵니다. 우연
히 떠오른 생각을 이야기할 뿐입니다. 재미있기는 해도 객관적 의
미를 전혀 발견할 수 없는 소설이 범람하고 있잖아요. 이런 상황을
보고 소설이 죽었다고 말하는 것은 소설 쓰는 사람들에 대한 비판
보다 시대 상황에 대한 명제로 받아들일 필요가 있습니다.

다시 프루스트의 상황을 봅시다. 그가 이야깃거리 없는 시대의
소설가로서 자신만 할 수 있는 이야기를 찾아 가는 과정이 바로
『잃어버린 시간을 찾아서』의 길고 지루한 도입부입니다. 이 도입
부는 프루스트 소설의 특성보다는 모든 현대 소설의 딜레마로 읽
어 낼 수 있습니다. 지금까지 우리가 본 것처럼 이 과정에서 그가
발견한 이야깃거리가 바로 '무의지적 기억'이고요. 도입부 뒤에 이
어지는 이야기는 마들렌 체험이라는 무의지적 기억에 관한 사건이
연애, 동성애, 살롱을 통해 이런저런 구도 속에서 끊임없이 재생산
되는 것이라고 볼 수 있습니다. 이렇게 보면 프루스트의 작품에 전

통적인 의미의 서사가 존재하지 않습니다. 몽타주 소설이라고 할수 있어요. 무의지적 기억이라는 경험의 에피소드들이 나열되죠. 구성하지 않고 그저 늘어놓는 겁니다. 미술이라면 설치 작품이라고 볼 수 있어요. 물론 설치미술도 구성이 아예 없지는 않지만, 전통적 방식에서 벗어나는 것과 시각뿐만 아니라 다른 모든 감각의 체험을 중시하는 것이 프루스트 작품과 일맥상통합니다. 전통적인 서사에 익숙한 독자들은 재미가 없죠. 뭔가 일어나야 되는데 사건이 없잖아요. 탐정소설처럼 문제가 제기되고 일이 꼬이다가 실마리가 발견되면서 마침내 모든 것이 풀리는 이야기를 기대하는데, 프루스트한테는 그런 게 없습니다. 그래서 프루스트가 대단하고 신기합니다. 이야기가 없는데도 열 권을 썼어요. 게다가 그렇게 많이 썼는데도 미완성이에요. 그만큼 쓰고 나서야 어떻게 쓰는지 알겠다면서 소설을 새로 쓰고 싶다고 합니다. 그러나 그럴 시간이 남아 있을까, 하면서 끝납니다. 이게 프루스트예요.

5편 『갇힌 여인』에서는 알베르틴이라는, 화자의 연인이 자고 있는 모습을 아주 에로틱하게 서술합니다. 주인공이 방에 들어서려다 알베르틴의 숨결을 들어요. 입고 있던 기모노가 안락의자 팔걸이에 걸려 있고, 알베르틴은 침대에서 자죠. 그 모습을 응시하면서 알베르틴의 이미지를 묘사합니다. 대단히 관음증적이죠. 알베르틴이 자는 모습이 어떤 변주를 일으키는지에 주목해서 읽으면, 프루스트의 글쓰기 방식을 조금은 감지할 수 있습니다. 이런 식으로 계속 글을 쓰면 수십 권을 써도 안 끝납니다. 범람하는 이미지의 흐름이란 시간처럼 죽지 않으면 끝나지 않거든요. 그걸 어떻게 다 쓰겠습니까? 도대체 소설이라는 것이 완성될 수 있을까요? 그래서 현대 소설은 미완성의 운명을 껴안을 수밖에 없습니다. 끝날 수 없도록 된 게 현대 소설이라고 볼 수 있어요. 인생이 끝날 수밖에 없듯이 소설을 끝내야 해서 끝에다 끝이라고 붙이지만, 소설 자체가 끝나지는 않습니다. 이를 두고 아도르노는 '미완성의 운명'이라고 이야기했어요.

죽음에 대항하는 문학

프루스트를 읽다 보면 할머니가 죽어 가는 모습을 잔인할 만큼 사실적으로 묘사한 부분이 압권입니다. 사랑이 가득하지만 해부학자의 시선으로 할머니의 죽음을 바라봅니다. 사랑하는 사람의 시선은 필연적으로 죽음에 이의를 제기할 수밖에 없죠. 정신적으로 높은 경지에 이른 분들은 보통 '죽음이 우리 삶의 일부니까 겸허하게 받아들여야 한다'고 이야기합니다만, 저는 믿지 않습니다. 인간은 그런 존재가 아니라고 생각해요. 인간에게는 두 가지 운명이 있습니다. 죽어야 하고, 사랑하지 않으면 안 되죠. 죽음과 사랑은 인간이 피할 수 없는 운명입니다. 리비도가 있는 인간이라는 존재는 타자에게 건너가지 않으면 살 수 없습니다. 건너간다는 게 사랑이죠. 이것도 여러 가지 양상으로 나타납니다. 미움이나 스토킹으로 나타나도 리비도가 타자에게 옮겨 가는 것은 사랑의 행위거든요.

'죽음을 받아들이라'고 쉽게 말하기 어렵습니다. 그렇게 말하는 사람은 사랑해 본 적이 없지 않을까요? 여러분은 사랑하는 사람이 헛되이 죽음에게 끌려가는 걸 받아들일 수 있나요? 사람의 죽음은 어쩔 수 없다며 손을 놓을 건가요? 절대로 안 되죠. 죽음에 저항하는 건 죽음이 미워서가 아니라 사랑하는 사람 때문이에요. 우리는 어떤 대상을 사랑하지 않으면 이야기의 필요성을 느끼지 않습니다. 그래서 문학은 근본적으로 죽음에 대한 저항이고 싸움이라고 볼 수 있습니다. 내가 아니라 내가 사랑하는 사람이 무력하게 죽음으로 소멸해 가는 것을 내 사랑이 용서하지 않기 때문입니다.

어머니를 한번 생각해 보세요. 드라마에도 많이 나오잖아요. 아이가 병에 걸려 죽어 가는 모습을 보는 어머니가 "죽음도 삶의 일부야. 그러니 보내야지." 하는 장면은 없습니다. 사랑하는 사람은 그렇게 할 수 없어요. 물론 그렇게 받아들이는 분을 제가 야유하는 건 아닙니다. 하지만 문학 공간에서 죽음은 영원한 사랑의 적이고, 문학의 운명은 사랑 때문에 죽음에 저항할 수밖에 없는 것이라고 생각합니다.

태곳적 유물 가운데 여인 조각상이 많죠. 통통하기가 거의 통나무 같습니다. 생산성에 주목하다 보니 상체보다 하체가 강조되며 투박하기 짝이 없어요. 즉 태곳적 여성 조형물은 여성의 몸만 표현하지 않았습니다. 그 몸은 늘 아이를 잉태하고 있어요. 프루스트가 말하는 신체의 오묘한 역설도 다른 데 있지 않습니다. 예컨대 어떤 여인이 있습니다. 여인의 신체는 늙어 갈 수밖에 없죠? 여인이 할머니가 되면서 신체가 소멸하는데 그 신체에서 아이들이 끊임없이 태어납니다. 기괴합니다. 끊임없이 아이를 잉태하고 생산하는 신체. 프루스트가 보는 신체가 바로 이렇습니다. 유한한 시간적 존재로서 소멸하지만, 소멸할수록 기억의 경험이라는 아이를 잉태합니다. 이런 신체는 현대적 시간성에 대한 저항이기도 합니다. 끊임없이 탈물질화되어 가는 신체는 삼분법적 시간을 따르지만, 감각의 경험을 저장하는 공간으로서 신체는 결코 삼분법적 시간을 따르지 않습니다. 오히려 역류해요. 늙을수록, 없어질수록, 소멸할수록 뭔가 자꾸 생산되니까요.

프루스트가 신체를 통해 이야기하는 문제는 이미지나 감각에서 끝나지 않고 시간까지 포함합니다. 우리가 경험하지는 못해도 분명히 존재하는 또 다른 시간이 있다, 그것의 이름은 기억이고, 기억은 결코 현대적이며 진보적인 삼분법적 시간을 따라 움직이지 않고 역류하기도 한다는 것입니다.

광기

『모래 사나이』, 에른스트 호프만

---● **슬픔의 다른 얼굴**

　　　　　이번에는 호프만Ernst Hoffmann의 『모래 사나이Der Sandmann』에 대해 이야기해 보겠습니다.

　『모래 사나이』에는 전래동화 요소가 있어요. 우리나라에도 어른들이 말 안 듣는 아이를 가르치려고 만든 이야기들이 있어요. 아이를 재우려고 '안 자면 호랑이가 물어 간다'든지 '귀신이 온다'고 말합니다. 저도 어렸을 때 자는 게 무서워 할아버지 방으로 건너가면 할아버지가 이야기를 해 주셨어요. 기억에 변주가 있겠지만, "너 안 자면 어떤 애가 널 부른다. '진영아, 놀자.'" 그리고 그 애가 세 번 부를 때까지 안 자면 제가 그 애를 따라가서 집에 못 온다는 겁니다. 그게 얼마나 무서웠는지 자려고 무척 애쓰던 기억이 있어요.

　『모래 사나이』는 '두려움이 무엇인가'를 물어보는 소설일 수 있습니다. 모든 두려움은 큰 슬픔과 연결됩니다. 두려움과 슬픔이 다른 것으로 이해되지만, 사람 사는 데 모든 것이 구획되어 있지는 않죠. 지난 강의에서 이야기한 용해 판타지를 떠올려 보세요. 엉킨

실타래에서는 빨간 실이든 파란 실이든 끄집어낼 수가 없습니다. 감정은 더하죠. 우리는 사랑과 미움이 반대라고 배웁니다. 사랑의 반대말이 미움이 아니라 슬픔이라고 답하면 점수를 받기 어려울 거예요. 우리가 받은 교육 때문에 이분법적으로 사고합니다. 하지만 마음에는 경계가 없고 방향과 구획은 더더욱 없으며 운동만 있어요. 그래서 마음은 종잡을 수가 없죠. 이와 마찬가지로 두려움의 이야기도 더 깊이 내려가면 아주 슬픈 이야기인 경우가 많습니다.

제가 독일에 있을 때 중국 고대 유물 전시회에 간 적이 있어요. 그때 참 인상적으로 본 것 중 하나가 관입니다. 여러 가지 관 중에 조그만 항아리가 있더라고요. 아주 조그맣고 사방이 막혔는데 작은 구멍이 하나 뚫려 있어요. 어려서 죽은 아이의 관이라는 설명이 쓰여 있고요. 아이가 죽으면 나무로 짠 관이 아니라 항아리에 시신을 넣었대요. 그리고 엄마가 보고 싶으면 나오라고 구멍을 뚫었다죠. 이걸 보고 갑자기 할아버지가 들려주시던 이야기가 생각났습니다. 저는 잠 안 자면 놀자고 한다는 아이가 무섭게만 여겨졌는데, 이때부터는 그 아이가 얼마나 슬플지를 생각했습니다. 아마 그 아이가 항아리에 있다가 심심해서 밤에 돌아다니며 친구를 찾는 모양이라는 생각이 들더군요. 우리는 외로울 때 누군가가 필요하죠. '그때 나가서 놀아 줄걸.' 하는 생각까지 들었습니다. 무서운 이야기를 다른 식으로 이해하면 한없이 슬픈 이야기가 되는 경우가 많습니다.

이제부터 볼 『모래 사나이』도 주요 테마는 광기에 따른 공포와 두려움인데, 이 두려움이 구체적으로 어떤 것인가를 알고 보면 참 슬픈 이야기이기도 합니다.

● 고전주의적 합리성에 대한 반발

호프만이 어떤 사람인지 알아보기 전에 낭만주의에 대해 잠깐 살펴보겠습니다. 독일에는 두 가지 낭만주의가 있습니다. 유럽의 낭만주의는 독일 게르만의 정신 상태, 정서 상태거든요. 물론 다른 나라에도 낭만주의가 있지만 낭만주의의 뿌리는 독일입니다. 낭만이라는 말에 서정적이고 부드러우며 몽상적인 이미지가 떠오르죠. 아름답고 동경할 만한 낭만주의의 계통은 대체로 올림포스 신화에서 유래하며 천상 지향으로 항상 떠오르려 하고 부드럽고 동경을 따릅니다. 우리가 흔히 아는 그리스신화가 즐겁고 생동감이 넘치잖아요. 빛의 영역이죠. 그런데 본래 독일 낭만주의의 성격은 그렇지 않습니다. 어두운 낭만주의(블랙 로맨티시즘)라는 게르만 낭만주의예요. 올림포스 신화보다 앞선 신화시대, 거인족 티탄이 지배하던 시대가 있습니다. 원래 지상을 지배하던 거인족이 올림포스 천상신에게 정복당합니다. 그래서 거인족이 땅 밑으로 들어갔죠. 땅 밑은 어두운 공간입니다. 북극권의 신화도 상당히 어둡고 기괴해요. 이렇게 빛의 신화와 어둠의 신화가 있는데, 맨 처음 신화의 공간은 어두웠습니다.

호프만 소설은 어두운 낭만주의의 영역에 있습니다. 그가 펴낸 단편집 제목만 해도 『밤의 이야기Nachtstücke』입니다. 우리에게도 귀신이 나오는 전래동화가 있죠. 이런 이야기는 대개 어둡고 기괴하며 두려움을 불러일으킵니다. 그리고 중심부에 자리 잡지 못하고 주변에서 떠돌아요. 공식적인 문화가 되지 못하고 배재되거나 억압된 채로. 그런데 없어지지는 않고 사람들을 끌어 모으며 흥미를 불러일으켜요. 우리나라나 유럽도 마찬가지입니다.

유럽의 사상 흐름을 보면 낭만주의에 앞서 고전주의가 있습니다. 상상력과 감정의 세계와 합리성과 이성의 세계가 균형을 추구하던 고전주의 시기 뒤에 낭만주의가 나타납니다. 고전주의에 대한 반발로 낭만주의가 등장했다는 말을 들어 보셨을 겁니다. 고전주의의 균형이라는 이름으로 통제할 수 없게 범람하는 어두운 에너지를 억눌렀죠. 그런데 낭만주의가 고전주의적 합리성과 균형을 아예 버리지는 않아요. 대신 합리성에 따라 지나치게 억압되던 감정을 풀어내는 쪽으로 움직이죠. 이런 면에서 낭만주의는 이지적인 경향을 띱니다. 이지적이면서 이성의 반대편에 자리한 것에 문을 열려고 하는 경향이 낭만주의라고 볼 수 있습니다. 그래서 낭만주의 음악은 강력합니다. 또 고전주의적 테크닉을 불협화음화하거나 탈코드화하는 방향으로 갑니다. 무엇을 만드는 것보다 제대로 허물기가 더 힘들기 마련입니다. 더 많은 기술이 필요하거든요. 기존의 틀을 깨고 완성도를 갖추려면 전보다 더 많은 합리성이 필요합니다. 전통적인 낭만주의가 이렇게 합리성을 품은 채 합리성의 외부를 지향해요. 그런데 이 주류적 낭만주의의 주변부에서 또 다른 낭만주의가 생겨납니다. 바로 어두운 낭만주의죠.

어두운 낭만주의는 합리성을 받아들이거나 합리성으로 들어갈 수 없는 영역을 테마로 삼습니다. '광기'나 '악몽' 같은 것이에요. 이런 것을 껴안으면 필연적으로 합리성에 배척되죠. 어둠의 낭만주의는 합리성의 빛 속으로 들어갈 수 없어서 어둠의 영역을 떠돌 수밖에 없는 인간의 일면을 테마로 낭만주의의 영역을 일군 것입니다.

──────● **어두운 낭만주의의 대표 작가**

어두운 낭만주의를 대표하는 작가가 호프만이고, 그의 대표작이 『모래 사나이』입니다. 호프만의 어두운 낭만주의에 대해 당대 사람들은 비판을 많이 했습니다. 먼저, 전형적 고전주의자인 괴테가 호프만의 문학에서 병리적 낭만주의가 보인다며 호되게 비판했습니다. 괴테도 낭만주의 경향이 상당했지만, 호프만처럼 어두운 낭만주의가 아니거든요. 독일 낭만주의의 대표적 시인으로 꼽히는 아이헨도르프Joseph von Eichendorff도 호프만을 비판했어요. 내면의 악마적인 것과 싸우기는커녕 악마적인 것을 애호하고 따라가 퇴폐주의 문학을 만든다고 했습니다.

그런데 하이네Heinrich Heine는 호프만의 문학 세계를 높이 평가했습니다. 낭만적 연애시로 많이 알려진 하이네가 실은 아주 정치적인 계몽주의자였어요. 독일 낭만주의를 대표하는 노발리스Novalis의 대표작이 『푸른 꽃Heinrich von Ofterdingen』인데, 하이네는 서정적이고 몽환적이고 동경이 가득 찬 낭만주의를 실현한 노발리스와 비교하면서 호프만을 크게 인정했습니다. 다시 말해, 현실에 관심이 없는 노발리스의 낭만주의에는 문제가 있다는 겁니다. 호프만의 낭만주의는 현실 비판적이라는 말을 많이 듣습니다. 어쩌면 하이네만이 호프만의 문학 세계를 제대로 봤다고 할 수도 있습니다.

한편 『모래 사나이』를 읽는 관점을 제시하는 사람은 프로이트입니다. 그가 「으스스함Das Unheimliche」이라는 짧은 논문에서 성인이 되기 전에 반드시 거쳐야 하는 심리적 통과의례와 같은 오이디푸스 콤플렉스를 설명하기 위해 『모래 사나이』를 예로 듭니다. 그 뒤 많은 사람들이 프로이트가 제시한 개념으로 『모래 사나이』를 읽어 내려고 합니다. 우리말로 옮기기가 대단히 어려운 단어를 제가 '으스스함'이라고 해 봤는데요, 그냥 두려운 게 아니라 왠지 모르게 기분이 안 좋은 겁니다. 두려움은 두려움인데, 실체가 확실하지 않아서 분위기로만 존재해요. 요즘은 조금 더 진보해 이 작품을 라캉식으로 읽는 경우도 있습니다.

그럼 프로이트의 정신분석학 모델을 통해 '으스스함'이 뭔지 이해하고 현실적 상황과 연결해서 『모래 사나이』를 읽어 봅시다.

────● **밤적인 것, 광기**

『모래 사나이』에서 나타나엘이 클라라라는 여자의 시선을 상당히 긍정적으로 봅니다. 클라라는 나타나엘의 약혼녀예요. 현명하면서 사랑으로 가득 차 있고 부드럽다고 하죠. 어떻게 보면 남자가 여자에게 바라는 두 가지가 다 있어요. 한편으로는 지적이면서 한편으로는 여성적인 모습. 클라라의 시선이 그렇습니다. 그런데 마지막에 나타나엘이 그런 클라라를 죽이려고 하는 광기가 발동합니다. 이미 소설 중반부에서는 클라라의 눈에 죽음이 있다고 말해요. 나타나엘은 클라라에게 이해받지 못합니다. 이것이 엉뚱해 보여도 타당한 결론인 것이, 나타나엘은 클라라 대신 자동인형에 지나지 않는 올림피아의 시선에서 오히려 평안을 찾죠. 이 소설을 당대 사조와 연결해 보면, 클라라의 시선은 이지적인 낭만주의에 닿습니다. '밤의 낭만주의'와 다른 푸르고 합리적인 낭만주의라고 할 수 있습니다.

독일 낭만주의의 창시자로 평가받는 슐레겔Friedrich von Schlegel의 낭만주의는 아이러니라는 특성이 있습니다. 상당히 지적이죠. 대체로 낭만주의를 이성은 없고 동경만 있는 영역으로 받아들이기 쉬운데, 이 낭만주의는 이지적인 영역에 속합니다. 소설에서 이를 대표하는 인물로 클라라를 들 수 있죠. 그리고 단순히 지적이고 합리적이고 계몽적인 게 아니라, 한편으로는 낭만적이고 시적이며 서정적인 시선이 있습니다. 하지만 한계가 있죠. 나타나엘의 어두운 면을 받아들이지 못하는 겁니다. 『모래 사나이』에서 이야기하는 호프만의 밤적인 것은 상당히 파괴적입니다. 이지적이거나 합리적이거나 분석적인 접근 방법의 대상이 될 수 없을 만큼 다르죠. 서정적 푸른 낭만주의는 나타나엘의 밤적인 것을 받아들이려 하지 않았고, 당대 고전주의뿐만 아니라 지적 낭만주의 경향에 있던 사람들이 호프만을 인정하지 않으려고 한 이유도 같습니다.

그런데 후기구조주의에서는 밤적인 것이 '광기'라는 이름으로 변형되어 쓰입니다. 광기는 이성의 범주에 절대로 속하지 않아요. 푸코가 광기의 역사를 다루면서 이성이 어떻게 광기를 관리하려고 했는지를 보여 줍니다. 그의 중요한 논지 중 하나는 겉으로 보기에 이성이 정신병원이나 감옥 같은 제도로 광기를 끌어들여 관리하고 통제하려고 노력했지만, 언더그라운드에서는 이성과 합리성이 오히려 광기 쪽으로 끌려들어 갔다는 겁니다. 이런 내용은 아도르노의 『계몽의 변증법Dialektik der Aufklaerung』에도 확연하게 드러납니다. 자연을 억압하려던 이성이 오히려 자연에 매혹되고는 억압당한 자

연의 폭력성에 끌려들어 가는 것을 통해 유럽 정신사 전체를 계몽,
비극의 변증법으로 보려는 경향이 있습니다. 이런 문제의식으로
보면 호프만의 소설이 맥을 같이한다는 생각이 들어요.

───────● **프로이트의 '운하임리히'**

　　　여러분은 『모래 사나이』를 어떻게 읽으셨습니까?
흔히 말하는 성인이 되고도 유년의 트라우마를 극복하지 못해 정
싱적인 삶이 파괴되는 이야기라고 이해하셨을 것 같습니다. 선제
적인 문제의식을 이해하고 재밌게 읽기도 했다면 이야기에 설득된
겁니다. 설득되는 경우는 두 가지가 있습니다. 하나는 잘 이해해서
재미있으니까, 다른 하나는 잘 모르겠지만 그냥 설득당하는 경우
예요. 대중문화의 재미는 전자에 해당합니다. 영화를 보고 감동적
이라고 말한다면 다 이해했다는 거죠. 그런데 『모래 사나이』 같은
작품을 읽으면서 감동 때문이든 충격 때문이든 심취했지만 분석이
잘 안 된다면 다른 경우라고 할 수 있어요. 이해가 잘 안 돼도 심취
했다는 것이 그저 이야기꾼의 기질 때문만은 아니라고 봅니다.
　분석이 잘 안 되지만 설득된 것은 친숙함과 낯섦의 역설적 관계
때문일 수 있습니다. 끌려들어 가서 감동받았다면 친숙함 때문인
데, 이해가 안 된다면 낯선 관계인 거죠. 대체로 대중문학은 처음

에 낯설다가 보면 볼수록 안심이 됩니다. 점점 친숙한 것으로 변해서, 다 보고 나면 이제 알겠다는 식이에요. 그런데 역설적인 것은 알 듯해서 재미있게 보기 시작했지만 나중에 오히려 낯설어지고 마는 경우입니다. 아마 『모래 사나이』는 후자에 속할 겁니다. 이 문제를 풀어 보는 것이 『모래 사나이』를 이해하는 한 방법이 되지 않을까 싶습니다.

그럼, 프로이트가 제시한 정신분석학 개념 중 하나로, 실체가 뚜렷하지 않은 두려움이나 공포를 가리키는 '운하임리히'에 기초해서 『모래 사나이』를 보겠습니다. 앞에서 이 독일어 단어를 '으스스함'으로 옮겼다고 말씀드렸어요. 이 느낌은 불투명성 또는 불확실성에서 옵니다. 대상이 또렷하지 않은 상태에서 받아들이는 두려움은 분위기 때문에 발생하죠.

예를 들어, 오래된 영화 〈죠스Jaws〉를 보면 스필버그 감독이 대단히 뛰어난 두려움 전문가라는 생각이 듭니다. 영화에서 상어 자체가 충격적이진 않잖아요. 〈죠스〉가 개봉된 뒤 악어나 뱀이나 이상한 거대 동물을 내세운 모방 영화가 많이 나왔죠. 하지만 분위기를 통해 관객에게 두려움을 느끼게 하는 실력이 〈죠스〉에 비해 아주 모자랐다고 할 수 있어요. 〈죠스〉는 실제 상어를 별로 등장시키지 않으면서도 음악과 푸른 바다의 색이나 주인공의 과거 이야기를 통해 끊임없이 위기감과 두려움을 창출해 냅니다. 으스스함이라고 할 만합니다. 영화를 통해 우리는 단순히 낯선 것 때문에 공포가 생기는지, 아니면 이미 알던 것인데 억압이나 망각 때문에 낯선 것으로 받아들여서 공포가 생기는지를 생각해 볼 수 있어요.

프로이트는 무의식과 해후할 때 나타날 수 있는 의식의 떨림, 불안한 상태를 으스스함이라는 개념으로 이야기합니다. 예컨대 여러분이 집에서 나올 때 휴대전화가 울렸는데 발신 번호 뒷자리가 3456이에요. 버스 타려고 서 있던 정거장에서 본 버스 번호가 3456이에요. 은행에서 뽑은 대기표 번호는 345. 이런 일이 서너 번쯤 반복되면 으스스해지죠. '왜 같은 숫자가 자꾸 보이지?' 처음에는 그러려니 하고 넘어가지만 같은 일이 자꾸 반복되면 이상하고 특별한 분위기를 느끼죠. 이게 바로 프로이트가 이야기한 으스스함입니다.

요즘은 CCTV가 하도 많아서 추격 강박이라는 게 생겼다고 해요. 괴로움을 호소하는 사람이 많다고 합니다. 누군가가 나를 항상 보고 있다는 강박에 시달릴 만도 해요. 평범한 거리를 지날 때도 불확실한 정체한테 감시당하고 있다는 불투명한 두려움이 생깁니다. 데자뷔라는 특별한 공간 체험이 있죠. 분명히 처음 간 곳인데 언젠가 방문한 듯한 느낌, 확인할 수 없는 경험입니다. 데자뷔는 대체로 대도시에서 많이 경험합니다. 특히 서울 같은 도시는 하도 많이 변하니까 공간 감각이 흐려지는 경우도 많습니다. 분위기, 시간, 날씨, 심리 상태 등 여러 가지 상황에 따라 분명히 처음 간 곳인데 익숙한 느낌을 갖게 돼요. 어떤 경우에는 여러 번 가 본 곳인데 처음 간 것처럼 어리둥절해지고 방향감각을 상실하는 역데자뷔도 있습니다. 지하철에서 졸다가 갑자기 뛰쳐나오면 매번 드나들던 출구를 찾지 못하고 공간이 재구성되면서 갈 곳을 몰라 헤매죠. 이때 왈칵 어떤 느낌이 드는데, 프로이트가 이 특별한 두려움을 으스스함이라고 불렀습니다.

친숙함과 낯섦의 변증법

독일어 '운하임리히'에는 특별한 뜻이 있습니다. 먼저, '운un'이 부정어예요. 이 단어가 앞에 붙으면 부정의 뜻이 더해집니다. 그리고 집, 고향을 뜻하는 '하임heim'에서 온 '하임리히Heimlich'는 '친숙하다'는 뜻의 형용사입니다. 그런데 이 단어에 '은밀하다'는 뜻도 있어요. 프로이트가 정신분석학적 두려움의 상태를 이야기하면서 왜 하필 운하임리히를 썼을까요? 단어의 뜻을 알아봤으니 프로이트의 뜻을 짐작할 수 있습니다. 으스스함이란, 낯선 것 때문에 생기는 두려움이 아니라 아주 친숙한 것이 낯설게 다가오기 때문에 생기는 특별한 상태라는 말이지요. 다시 말해, 으스스하다는 심리 상태는 친숙함과 낯섦의 변증법적 관계에서 생기는 것입니다. 왜 친숙한 것이 낯선 것으로 오는가, 왜 이런 변화가 생기는가? 이제 프로이트 정신분석학에서 아주 중요한 개념인 억압이 등장합니다.

사실 '억압'을 뜻하는 영어 리프레션repression과 독일어 페어드렝웅verdrängung은 꽤 차이가 납니다. 독일어의 '페어ver'는 뒤에 오는 의미에 힘을 더하거나 제거, 잘못, 실패의 뜻을 나타냅니다. 이것이 '내 앞에 있는 것을 밀어서 멀리 쫓아낸다'는 뜻의 단어 '드렝웅drängung'과 합쳐지면서 '강하게' 밀어내긴 하는데 '방향이 잘못됐다'는 뜻을 나타내게 됩니다. 다시 말해, 독일어 억압은 친숙했던 것을 어떤 이유에서든 강하게 잘못 밀어낸다는 뜻이죠. 그래서 억압이 강화되면 망각을 낳습니다. 이렇게 미묘한 뜻을 다른 언어로 담기는 어렵습니다. 우리말로 옮길 때도 억압보다는 몰아 없앤다는 뜻의 '구축驅逐'과 가깝습니다. 강하게 구축하다 보면 구축한 사람은 그런 일을 아예 없던 것처럼 잊어버립니다. 정신분석학의 예를 들면, 유년 시절에 아버지에게 성폭행을 당한 여자가 견딜 수 없는 괴로움에 성폭행 사실을 구축해 버립니다. 그러나 나중에는 일상생활이 안 돼요. 연인과 성관계가 안 된다든지 결정적인 시기에 남자를 받아들일 수 없다든지 하는 식이죠. 본인은 원인을 몰라요. 의사와 상담할 때 과거에 대한 질문을 받아도 부정합니다. 거짓말이 아니라 때로는 실제로 기억을 못 합니다. 무의식 차원에 남은 기억이 자꾸 정상적인 삶을 방해하는 거죠.

그럼 제가 으스스함으로 옮긴 운하임리히에 대한 프로이트의 논리가 정리됩니다. 우리에게 어떤 트라우마가 있는데 너무 강력해서 우리 자신을 지키기 위해 그것을 구축합니다. 그런데 구축이 강하지만 방향이 잘못돼 수용이나 소화 대신 망각이 일어납니다. 의식 차원에서 자기 보호 작용이 벌어졌는데, 무의식에서는 트라우마가 사라지지 않고 의식 차원으로 밀고 올라오려고 합니다. 원래 친숙한 것입니다. 나와 아주 밀접하고 내가 겪은 일입니다. 이에 대한 구축을 오래 하다 보면 잊어버려서 아예 낯선 게 됩니다.

여기서 주물呪物이 중요해집니다. 프루스트 소설을 떠올려 봅시다. 까맣게 잊고 있던 것이 꽃향기나 차의 맛이나 바람 소리를 통해 한꺼번에 오는데, 프루스트는 이것을 긍정적으로 받아들였죠. 정신분석학에서는 부정적으로 옵니다. 어떤 계기로 갑자기 주물이 생깁니다. 친숙했지만 망각하고 있던 것이 특정한 물건, 특정한 모티프를 통해 갑자기 구축의 방어막이 깨지면서 의식 차원으로 치고 올라오면 그걸 받아들이는 사람은 낯설어하기 마련입니다. 기억은 없지만 기억의 흔적은 있습니다. 있던 것을 지우면 흔적이 남죠. 흔적이란 게 묘해서 지우려고 할수록 더 또렷해집니다. 흔적은 없앨 수가 없어요. 프로이트는 기억이 없어져도 흔적은 남는다고 했습니다. 낯설지만 흔적이 있어서 친숙해 보이는 것, 여기서 두려움이 발생합니다. 이것이 프로이트가 말한 으스스함입니다.

왜 눈이 중요한가

　프로이트의 개념을 기반으로 『모래 사나이』를 읽으면 트라우마가 어떻게 생겼는가를 고민해 봐야 합니다. 『모래 사나이』는 짧아도 전형적인 소설 구도에 따라 전개됩니다. 나타나엘이라는 대학생이 어느 날 어떤 사람을 만나면서 이야기가 시작됩니다. 그 사람은 청우계晴雨計, 기압계를 파는 방물장수인 코폴라예요. 코폴라를 만나자마자 나타나엘은 자신이 경험한 끔찍한 일과 까맣게 잊고 있던 유년 시절을 떠올립니다. 코폴라가 이 작품에서 주물 구실을 하는 거죠.

　첫 장면에서 나타나엘이 코폴라를 통해 무서웠던 과거를 떠올리고 약혼자 클라라의 오빠이자 친구인 로타르에게 편지를 보내 고백합니다. 그리고 나타나엘이 유년 시절에 들은 모래 사나이 이야기가 나옵니다. 앞서 말했지만, 모래 사나이는 어른들이 아이들을 재우기 위해 들려주던 이야기입니다. 여기서 유년 시절이 소설을 이해하는 데 중요합니다. 주인공의 가정은 아주 평온했습니다. 아버지와 어머니와 아이들이 정상적인 삼각형을 만든 가족입니다. 그런데 코펠리우스라는 늙은 변호사가 등장하면서 삼각형이 어그러지죠. 코펠리우스가 오면 아버지도, 어머니도 우울해집니다. 부모님에게 이상한 일이 벌어지는 거죠. 그래서 어린 나타나엘이 코펠리우스를 두려워합니다. 겉보기에 코펠리우스는 소름끼치는 흉

측한 모습으로 커다란 머리, 황토색 얼굴, 덤불처럼 부숭부숭한 회색 눈썹, 고양이 같은 녹색 눈을 가지고 있어요. 이 사람이 오면, 어머니가 아이들에게 말합니다. "애들아, 이제 자러 가거라. 모래 사나이가 오는 소리가 들린다." 유모 말로는 모래 사나이가 자러 가지 않으려는 아이를 만나면 아이 눈에 모래를 뿌린대요. 아이가 아파서 비비면 눈알이 피투성이가 되어 튀어나오는데, 모래 사나이가 이걸 자기 자식한테 먹이려고 자루에 넣어 간다는 겁니다. 한마디로, 안 자는 아이는 눈을 빼앗길지도 모른다는 위협이죠.

코펠리우스를 피하던 나타나엘이 결국 호기심을 못 이기고 몰래 아버지 방으로 숨어들어가 아버지와 코펠리우스가 알 수 없는 실험을 하는 것을 봅니다. 나중에 이 실험이 연금술이라는 게 나오죠. 당시에는 연금술로 돈을 벌려는 사람이 많았습니다. 코펠리우스가 작은 화덕에서 밝게 빛나는 물체를 꺼내 망치질을 하는데 눈만 없는 사람 얼굴이에요. 그때 엿보던 나타나엘이 들키고 코펠리우스가 시뻘건 숯 조각을 집어 나타나엘의 눈에 뿌리려고 합니다. 그러자 아버지가 빌면서 말하죠. "나타나엘의 눈을 빼지 마세요, 제발!" 코펠리우스는 나타나엘의 눈을 빼는 대신 손과 발을 돌려 빼서 이리저리 다시 끼웁니다. 나타나엘이 정신을 잃었다 깨어날 때 자신을 바라보는 어머니의 눈을 봅니다. 사건이 잊히고 1년쯤 뒤에 코펠리우스가 다시 나타나죠. 그러고는 아버지 방에서 뭔가를 하는데 폭발음이 들려서 가 보니 아버지는 죽어 있고 코펠리우스는 이미 도망갔습니다. 이때 나타나엘은 '어떻게 해서든지 그와 대결해서 아버지의 죽음에 복수를 하기로 결심했다'고 이야기합니다. 나타나엘의 유년기 트라우마가 이렇게 생깁니다.

트라우마는 어떤 사건이 정신에 남긴 상처, 쇼크예요. 그리고 트라우마는 선명한 시각적 이미지를 동반하는 일이 많다고 합니다. 이런 이미지는 장기 기억되고, 트라우마를 얻을 때와 비슷한 사건이 벌어지면 불안해지는 증상이 나타나죠. 어린아이가 성인이 되기 위해 어머니로부터 분리되는데, 이때 무엇을 보면서 분리 충격을 경험합니다. 왜 눈이 가장 중요한 주물인지 알 수 있어요. 애초에 눈, 시선에는 목적성이 없습니다. 그런데 지금 우리만 봐도 뭐든 초점을 맞춰 목적을 가지고 보죠. 심리적으로 어떤 목적을 갖고 본다는 것의 전제는 '나'의 형성입니다. 내가 형성된 뒤에야 내 주변 것들이 객체, 대상이 되죠. 그래서 그 객체를 보는 겁니다. 주객관계가 형성되죠. 어느 시기에 시선을 갖고 무엇인가를 볼 때 비로소 처음으로 내가 대상과 분리되는 체험을 하는 겁니다.

『모래 사나이』에 여러 눈이 나옵니다. 나타나엘의 눈, 클라라의 눈, 올림피아의 눈이 나오고 안경과 망원경같이 눈에서 변형된 장치물도 있습니다. 또 제가 보기에는 대단히 중요한데 크게 부각되지 않은 눈도 있어요. 바로 어머니의 눈입니다. 이 소설의 의미를 추적해 나가는 데 여러 눈의 관계를 파악하는 것이 중요합니다. 왜 프로이트가 하필이면 이 작품으로 무의식, 트라우마를 설명하려고 했는가에 대한 답은 이 작품에서 눈이 가장 중요한 주물로 작동한다는 사실에서 출발해 찾아볼 수 있습니다.

───────● **나타나엘의 유년 체험과 거세 불안**

트라우마 경험은 크게 세 가지로 구성됩니다. 잘 알려진 오이디푸스 콤플렉스, 프로이트의 정신분석학에서 대단히 중요한 개념인 반복 강박, 구축된 것의 필연적 귀환. 다시 말해, 프로이트가 여러 신경증의 근본적 운동 법칙을 트라우마와 연결해 설명하려고 할 때 가장 중요한 세 가지 항입니다.

『모래 사나이』에서 나타나엘의 유년 체험도 이 세 가지에 기초해 설명할 수 있어요. 일단 오이디푸스 콤플렉스는 '어머니 신체 판타지', '거세 불안'과 연결됩니다. 아이는 일정 시기, 즉 라캉이 말한 상상계와 프로이트의 오이디푸스 콤플렉스로 진입하기 전까지 '어머니와 완전한 하나인 세계'에서 살아갑니다. 아직 어머니와 분리가 안 되고, 앞에 말한 시선을 못 가진 상태죠. 이때 아이의 심리 작동 원칙을 독일어로 마음의 전능성Allmacht des Gedankens이라고 하는데요, '생각하는 게 곧 현실, 곧 세상'이라는 믿음 체계입니다. 탯줄을 끊고 나왔어도 여전히 어머니의 배 속에서 사는 거죠. 그런데 이 상태가 깨지는 때가 옵니다. 그 시기가 트라우마의 시기이며 첫 번째 시선을 체험하는 시기입니다. 이때 아버지 문제가 개입합니다. 어느 날 아이가 어머니와 자신은 하나가 아니고, 그 중간에 다른 존재가 있다는 것을 깨닫습니다. 중간에 있는 존재가 아버지죠. 이 깨달음으로 어머니와 갈라지면서 트라우마를 체험합니다. 예컨대 아버지와 어머니가 침실에서 성관계 맺는 것을 우연히 발견했을 때 비로소 시선을 갖게 되는 겁니다. 이 최초의 성적 기억이 아이의 성적 충동을 자극하는 원형적 힘을 가지며 원장면이라고 불립니다.

어머니가 아버지의 소유라는 것을 깨달을 때 아이는 어머니와 아버지의 성적 차이도 인식합니다. 아버지에게 있는 성기가 어머니에게 없죠. 팔루스입니다. 그리고 아버지가 어머니를 소유하는 힘이 팔루스에 있다고 인지합니다. 팔루스를 단순히 음경과 동일시할 수는 없습니다. 라캉은, 생물학적 기관을 말할 때 페니스를 쓰고 어떤 이데올로기적 의미 체계가 부여되는 최종 근거가 되는 상징으로 팔루스를 씁니다. 아이가 자신에게도 팔루스가 있다는 것을 알게 되면서 갈등이 일어납니다. 아버지처럼 자신도 어머니를 가질 수 있다는 점에서 어머니에 대한 욕망이 생기는 한편, 아버지가 자신의 욕망을 용서하지 않고 거세할 것이라는 공포가 생기는 겁니다.

이 원장면 트라우마 속에서 아들에게는 이중 감정이 일어납니다. 하나는 항상 돌봐 주는 착한 아버지에 대한 선망입니다. 또 하나는 어머니를 빼앗은 적으로서 아버지에 대한 살해 욕망입니다. 유대교에서 기원해 서양 정신사에 깊이 뿌리박힌 '부친 살해'가 등장하는 겁니다. 아들이 아버지를 살해하지 않고는 아버지를 대신할 수 없어요. 그래서 아버지를 선망하는 동시에 살해 욕망을 가집니다.

아버지 살해와 죄의식

소설 문장을 봅시다. 22쪽에 아버지와 코펠리우스가 싸우는 장면이 나옵니다. 착한 아버지가 갑자기 혐오스러운 악마로 변했다고 하죠.

> 아버지는 코펠리우스와 닮아 있었어. 코펠리우스는 불타는 빨간 집게를 흔들면서 (…) 열심히 망치질을 하더군. 차츰 그것은 사람의 모습으로 되어 갔어. 그런데 눈이 있어야 할 곳에 눈이 없고 다만 끔찍하게 움푹 파인 검은 구멍만 있을 뿐이지.

이 장면은 침실을 들여다보는 아이의 환상이라고 할 수 있어요. 아버지와 코펠리우스, 두 남자가 등장하는 것 같지만 아버지와 어머니의 성관계 장면으로 볼 수 있습니다. 서양에서는 성관계를 망치질에 비유하죠. 또 거세 불안을 염두에 두고 볼 때 눈은 팔루스의 상징물입니다. 프로이트식으로는, 나타나엘이 뺏길까 봐 두려워하는 눈을 성기로 해석할 수 있습니다. 즉 눈을 잃어버린다는 실명 공포가 거세 불안의 한 변형이라고 보는 겁니다. '눈이 있어야 할 곳에' '끔찍하게 움푹 파인 검은 구멍'만 있었다면 여성의 음부를 발견한 충격을 나타내겠죠.

아버지는 선망의 대상으로서 착한 아버지고, 코펠리우스는 살해 대상으로서 악한 아버지입니다. 아버지가, 살해되어야 하는 아버지 손에 살해당한다는 것은 물론 환상이죠. 아버지에 대해 살해 욕망을 품은 아들이 상상 속에서 아버지를 살해했다고 볼 수 있습니다. 우리나라를 비롯해 여러 문화권에서 보편적으로 동네에 해가 되는 요소가 있으면 집단 린치로 제거한 뒤에 그에 대한 기념비를 세웁니다. 아버지를 살해한 아이가 아버지의 복수를 다짐합니다. 이것은 죄의식입니다. 뿌리 깊은 죄의식이죠. 프로이트식 트라우마에 기초해 첫 장면을 읽으면, 아이가 어머니와 분리되면서 갖게 된 거세 불안을 아버지 살해 욕망으로 바꾼 뒤 환상 속에서 아버지를 살해하고 죄의식을 깊이 품는 겁니다. 이를 통해 아이는 어른이 됩니다. 소년의 통과의례입니다.

프로이트의 논리는 어디까지나 남성 정신분석학이기 때문에 여성에게는 잘 맞지 않습니다. 하지만 이런 통과의례를 거치면 원장면 트라우마의 영역에서 벗어나 라캉식 상징계로 넘어간다는 데 설득력이 있습니다. 통과의례를 잘 치른다는 것은 트라우마에 대한 추방, 구축이에요. 나중에 이 구축이 심해지면 기억도 못 하게 되는 거죠. 대부분의 사람들은 이런 통과의례를 성공적으로 치릅니다. 하지만 어떤 이는 통과의례를 거치는 데 실패합니다. 이런 사람들이 나타나엘처럼 특별한 계기를 만나면 트라우마가 다시 의식의 차원으로 올라오는 겁니다. 나타나엘이 실패한 이유는, 아버지가 "눈을 빼지 마세요. 제발!" 하고 애원하는 장면에서 찾을 수 있습니다. 아버지의 애원에 코펠리우스가 눈은 그냥 두잖아요. 이게 잘못입니다. 팔다리 다 바꿀 때 눈도 바꿔야 했습니다. 그러질 못해서 다른 사람은 다 가진 '바뀐 눈'을 청년 나타나엘은 못 가집니다. 거세 불안 기억이 있는 눈을 그대로 가지고 있는 겁니다. 그 다음에 일어나는 일들은 눈에 관련된 반복 강박이나 구축된 것의 귀환이라는 원칙하에 살펴볼 수 있겠습니다.

─────● **무의식의 눈 대 합리적인 시선**

도입부에서 나타나엘이 코폴라라는 청우계 장사를 만나서 코펠리우스를 떠올리지요. 코폴라와 코펠리우스는 이름과 형상에 유사성이 있습니다. 까맣게 잊고 있던, 거세 불안을 가져다주는 아버지를 다시 불러일으킨다는 겁니다. 그래서 잊었던 기억을 다시 떠올리죠. 통과의례가 완성되지 않은 상태로 원장면이 다시 의식의 수면 위로 떠오르면서, 나타나엘에게 있던 합리적이고 정상적인 눈이 유년 시절의 눈으로 바뀝니다. 그 이후 세상 보는 눈이 달라지죠. 이때부터 나타나엘이 거세 불안, 트라우마에 시달리는 유아의 눈으로 모든 것을 본다는 사실은 그가 쓰는 글을 통해 드러납니다.

(다른 모든 남자처럼) 나타나엘이 가진 어머니에 대한 판타지가 약혼자 클라라에게 옮겨 가는 게 중요합니다. 그 전까지는 서로 사랑하고 결혼을 약속한 아무 문제 없는 관계였죠. 그런데 나타나엘이 불행한 유년의 기억을 회복하게 되면서 '클라라의 눈'이 낯설어집니다. '한없이 맑고 선하고 부드럽다'는 '클라라의 눈'이 결코 나타나엘의 눈을 이해할 수 없다며 이중적인 감정을 나타냅니다. 그래서 클라라는 항상 나타나엘에게 '모든 것이 네 마음속에서만 일어난 것이며 현실의 외부 세계와는 관련이 없고 그 속에서 충분히 빠져나올 수 있다'고 이야기합니다. 두 사람의 관계는 '무의식의 눈'과 '합리적인 시선'의 충돌로 읽힙니다.

'클라라의 눈'은 나중에 '안경의 눈'으로 대체됩니다. 코폴라가 안경을 가져오니까 나타나엘이 두려움에 떨고, 망원경을 본 뒤에는 망원경을 사죠. 눈을 대체하는 '안경의 눈'이 '클라라의 눈'과 겹쳐진다고 볼 수 있습니다. 둘 다 '합리적인 눈'입니다. 유년기의 트라우마를 기억하지 못하는 눈이고, 유년기의 트라우마를 합리적으로 받아들일 수 없는 '주체의 눈'입니다. 합리성에 기초한 클라라의 눈은 언제나 '바라보는 눈'이에요. 객체를 만드는 주인의 눈이고, 엄중한 의미에서 권력적인 눈입니다. 아도르노식으로는 나와 대상의 차이를 이해하려고 하기보다는 나와 대상을 '동일화하는 눈'입니다. 그래서 나타나엘이 무슨 말을 하든 클라라는 자신의 체험과 동일화하죠. "그건 있을 수 없는 일이야. 모든 것은 너의 허약한 주체성에서 나오는 거야. 정신을 차려." 이런 식의 발언은, 주체의 자리에 단호하게 서 있는 클라라가 외부의 사건을 모두 주체의 눈으로 이해하고 해석하고 진단한 끝에 나옵니다. 앞에 말한 것처럼 이 눈을 '안경의 눈'으로 볼 수 있습니다. 안경을 왜 씁니까? 명확하게 보고, 대상에 섞인 환상을 제거해서 자명하게 사실적으로 보고, 감시하려고 쓰죠. 그래서 안경 쓴 눈을 마주할 때는 두려움이 생깁니다. 노려보는 눈이기도 하니까요.

'클라라의 눈'은 '안경의 눈'이자 '감시자의 눈'이기 때문에, 근본적으로 언제나 나타나엘을 '거부'하는 눈입니다. 물론 사랑하는 사이니까 이중 감정이 있어요. 그래도 클라라의 눈은 언제나 나타나엘을 객체로 보려고 하며 진단하고 수정하려고 합니다. 어떻게 보면 의사의 눈이죠. 의사의 눈에는 병밖에 안 보이기 때문에 자기와 다른 것을 다 '병'으로 진단하고 고치려고 하잖아요. 클라라가 나타나엘을 병자 취급하고 깨어나라고 하는 것과 같습니다. 그래서 나타나엘의 눈은 끊임없이 소외당하죠. 이런 소외 과정에서 나타나엘이 클라라에게 원하는 '어머니의 눈'은 얻을 수 없습니다. 나타나엘이 트라우마 속에서 기절했다가 깨어났을 때 바라봐 주던 눈, 그 눈을 보고 나타나엘이 안정을 찾죠. 그 이유가 뭡니까? 은근하게 사랑에 잠겨 걱정하고 응시해 주던 눈은 결코 거부하거나 객체를 바라보고 진단하는 의사의 눈이 아니기 때문입니다. 그저 받아들여 주는 눈이죠. 나타나엘이 클라라에게 원하는 것은 이런 '어머니의 눈'이지만, 클라라는 이런 눈을 줄 수 없죠.

올림피아의 텅 빈 눈

이제 우리는 또 다른 눈을 만납니다. 바로 '올림피아의 눈'이죠. 올림피아는 그냥 자동인형입니다. 나타나엘이 다니는 대학의 스팔란차니라는 교수가 만든 인형이죠. 코펠리우스의 변형이라고 할 수 있는 이 교수가 "내 눈 내놔." 하는 것을 보면 그도 모래 사나이입니다. 나타나엘이 처음부터 올림피아에게 매혹되지는 않습니다. 옆집에 사는 올림피아를 관음증적으로 응시하기는 하죠. 그러다 매혹되는 순간이 오는데, 망원경이 매개체 구실을 합니다. 나타나엘이 망원경으로 올림피아를 보다 그 눈에 매혹됩니다. 그 뒤 나타나엘은 클라라로부터 멀어지고 올림피아에게 점점

다가갑니다. 처음에는 멀리에서 망원경을 통해 보다가, 파티에서 조금 더 다가가 보고, 춤을 추고, 대화를 나누고, 키스까지 합니다. 죽어 있는 것을 생명체처럼 사랑하고 점점 가까워지다 결혼, 즉 성관계까지 한다는 점에서 아주 급진적인 관계라고 할 수 있어요.

왜 나타나엘이 올림피아에게 빠져듭니까? 왜 그 눈에 매혹될까요? 올림피아의 눈에 대한 설명이 장황하지만 사실 '올림피아의 눈'은 텅 빈, 살아 있지 않은, 아무것도 목적주의적으로 보지 않는 자동인형의 눈입니다. 시선이 없고, 시선이 없기 때문에 마주 보는 사람을 객체화하지 않고, 객체화하지 않기 때문에 보는 사람에 대한 거부 없이 완전히 투영할 수 있는 눈이에요. 그래서 그 눈은 남의 눈이 아니라 내 눈으로 여겨집니다. 분리가 없고 아버지가 개입되지 않던 시절 '어머니의 눈' 같은, 거세 불안이 존재하지 않고 텅 비어 있는 눈입니다.

'텅 빔'에 대해 좀 더 이야기해 볼까 합니다. 우선 자연 상태, 풍경의 텅 빔이 있습니다. 우리는 들판이나 바닷가나 하늘을 볼 때 평안을 느낍니다. 자연 앞에서 우리는 몽상에 빠져들죠. 이렇게 빠져든다는 것은 안심 상태에 대한 증거예요. 아무것도 나를 거부하지 않기 때문에 마음껏 거기에 푹 잠기죠. '텅 빔' 앞에서는 주체가 되지 않아도 돼요. 그냥 가만히 있으면 됩니다. 사실 이게 행복이라고 볼 수 있는데, 우리는 이런 행복을 전혀 못 누립니다. 늘 조심하고, 늘 주인이 돼야 하잖아요.

벤야민을 기억해 보면, 텅 빔을 아우라라는 개념과 연결할 수 있 겠습니다. '텅 빔'을 마주할 때 특별하게 체험하는 이미지인 아우 라를 벤야민은 '아무리 가까워도 먼 것'이라고 설명합니다. 그리고 우리가 이 아우라에 '잠겨' 들고 아우라는 권력이 된다고 이야기 하죠. 그런데 '아무리 가까워도 먼 것'이라면, 텅 빈 무엇이 경계가 허물어져 가깝게 느껴지고 동화된다는 뜻입니다. 대상화되지 않고 나와 섞이는 '용해 판타지'가 실현되는 겁니다. 내가 그 안에 투사 해서 욕망하는 무엇을 실제로 가질 수는 없죠. 그렇지만 내게 가까 운 것으로 다가오기 때문에 무방비 상태로 그것에 잠겨 들어가고 싶어집니다.

──● 다시 '어머니의 눈'을 욕망하다

이렇게 아우라 현상을 일으키는 텅 빔과 달리 부 재, 아무것도 없는 상태에서 우리가 만나는 텅 빔도 있습니다. 이 소설에서 '검은 구멍'이라고 이야기하는 텅 빔, 뭔가 분명히 그 안 에 있어야 하는데 없어져 버린 '텅 빔'이죠. 예컨대 상처가 난 자 리는 푹 파여 텅 비어 있다가 살이 차오르잖아요. 이 소설에서 검 은 구멍은 눈이 있어야 할 자리가 비어 버린 '텅 빔'이고, 이 '텅 빔' 이 공포를 안겨 줍니다. '클라라의 눈'을 바라봤을 때 죽음이 있었다고 하는 장면을 떠올려 봅시다. 슬쩍 지나가는 것 같지만 사실은 대단히 강력한 장면이죠.

> 나타나엘은 클라라의 눈을 들여다본다. 그러나 클라라의 눈을 통해 그를 다정하게 바라보고 있는 것은 다름 아닌 죽음이다. —43쪽

왜 죽음일까요? 클라라의 눈 속에 뭐가 있습니까? '나타나엘의 눈'을 결코 '눈'으로서 인정해 주지 않는, 그 눈을 뺀 상태로 나타나엘을 응시하려는 모래 사나이의 시선일 수 있죠. 클라라의 눈은 나타나엘의 모든 것을 거부하고 인정하지 않으며 비합리적이고 병적인 것으로만 치부합니다. 나타나엘의 눈에서 나타나엘을 빼 버린 또는 빼 버리려고 하는 클라라의 눈은 나타나엘의 원초적인 공포를 상기시킵니다. '아버지가 내 눈을 빼 갈지도 모른다'는 공포 말입니다. 왜? 눈이 팔루스의 상징이기 때문이죠. 그래서 클라라의 눈은 죽음이라고 합니다.

클라라와 달리 자동인형 올림피아의 눈은 아무것도 목적적으로 바라보지 않는 '텅 빔'의 눈입니다. 이 눈은 유아기 나타나엘의 눈처럼 그 어떤 목적이나 의도나 언어가 들어 있지 않은 '텅 빔' 상태입니다. 그리고 나타나엘은 이런 눈에서 섹스어필을 느낍니다. 죽은 것에서 생기를 느끼는 겁니다. 올림피아의 '텅 빈 눈'으로 자신

을 마음껏 투영할 수 있기 때문이겠죠. 그 눈은 아버지가 부재하는, 거세 불안이 제거된 눈이고 그렇기 때문에 상상 속 '어머니의 눈'이 됩니다. 제가 볼 때는 올림피아에게 끌리는 것이 광기입니다. 그러나 나타나엘의 유년기 체험을 생각해 보면, 나타나엘이 그럴 수밖에 없다는 걸 알 수 있습니다. 불행한 것은 어른이 된 나타나엘의 눈에서 '어머니의 눈'은 회복되거나 실현될 수 없다는 데 있습니다. 그것은 망령亡靈, 공상으로만 존재합니다. 나타나엘이 유아가 아니라 상징계에 들어선 성인이기 때문입니다.

'어머니의 눈'이 욕망과 무의식 차원에서는 실현될 수 있을지 몰라도 현실에서는 깨지고 환멸의 내상이 될 수밖에 없습니다. 이느날 스팔란차니와 코폴라가 자동인형 올림피아를 서로 가지려고 싸워요. 이 장면은 나타나엘의 유년기에 아버지와 코펠리우스가 싸우던 장면을 재현하는 것입니다. 트라우마 체험의 반복이죠. 코폴라가 인형을 들쳐 엎고 나가는데, 눈이 있던 자리에 검은 구멍만 있죠. 나타나엘은 바닥에 피투성이가 된 채 뒹구는 눈알 두 개를 봅니다. 올림피아의 '눈'이죠. 나타나엘은 이 '눈'을 보고 다시 오이디푸스 콤플렉스 속으로 내팽개쳐집니다. 결국 이 사건 뒤로 광기, 발작 상태에 빠지죠. '구축(억압)된 것은 반드시 되돌아온다'는 프로이트의 말이 떠오르는 상황입니다. 억눌렸던 원초적 쇼크가 되돌아오고, 나타나엘이 세운 현실 체계는 이를 통해 깡그리 와해될 수밖에 없었죠.

밤적인 것을 빼앗으려는 존재

광기에 빠진 나타나엘이 친구들과 어머니, 클라라의 극진한 보살핌으로 겨우겨우 다시 안정을 찾습니다. 그러나 일시적이죠. 어머니가 구두쇠였던 큰아버지에게서 유산으로 농장을 물려받고, 이들은 그곳으로 이사하기로 합니다. 이사 전에 나타나엘과 클라라, 어머니, 로타르가 행복한 한때를 보내죠. 시내를 걸어 다니다가 나타나엘과 클라라가 시청의 높은 탑으로 올라가요. 탑에 올라서 클라라가 나타나엘에게 잿빛 덤불이 다가온다고 해요. 이건 앞서 잿빛 수염을 가졌다고 한 코펠리우스를 말합니다. 나타나엘이 망원경을 꺼내서 보려고 옆쪽으로 돌리는데, 클라라가 렌즈에 들어오죠. 그 순간 다시 광기에 빠져서 클라라를 죽이려고 합니다. 눈을 뺏으려고 하는 코펠리우스와 클라라의 존재가 겹쳐지죠. 둘이 같아집니다. 클라라도 눈을 뺏으려고 하잖아요. 합리주의의 이름을 빌린 클라라와 낭만주의의 이름을 빌린 코펠리우스가 사실은 계몽성에 근거를 두죠. 어떤 합리성에도 포함될 수 없는 검은 낭만주의만의 '밤적인 것'을 뺏으려고 하는 존재라는 뜻입니다. 호프만의 검은 낭만주의가 당대의 계몽주의를 비판하는 겁니다. 클라라는 뛰어 올라온 오빠 로타르 덕에 무사히 구출돼요.

마지막 대목이 긴박하게 전개됩니다. 사람들이 나타나엘을 보고 어떡하냐고 하니까 코펠리우스는 그냥 내버려 둬도 자기가 내려올

거라고 말합니다. 아래를 내려다보고 코펠리우스를 발견한 나타나엘은 "아름다운 눈이야, 아름다운 눈이야." 하고 외치며 스스로 추락해 버리죠. 이 말은 나타나엘의 눈을 가진 사람은 그 눈이 욕망하는 대상을 결코 포기할 수 없다는 뜻입니다. 바로 '밤적'인 것이죠. 무엇으로도 통제할 수 없어요. 어떤 해결 방식을 주려고 하지 않습니다. 이렇게 파괴적인 것, 무엇으로도 순화할 수 없는 것, 일단 욕망이 발동하면 그쪽으로 투신할 수밖에 없게 만드는 것. 이것이 인간에게 내재되었다는 말입니다.

호프만보다 나중 세대인 프로이트가 『모래 사나이』를 자신의 정신분석학에 가장 알맞은 작품이라고 선택했지만, 오히려 프로이트의 논리를 아예 불가능하게 만드는 작품일 수도 있습니다. 우리의 쾌락은 언제나 죽음과 맞붙어 있습니다. 죽음을 제외하고 쾌락만 추구할 수 있다는 믿음이 얼마나 허위인가를 보여 주는 것이 '광기'와 '주이상스'라고 하겠습니다. 이것들은 합리성의 영역이 끊임없이 배제하는 '죽음'이라고 부를 수 있습니다. 현대라는 시기는 신체의 맨 밑바닥, 가장 본질적인 영역을 갈라내고 외부로 몰아내려고 했죠. 하지만 후기구조주의를 통해 '광기'와 ' 주이상스'는 현대의 계몽주의적 환상이 허물어질 수밖에 없다는 것을 보여 줍니다. 이런 점에서 1800년대 소설인 『모래 사나이』가 매우 급진적이라고 할 수 있습니다.

광기, 무의식을 실천하는 글쓰기

이제 『모래 사나이』의 전반적인 문제 두 가지에 대해 좀 더 이야기해 보겠습니다. 하나는 가장 중요한 문제일 수 있는 글쓰기 방식입니다. 이 작품은 광기와 무의식을 대상화하는 데 그치지 않고, 그것을 실천하는 글쓰기를 독자가 맛볼 수 있게 합니다. 광기의 논리라는 말이 가능한지 모르겠지만, 한번 생각해 볼 필요가 있습니다. 광기 자체는 글이 될 수 없어도 광기에 대한 글은 쓸 수 있어요. 글을 쓰는 방식이 두 가지입니다. 클라라의 방식이 그 가운데 하나죠. 수미일관하게 합리적으로 광기를 분석하는 글이고, 잘 썼다는 평가를 들을 수 있을 겁니다. 다른 글쓰기 방식은, 광기가 대상이 아니라 논리가 되는 글쓰기입니다. 광기가 글쓰기의 운동이 되는 거죠. 광기와 논리 자체는 전혀 다르지만, 이 작품에서는 글쓰기가 광기의 논리를 따라 움직이는 것을 느낄 수 있습니다. 저 자신도 글을 쓰는 사람으로서 말하자면, 이런 작품은 정말 쓰기 힘듭니다. 제가 볼 때는 구성을 하지 않고 거의 체화된 '밤적인 것'을 통해 자동기술법으로 쓰지 않았나 싶습니다. 이것이 바로 호프만 문학의 특별함이죠. 이렇게 쓰였다고 해서 작품이 광적이며 파편화되어 있고 일관성도 없나, 그야말로 정신질환자가 쓴 것같이 분열적이고 병렬적인가? 그렇지 않습니다. 얼마나 조직적입니까? 대단히 많은 이야기가 더할 수 없이 이지적이고 합리적인 방식으로 아주 예리하게 짜여 있어요. 아주 음악적이기도 하죠. 어디 한 군데 따로 노는 대목을 찾아낼 수가 없습니다. 참 놀라워요. 글쓰는 데 재능도 중요하지만, 자기가 쓰려는 테마를 체화하지 않고 대상화해서는 좋은 글이 결코 나올 수 없다고 봅니다.

이 소설이 2000년대 우리의 삶과 어떻게 연결되는가 하는 점은 또 다른 문제입니다. 한마디로 '올림피아의 눈'은 죽은 눈, 시체의 눈이죠. 그런데 그 시체의 눈에 나타나엘이 매혹되고 위안을 받습니다. 오늘날 우리는 상품을 통해 위안받는 사람들을 봅니다. 패션계에서 해마다 새로운 유행을 만들어 사람을 유혹하는 걸 보면 놀라울 지경입니다. 물론 가전제품이나 자동차노 유행 상품이 된 지 오래죠. 유행에 휘둘리며 물건에 매혹된 사람이 얼마나 많습니까? 일본에서는 사람이나 동물 같은 생명체보다 인형이나 로봇을 사랑하는 경향도 있다고 하죠. 한국에 아직 등장하지 않은 것 같지만 언젠가는 분명히 오지 않을까 싶습니다. 이미지에 대한 사랑이 이와 비슷한 현상이라고 생각합니다. 스마트폰 중독자가 많은 걸 단순히 정보화시대에 대응하는 현상이라고만 설명할 수는 없겠죠. 스마트폰을 쥔 손은 그저 도구를 쓰는 게 아니라 스마트폰과 동화된 지경이에요. 참 아연합니다. 특히 젊은 세대는 스마트폰이 없으면 불안해하잖아요. 왜 산 사람이 아니라 죽은 물건을 사랑의 대상으로 택하고 그것과 자꾸 엉기는지 생각해 볼 필요가 있습니다.

사랑의 연금술이 필요한 시대

『모래 사나이』에 연금술이 등장합니다. 연금술은 마술적이죠. 서구사에 등장하는 마녀사냥을 기억하십니까? 사실 마녀사냥을 당한 사람들은 대부분 연금술사였어요. 연금술은 이 세상이 잘못 만들어졌다는 것을 전제로 합니다. 그래서 세상의 숨은 논리를 찾아 다시 제대로 된 세상을 만들고 싶어 하는 연금술사는 화학자, 과학자죠. 세상이 완벽하다고 믿고 천지창조설을 지지하는 정통 기독교인에게 이런 연금술사는 안티크리스트입니다. 그래서 잡아다 화형에 처한 거죠. 그럼 이 소설에 왜 연금술이 등장하는지를 생각해 봐야 합니다. 저는 집필 의도가 사랑의 연금술과 관련된다고 생각해요. 사랑 없이 살 수 없는 인간은 어떻게 해서든 사랑이 불가능한 시대에 사랑을 다시 만들어야 하거든요. 프로이트가 말한 리비도입니다. 살아가는 게 곧 사랑이에요. 사랑은 하고 싶다고 해서 하고, 안 하고 싶다고 안 하는 게 아닙니다. 사랑과 죽음은 인간의 운명입니다. 사랑하는 사람만 죽음을 알 수 있어요. 사랑하는 사람이 죽어야 된다는 사실은 견딜 수 없죠. 언젠가는 죽는 것을 아는 사람은 그 허물을 이기기 위해 사랑을 추구하지 않으면 안 됩니다. 사랑과 죽음은 맞붙어 움직이죠. 따로 움직이지 않습니다.

『모래 사나이』에서 나타나엘이 클라라라는 사랑에 대해 답변을 얻을 수 없죠? 소외당한 겁니다. 그래도 나타나엘이 클라라와 살아야 합니까? 아니죠. 다른 사랑을 찾아야죠. 그런데 주변에서 찾을 수가 없어요. 친구인 지그문트가 나타나엘에게 왜 그렇게 올림피아를 좋아하냐면서 말합니다. "어쩐지 나는 올림피아가 두렵더라." 이에 대해 나타나엘이 답합니다. "너희처럼 냉정하고 산문적인 인간들은 올림피아를 두려워하겠지. 그러나 난 안 그래." 이게 무슨 뜻일까요? 나타나엘이 만나는 사람들은 모두 눈을 빼앗으려고 하는 모래 사나이죠. 클라라가 그렇고, 스팔란차니와 클라라의 오빠이자 친구인 로타르가 그렇습니다. 오로지 한 사람, 엄마만 다른 눈으로 나타나엘을 바라봅니다. 그러나 이런 상징적인 엄마는 실재할 수 없고, 남는 것은 오직 자동인형 올림피아뿐이죠.

나타나엘과 현대인의 상황을 비교해 봅시다. 거대 담론을 가진 도덕주의적 엘리트들은 나타나엘이 맺는 관계를 비판적으로 보지만 저는 상당한 애잔함을 느낍니다. 저는 나이 먹은 사람에 대해서는 관심이 별로 없어요. 앞으로 세상에 남을 젊은 세대가 얼마나 어려운 상황에 빠졌는가에 더 관심이 있지요. 사랑은 살아 있는 것들끼리 해야 합니다. 벤야민이 '응시당하는 눈은 언제나 마주 응시해 주기를 바란다'고 했어요. 때로 사진의 눈을 보고 도저히 시선을 뗄 수 없는 것은 그 눈이 나를 바라보기 때문입니다. 사진의 눈이 죽은 것 같지만, 사실 "나를 봐 줘." 하고 요청하죠. 사진 속 눈은 죽은 눈, 이미지의 눈인데 말입니다. 결국 눈은 모두 나를 보면서 말합니다. "내가 너를 보니까 너도 나를 봐 줘." 하지만 인간 사회에서 더는 응시를 교환할 수 없습니다. 나타나엘이 친구에게 말하듯이 냉정하고 산문적인 시선만 있으니까요. 그런데 시선은 다른 시선과 만나고 싶어 합니다. 그러다 보니 다른 시선을 휴대전화나 쇼윈도에 있는 마네킹에서 찾기도 하죠. 그래서 지금은 사랑의 연금술을 요청하지 않으면 안 되는 시대입니다. 이런 상황에서 『모래 사나이』를 프로이트의 정신분석학에만 기초해 읽을 필요는 없겠죠. 우리의 고독하고 우울한 상황과 사람이 아닌 죽은 것을 향할 수밖에 없는 시선 문화의 메멘토 모리로 읽어 볼 수도 있습니다.

동성애

『베니스에서의 죽음』, 토마스 만

시민성과 예술성 사이의 모순

이번에는 만Thomas Mann의 소설 『베니스에서의 죽음Der Tod in Venedig』을 살펴보겠습니다. 만이 죽을 때 자신의 일기를 20년 뒤에 공개해 달라고 했고, 아카이브에서 이를 띄웁니다. 그래서 최근에 공개된 일기를 통해 그가 동성애자로 밝혀지면서 만에 대한 연구사가 흔들리고 있습니다. 만이 철저히 가면극을 한 셈이에요. 진리와 시민성을 이야기하면서 자신의 동성애적 욕망을 문학적으로 감추고 해소하는 가면극 말입니다. 이 점을 염두에 두고 이번에는 '아름다움이란 무엇인가' 그리고 '시민적 건강함'과 '예술적 퇴폐성'의 간극은 무엇인가를 이해해 보는 시간을 갖겠습니다.

만의 작품은 소설이라기보다는 지적인 에세이에 가깝습니다. 서사만 따라가면 얻을 게 별로 없다고 생각할 수도 있어요. 『베니스에서의 죽음』은 만의 작품 중에서 짧은 축에 들지만 완성도는 가장 높아 보입니다. 오랫동안 글을 쓰고 읽는 제가 보기에는 완벽에 가까워요. 완벽의 기준을 어디에 두느냐가 문제지만 구성과 주제가 모두 높은 단계에 있습니다.

만은 독일에서 논란이 많은 작가입니다. 물론 인기도 많죠. 먼저, 2차세계대전 때 그의 망명 문제가 거론됩니다. 저항운동을 하면서 국외로 도망가지 않은 작가가 있고, 일찌감치 미국 같은 안전지대로 망명해 저항문학을 한 작가도 있어요. 독일 문학계에서 저항문학에 대한 연구를 많이 하는데, 일찌감치 안전지대에서 문학을 통해 국내 정치 현실에 저항한 사람들을 어떻게 받아들일지를 두고 논란이 있습니다. 이런 사람들의 문학성이 더 높거든요. 국내에서 저항문학을 한 사람에게는 심한 검열을 비롯한 제약이 많았습니다. 정치적 경향도 투박해서 문학성만 따지면 외부에서 작업한 사람들보다 떨어지죠. 만은 외부에서 작품 활동을 하며 탁월한 성과를 보인 쪽에 속합니다.

만은 대단한 부잣집에서 태어났습니다. 베버Max Weber에 따르면 독일이라는 국가 형성과 함께 태동한 건전한 독일 정신, 근대적 독일 시민 정신의 기원이 '자본주의와 프로테스탄트'에 있어요. 만의 고향인 항구도시 뤼베크는 상업 지대로서 상당히 부유한 도시였습니다. 초기 시민주의는 상당히 건강했죠. 아주 짧은 기간이지만 프티부르주아가 되기 전 시민의 정신에는 강한 노동 윤리가 있었습니다. 나중에 마르크스가 지적한 것처럼 잉여가치를 뽑아 먹기 위해서라기보다는 노동 윤리에 따라서 성실하게 노동을 수행했습니다. 돈벌이와 부의 축적을 아주 중요하게 생각하면서도 윤리가 있었어요. 한편으로는 교양이 있어서 정신적인 영역을 충실하게 다졌습니다. 돈만 좇지는 않았어요. 물질적인 면과 정신적인 면을 동시에 추구하려고 한 계급이 바로 초기 시민계급입니다. 그야말로 몸과 마음이 건강했죠. 요즘 노블리스 오블리주를 많이 말하는데, 예전에는 당연한 도리였어요. 돈을 벌어서 공공으로 되돌리는 것이 교양에 관한 문제였거든요. 독일에서는 이런 계급을 시민이라고 합니다.

만의 뿌리가 시민계급에 있습니다. 그의 아버지는 부유한 시민계급으로 정치에도 참여했어요. 지금과 달리 덕성이 증명돼야 가능한 일입니다. 그의 아버지가 귀족은 아니지만 시민 중에서 높은 위치에 있는 시민 귀족이었어요. 독일어 이름에 폰von이 붙으면 귀족을 뜻합니다. 『베니스에서의 죽음』 주인공 이름이 구스타프 폰 아셴바흐죠. 작가 만의 이름에는 폰이 없으니 귀족은 아니고 시민 귀족입니다. 만의 아버지는 뤼베크에 뿌리를 박은 건강한 전형적 시민이고, 어머니는 독일계 브라질 혈통으로 독일 북부와 다른 경향을 보입니다. 1891년에 아버지가 사망하자 만은 1893년 뮌헨으로 이주합니다. 부유한 도시 뤼베크와 독립적인 도시 뮌헨이 모두 그에게 영향을 줬다고 할 수 있어요.

만은 어머니에게서 예술성, 감각, 열정, 신체를 물려받았습니다. 태생적으로 건강한 시민 정신, 덕성의 세계에 뿌리를 깊이 박고 예술성을 가져요. 예술성은 도덕과 관련이 없죠. 그래서 덕성과 탈도덕성이 그의 삶과 문학을 규정하는 두 가지 축입니다. 이것을 니체식으로 이야기하면 아폴론적인 것과 디오니소스적인 것의 만남이고, 플라톤Platon적으로는 선적인 것과 미적인 것의 만남이죠. 뮌헨으로 이주한 뒤에는 그곳의 자유로움과 감각적이고 경험적인 영역에 발을 들입니다. 그의 소설 『토니오 크뢰거Tonio Kröger』를 보면 뮌헨의 화가 리자베타의 토론 장면이 나오죠. 결국 아버지와 어머니 사이, 뤼베크와 뮌헨 사이에 만의 특성이 있어요.

만에게 덕성과 탈도덕성, 즉 시민성과 예술성이 있다고 했어요. 시민성을 유교에서는 덕, 불교에서는 법이라고 이야기할 수 있습니다. 그리고 예술성을 불교에서 색이라는 이름으로 말합니다. 근본적으로 인간의 두 가지 측면이죠. 이렇게 보면 그에게는 자연성과 정신성이 공존한다고 할 수 있습니다. 근본적으로 시민성과 예술성을 결합시키는 것이 그의 목표지만, 실제 그의 문학 세계에서이 두 가지는 언제나 대치하는 양극입니다. 결국 그는 합일을 동경하지만 실제로는 합일되지 못하는 대치 관계, 모순 관계를 추구한 것입니다.

───────● **니체의 영향**

예술미가 뭘까요? 플라톤식으로는 '진선미'와 관

련됩니다. '선'은 덕성, '미'는 예술에 해당하고 '진'은 앞의 두 가지를 다 갖추는 거죠. 덕성은 어디까지나 정신적인 것이고, 아름다움은 신체적이고 감각적인 것입니다. '진'은 이 양자가 통합돼야 존재할 수 있는 영역인데, 감각을 통해서만 체험할 수 있습니다. 시각적인 진리는 보는 행위를 통해, 언어는 보고 듣는 행위를 통해, 음악은 듣는 행위를 통해서 말입니다. 헤겔의 유명한 말이 있죠. "진리는 현현이다." 직접 경험하는 것으로 드러나는 진리가 예술이라는 말입니다. 진리와 아름다움은 뗄 수 없다는 뜻이에요. 우리의 감각 현상을 통해 진리를 구현해 내는 것이 아름다움이죠. 그래서 진리란 아름다움을 통해서만 경험되지, 진리 자체로 경험되지는 않는다고 할 수 있어요.

불교적으로는 의미가 조금 달라집니다. 불교의 진리는 불립문자, 즉 문자로 전할 수 없기 때문에 모든 감각의 영역이라고 볼 수 있는 언어의 표현에서 벗어나야 한다고 봅니다. 그래서 선불교에 '각覺'이라는 개념이 있죠. 각은 감각적으로 오는 게 아닙니다. 감각과 경험 영역을 벗어난 다른 어떤 것이죠. 그러나 서구에서 진리는 늘 구체적이고 감각적입니다. 물론 이때 감각은 신체보다는 덕성과 관련되고요.

우리가 『베니스에서의 죽음』을 이해하려면 만의 근본적 문제의식인 건강한 시민성과 본질적으로 퇴폐성이 있는 예술이 어떻게 관련되는가도 살펴야 합니다. 사실 이 사유의 원류는 니체에서 옵니다. 만은 니체를 수용하면서도 차이를 보여요. 니체는 예술이 디오니소스적인 것과 아폴론적인 것의 이중성과 결부되어 있다고 했어요. 니체의 아폴론적이고 디오니소스적인 것도 흔히 이야기하듯 지적이고 신체적인 것이라는 설명 정도로 끝나지 않습니다. 왜 하필 그리스 비극에서 읽어 낸 '음악'을 이야기하는지도 다 건드려야 하는데 그게 어렵습니다. 게다가 쇼펜하우어Arthur Schopenhauer까지 올라갑니다. 니체가 쇼펜하우어의 영향을 받았잖아요. 쇼펜하우어에게 음악이 상당히 중요하죠. 음악에 있는 의지와 표상의 관계, 이것을 끌고 올라가면 플라톤의 진선미, 에로스 개념과도 연결됩니다. 이런 문제를 언급하지 않을 경우 『베니스에서의 죽음』은 늙은 이가 바람나서 그동안 쌓은 지적인 작업을 스스로 파괴하는 이야기로밖에 안 읽혀요. 그런데 그게 아니죠. 예술미가 무엇인가, 덕성과 퇴폐성이 어떻게 아름다움으로 승화할 수 있는가, 그것을 통해서 드러나는 진리란 또 무엇인가? 이렇게 어려운 문제들이 소설에 깔려 있습니다.

유럽의 정신사는 이런 전통의 맥락 안에서 이해할 수 있습니다. 유럽이 경제적으로는 많이 쇠퇴한 것 같아도 정신적인 영역에서는 만만찮죠. 그들의 사유 내용이 아주 특별하고 높다기보다는 전통을 간직한 덕이라고 봅니다. 우리도 전통을 이어 왔다면 엄청난 지적 자산이 됐을 텐데, 그러지 못했죠. 외부에서 들어오는 지적 개념도 그때그때 단편적으로 소비하고는 내버렸습니다. 모든 새로운 것은 전통에서부터 나오잖아요. '비빌 언덕이 있어야 일어난다'는 말이 있어요. 전통이란 게 대단히 무섭습니다. 유럽에서 오랫동안 공부하면서 보니, 그들이 모아 놓은 것이 정말 끔찍하게 대단해요. 연구가 꼬리에 꼬리를 물고 이어집니다. 대표적인 게 성경이에요. 어찌 보면 성경은 그냥 책 아닙니까? 성경이 위대한 것은 기독교인들이 생각하듯 그 안에 신이 있어서라기보다는 성경 연구사가 방대하기 때문입니다. 몇 천 년 동안 연구했잖아요. 우리가 성경 문장이 아니라 연구사를 읽는 겁니다. 이 무서운 힘을 우리가 못 가졌어요. 문학작품 하나만 해도 함량이 이렇게 큽니다. 문학자가 애써서 웬만한 교양화 작업을 거치면 이런 작품을 써요.

정치적 뿌리와 글쓰기

만의 정치적인 면도 지나칠 수 없는 문제입니다. 그와 나치의 관계가 상당히 애매모호했어요. 나치는 기본적으로 극우파죠. 시민계급이 자란 뿌리에서 보수파가 나오고, 그들의 강력한 집결체가 극단으로 치달으면 파시즘적 극우파가 되잖아요. 만과 나치가 한동안 관계를 맺다가 외적으로는 결별해요. 그런데 만이 노벨상을 받으니까 나치가 그에게 상당한 호의를 보이면서 환영하고 그를 정치적으로 이용하려고 합니다. 이때 만이 단호하

게 거부하지 않고 어정쩡한 태도를 보여요. 출세를 위해 그랬다고
볼 수도 있지만, 제 생각에는 뿌리의 문제인 것 같습니다. 극우파
적인 기질의 뿌리가 깊기 때문에 자기 양심과 엇갈려도 전면적으
로 부정할 수 없었겠지요.

만의 형 하인리히, 아들 클라우스, 딸 에리카는 모두 정치적으로
그와 정반대 자리에 섰습니다. 만 혼자만 우파적 태도를 보였어요.
물론 나중에는 딸의 강압과 호소 때문에 공식적으로 나치와 결별
하지만, 너무 늦었습니다. 그 뒤로도 그는 교양 있는 보수주의자로
서 욕을 많이 먹었습니다. 조국에 대해서도 이중 감정이 있던 그는
나중에 스위스로 건너가 정착합니다. 뤼베크와 뮌헨 사이에서 서
성이다 제3국에 자리 잡았다는 사실도 그의 일면을 보여 줍니다.

만의 문학에 대한 논쟁이 많은데, 내용뿐만 아니라 글쓰기 방식
이 논쟁을 불러일으켰어요. 그야말로 완벽할 만큼 교과서에 실리
기에 좋은 전형적 글쓰기 방식이죠. 서사문학을 완성하려는 의도
때문에 읽기에 지루한 경우도 있습니다. 하지만『베니스에서의 죽
음』은 구성과 표현과 주제 면에서 거의 완벽하게 조화로운 작품으
로 꼽히고, 실제로 읽어 보면 빈틈이 없습니다.

유럽에서는 프루스트만큼 호평받지만 우리나라에는 알려지지
않은 작가 무질Robert Musil과 투콜스키Kurt Tucholsky 같은 사람은 만의
문학을 상당히 높게 평가했고, 브레히트Bertolt Brecht는 아주 혹평합
니다. 브레히트는 만이 정부에 고용돼 글을 쓰는 작가라는 식으

로 이야기했어요. 우파의 보수적 가치관을 그대로 승인하는 전통적 글쓰기를 했다는 점에서 비판받은 겁니다. 브레히트는 좌파적인 사람이잖아요. 『베를린 알렉산더광장Berlin Alexanderplatz』을 쓴 되블린Alfred Döblin도 만의 문학 원칙은 '다리미 자국을 만드는 데 있다'고 조롱합니다. 만의 빈틈없는 외모를 떠올려 보세요. 기름을 발라 넘긴 머리, 안경, 여송연, 결혼반지, 정장에 넥타이를 맨 모습. 뤼베크의 시민성을 그대로 보여 주죠. 작가가 아니라 고급 공무원 같아요. 만 같은 사람이 입는 바지는 오죽 다림질을 칼같이 하겠습니까? 문학이 자유롭고 돌발적이고 감각적이고 충동적인 표현 요소를 형식화하고 그것들을 중시하는 경향이 있다면, 만의 문학은 빈틈 하나 없다는 거죠. 날을 세우는 다림질과 글쓰기의 원칙이 같다, 야유가 아니겠습니까?

만의 이런 태도는 니체와 맺은 관계에서도 나타납니다. 그가 특히 영향을 받은 사람이 니체와 바그너Richard Wagner죠. 만은 음악에 관한 글에서 놀랄 만한 교양을 보이고 악기도 전문가급으로 다뤘습니다. 괜히 시민 귀족이 아닙니다. 니체는 그리스 비극의 음악성을 통해 모든 가치를 전복하고 재정립하겠다는 원칙을 내세웠죠. 세계를 개벽시키겠다, 이게 바로 '자라투스트라' 프로젝트입니다. 이런 니체의 영향을 받았지만 워낙 보수적이고 전통 가치를 중시한 만은 탈전통, 탈규범 영역으로 건너가려고 하지 않아요. 그래서 시민성과 예술성, 아폴론적인 것과 디오니소스적인 것이 경계를 무너뜨리고 니체처럼 폭발적으로 제3의 영역을 구축하지 못한 채 항상 줄다리기만 합니다. 팽팽한 긴장만 유지해요. 좋게 말하면 균형을 잡는다고 할 수 있지만, 사실 전통이라는 규범을 지키려다 어쩔 줄 몰라 어정쩡한 상태죠. 전형적인 보수 시민계급의 망설임, 양극성을 그대로 보여 줍니다. 만 문학의 특성 중 하나로 꼽히는 아이러니란, 양극성을 결론으로 이끌지 않고 대치를 변주하고 긴장을 확장하는 데서 나타나는 문학적 원칙입니다. 『토니오 크뢰거』에서 아주 잘 드러나죠. 『베니스에서의 죽음』도 이런 원칙에 비춰 읽을 필요가 있습니다.

─────● '마리엔바트의 괴테'를 모델로 삼다

시민성과 예술성, 아폴론적인 것과 디오니소스적인 것, 도덕성과 퇴폐성, 정신성과 신체성, 합리성과 비합리성의 변주로 『베니스에서의 죽음』을 읽으면 시민성은 에로스고 예술성은 도취라는 도식이 나타날 수 있습니다. 독일어에 에르퓔룽Erfüllung과 페르죄눙versöhnung이라는 말이 있어요. 에르퓔룽은 양극적인 것이 제3단계를 통해 완성되는 것이고, 페르죄눙은 화해를 뜻해요. 즉, 양극적인 것이 하나가 되기보다는 그대로 있으면서 조화로운 것을 의미합니다. 양극이 똑같이 자기를 유지하지만 모순이나 대치 관계가 아니라 서로를 충족시키고 화해하는 것이 에로스적이에요. 이와 달리 도취적인 것은 경계가 허물어지고 섞여서 용해됩니다. 일종의 혼음 관계로 경계가 없어져요. 이 둘의 차이가 근본적 문제입니다. 결국 에로스와 도취, 충족과 화해 또는 융해와 혼음의 문제죠. 『베니스에서의 죽음』에서 타치오와 아셴바흐가 밀고 당기는 관계를 통해 이런 문제를 드러냅니다. 여기에서 우리가 이야기할 수 있는 것이 죽음과 몰락이라는 매개입니다. 사람이 결국 죽잖아요. 에로스와 도취를 비롯해 그 모든 변주가 죽음과 연관되는 것, 바로 만이 추구하는 궁극적 예술의 아름다움입니다.

도대체 아름다움이 뭔가? 이게 좀 복잡합니다. 예술석으로 아름다움은 완벽한 형식을 이야기합니다. 아름다운 것이 신체성과 정신성 그리고 시민성과 예술성하고 어떤 관계를 맺고 피할 수 없는 죽음 문제와 어떻게 엉키는가를 이야기한다고 볼 수 있어요. 대단히 지적인 아셴바흐가 궁극의 아름다움이 몸으로 구현된 타치오에게 차츰 끌립니다. 그럼 더는 예술미가 아니에요. 예술미는 신체가 없죠. 그것은 추상적이고, 에로스의 영역이죠. 에로스는 접촉이 아니거든요. 에로스와 섹스는 다릅니다. 에로스적인 것은 거리가 있습니다. 이 작품에서 아셴바흐는 타치오와 한 번도 접촉하지 않아요. 바라보기만 합니다. 시선으로만 빠져들어요. 마지막까지도 카메라로만 봅니다. 하나가 되고 싶고, 만져 보고 싶고, 섹스하고 싶은 타치오를 끝까지 만지지 않습니다. 이게 만입니다. 죽어도 시선으로 죽죠. 이런 면을 보수성이라고 하는 사람들이 있고 아주 지겹다는 사람들도 있습니다. 건강한 시민성, 눈요기는 해도 절대 외도는 하지 않는 건강한 시민성이 작품에서 얼마나 완벽하게 구현되는지 모릅니다. 게다가 동성애까지 포함됩니다.

작가 스스로 아셴바흐의 모델이 말년의 괴테라고 했습니다. 잘 아시겠지만, 괴테는 그야말로 가장 행복하게 산 사람이라고 볼 수 있어요. 문학적 성과를 통해 바이마르공화국의 내각 수반까지 하면서 온갖 영화를 누리고 많은 여자들과 사랑을 나눴죠. 유명한 이야기가 있습니다. 괴테가 일흔네 살 때 울리케라는 열아홉 살 소녀에게 빠져 청혼까지 하는데요, 집안사람들이 반대하니까 친분이 있는 성주에게 중매를 부탁합니다. 성주가 중매하면 문제가 달라지거든요. 그래서 '마리엔바트의 괴테'라는 말이 생겼고, 만이 『베니스에서의 죽음』 제목으로 이 말을 쓰려고 했다는 겁니다. 마리엔바트는 괴테가 울리케를 만난 온천 휴양지의 이름입니다.

괴테는 고전주의의 최고 지성입니다. 양극적인 것을 저울에 달면 칼날 위의 균형처럼 완벽하게 균형을 이루는 것이 고전주의죠. 이것은 정신의 가장 높은 단계를 뜻합니다. 괴테는 정신적으로 최고 단계에 이른 인물이에요. 그런데 이 놀라운 정신의 성자가 늙으니까 열아홉 살 소녀에게 열정을 품고 결혼까지 하려고 합니다. 로맨스그레이라고 하죠. 그렇게 높은 고전주의적 정신 상태에 도달하기 위해서 어쩌면 균형미라는 이름으로 아폴론적인 지성과 연결해 놓았던 디오니소스적인 것, 도취적인 것, 자연적인 것, 신체적인 것, 파토스적인 것, 열정적인 것 들이 나이가 들면서 아폴론적인 것으로부터 해방되기 시작합니다. 디오니소스적인 것들이 말년의 괴테를 지배합니다. 그 현상이 바로 울리케에게 빠진 모습이겠죠. 만은 이것을 바탕으로 지적인 예술가의 이야기를 써 보려고 했다고 합니다. 보통 이 소설을 아주 높은 지적 작업을 완성한 사람이 열정이나 도취라는 디오니소스적인 것에 우연히 빠지면서 스스로 명예를 실추하는 치욕적 이야기로 읽습니다. 이를 통해 억압된 욕정이나 열정이 어떻게 아폴론적인 것, 지적인 것, 도덕적인 것을 함몰시켜 버리는 힘으로 작동하는지를 볼 수 있지만 과연 이뿐인가 하는 의문이 남죠. 저는 다른 식으로 읽을 필요가 있다고 봅니다. 에로스적인 것과 도취적인 것 그리고 죽음의 관계에서 나타나는 아름다움, 예술미와 신체미의 관계를 읽어 낼 필요가 있습니다.

────● **정신의 완성을 구현해 낸 소설가, 아셴바흐**

『베니스에서의 죽음』 주인공의 이름은 구스타프 폰 아셴바흐입니다. 문학작품 주인공의 이름은 어떤 의미를 담고 있죠. 독일어 '아셔Asche'는 '재'를 뜻하고, '바흐bach'는 '시냇물', '온천'을 가리킵니다. 따라서 아셴바흐는 '물속의 재'로 볼 수 있어요.

이름에 인물의 특성이 있습니다. 아셴바흐가 어떻게 설명됩니까? 엄청난 지성의 힘으로 자기 삶을 구축한 사람이죠. 마치 신체성은 없이 정신적으로 구현된 사람처럼 표현됩니다. 신체는 흐르는 물에 뿌려지는 재처럼 소거되잖아요. 아셴바흐는 소설가로 프로이센 제국 시절, 정신의 완성을 구현했죠. 신체적이고 감각적인 것을 모두 정신으로만 승화시켰다고 볼 수 있어요. 아셴바흐가 서른다섯 살 되던 해에 어느 모임에서 한 남자가 자기 왼손 주먹을 꽉 쥐어 보이면서 아셴바흐가 그 주먹처럼 살아왔다고 말하죠. 사적이고 감각적인 것을 다 배제한 채 온갖 정신적 투쟁을 게을리 하지 않으면서 오로지 정신적으로 완성된 작품을 만들기 위해 평생 인내하고 노력하면서 살아온 사람이 아셴바흐입니다.

> 여러분, 아셴바흐는 예전부터 이렇게만 살아온 겁니다. —426쪽

한편 그가 자기 삶을 스스로 예견하는 대목이 있습니다. 순교자 성 세바스티안과 같다고 이야기해요. 온몸에 화살을 맞고 죽어 간 성 세바스티안과 같다는 것은 어려움을 온몸으로 받아들이면서 성스러운 상태를 구축해 낸다는 뜻입니다.

소설의 시작부터 살펴보죠. 어느 날 아셴바흐가 몹시 피곤한 상태로 산책에 나섭니다. "'정신의 끊임없는 움직임'에도 제동을 걸

수 없었다"(417쪽)고 할 정도로 집요함과 주도면밀함에 세밀함까지 요구되는 힘겹고 까다로운 작업을 하다 보니 정신성의 가장 높은 단계에서 끊임없이 움직입니다. 이 견디기 힘든 움직임 때문에 낮잠도 잘 수가 없었다고 해요. 보통 때는 긴장을 풀기 위해 잠깐씩이라도 잤는데, 그마저 잘 안 되더라는 겁니다. 정신이 너무나 고양됐기 때문이죠. 그래서 산책에 나섭니다. 우리는 '피곤'을 그냥 몸이 지친 상태라고 생각하지만 정신이 가장 고양된 상태에 이르면 느낄 수 있는 '피곤'도 있습니다. 아무것도 할 수 없는 피곤한 상태가 있지만 너무 많은 것이 내 안에 들어 있어서 피곤하기도 해요. 피곤에 이중성이 있는 겁니다. 부정적인 상태만이 아니에요. 높은 수준의 정신 상태에 도달해 본 사람들은 압니다. 정신적으로 너무 많은 것이 내 안에서 피어오르기 때문에 그것을 미처 감당하지 못해서 피곤할 수도 있습니다.

산책에 나선 아셴바흐가 우연히 공동묘지 납골당에 갑니다. 거기서 어떤 사람을 만나요. 빨간 머리에 피부는 주근깨가 섞여 있고 깡마른 체구에 수염도 없는 남자죠. "그의 외모는 이국적이고 먼 세상, 이 세상이 아닌 곳에서 온 것 같은"(419쪽) 인상을 풍겼다고 이야기합니다. "그의 태도는 뭔가를 위압적으로 조망하는 것 같은 대담함, 열정적인 면이 깃들어 있었다." "입술이 너무 얇아서 완전히 이빨에 밀려 올라간 모양으로 되어 잇몸이 노출되었고 길고 허연 이빨이 훤히 다 드러나 보였다."(420쪽) 어떤 얼굴입니까? 입술이 올라가고 이가 다 드러났다면 해골의 얼굴이죠. 저승사자, 죽음의 사자예요. 공동묘지 납골당에서 죽음의 사자를 만난 겁니다. 이때 주인공은 정신이 가장 고양된 상태였죠. 죽음과 상관없는 정신의 높은 단계에서 가장 신체적인 것의 본질인 죽음과 마주쳤다는 이야기예요. 이 사람을 만나고 나서 갑자기 어디론가 떠나고 싶다는 충동을 느낍니다. 여행 충동입니다. 그리고 떠납니다.

아셴바흐는 모든 예술가가 본질적으로 갖고 있는 위험 요소인 퇴폐적이고 감각적이고 신체적인 것들을 전부 정신화해서 가장 높은 단계의 예술미를 만들어 냈습니다. 그런데 이 사람이 어느 날 산책을 나가 가장 높은 단계의 정신 상태에서 갑자기 신체의 본질인 죽음을 만납니다. 그리고 베니스(베네치아)로 여행을 갑니다. 이 여행에 죽음의 사자가 계속 따라옵니다. 달리 보면 죽음의 사자가 아셴바흐를 데려간 거죠. 처음에 베니스로 가는 배에 탔는데 단체 여행을 하는 듯한 젊은이들이 부둣가에 남아 있던 동료들을 향해 떠들썩하게 농담하는 걸 보죠. 그 사이에 '빨간' 넥타이를 맨 사람이 유독 큰 소리를 냈는데, 처음엔 젊은이인 줄 안 그가 알고 보니 늙은이예요. 화장을 하고 가발을 쓰고 수염을 염색하고 싸구려 의치를 한 노인을 보고 오싹하다고 느껴요. 베니스에 도착해서는 곤돌라를 탔는데, 노 젓는 사공이 이상합니다. 인상이 험악하고 쌀쌀맞은데, 혼잣말을 낮게 웅얼거려요. 또 곤돌라는 새까맣게 칠해진 관과 같아요. 이 곤돌라를 타고 호텔에 도착한 뒤에 우연히 타치오라는 미소년을 만납니다. 타치오가 가슴에 '빨간' 리본을 달고 있죠. 아셴바흐가 타치오에게 빠져서 퇴행 상태에 들어갈 때 '빨간' 딸기를 먹기도 하죠. 낯선 사람의 '빨간' 머리에서 처음 등장한 이래 빨강이라는 색채가 계속 나타납니다. 결국 죽음의 사자가 아셴바흐를 타치오에게 데려간 것입니다.

타치오가 최종적 죽음의 사자죠. 그런데 이 마지막 죽음의 사자는 그 전 죽음의 사자와 다르게 생겼습니다. 그 전에 본 죽음의 사자는 추하기 짝이 없었지만, 타치오는 특별한 죽음의 사자입니다. 완벽한 신체미가 있거든요. 죽음과 신체와 아름다움이 하나로 겹쳐진 존재가 바로 타치오죠. 아셴바흐가 처음에는 타치오에 대해 이중 감정을 품습니다. 눈에 확 띌 만큼 완벽하게 아름다운 아이라고 생각하면서도 모든 아름다움 속에는 오만, 가벼움, 퇴폐가 있다고 생각합니다. 타치오라고 뭐 다를까, 하고 생각합니다.

자연성의 상징, 타치오

그동안 아셴바흐는 예술을 한다면서 끊임없이 감각적, 퇴폐적, 신체적인 것에 빠져 버린 모든 예술가와 다른 예술을 하려고 했습니다. 즉 디오니소스적인 요소로 끌려들어 가지 않고 그것을 아폴론적 영역으로 끌어다 완벽한 형식미를 만들어 내

는 작업을 했어요. 그런데 퇴폐적 유미주의자들이 보여 주려는 것
은 정신성이 부재한 아름다움이잖아요. 그래서 타치오의 아름다움
을 보고도 그 유한성과 퇴폐성을 생각하죠. 그러다 타치오를 계속
재평가하고 빠져듭니다. 빠져드는 과정에서 베니스의 바다에 대
해 이야기합니다. 뭔가 썩은 냄새가 난다고 해요. 바다도 이중성을
띱니다. 바다는 균형 잡힌 예술 작업과 정신 작업을 하는 사람들
이 한없이 동경하는 단순성, 단일성, 무정형성을 우리에게 알려 준
다고 설명해요. 완전한 형식미가 아니라 도취 상태에서 무정형적
이고 카오스적이고 혼돈스러운 세계의 상징으로 바다가 이야기됩
니다. 그런데 그 바다에서 썩은 냄새가 난다는 겁니다. '썩은 냄새'
란, 그 전에 자신이 아폴론적으로 완성하려던 정신적 예술미에 닥
칠 몰락에 대한 은유죠.

　한편 바다를 타치오와 연결해 이야기합니다. 마지막에 결정적인
장면이 나오죠. 타치오가 완성적 아름다움으로 나타날 때 바다 쪽
으로 있다가 해변에 멍하게 앉아서 죽어 가는 아셴바흐를 한 번 보
고 하늘을 향해 팔을 들어 올리잖아요. 죽어 가는 아셴바흐가 마지
막에 보는 것은 바다를 배경으로 완전한 아름다움의 형태가 하늘
높이 팔을 들고 있는 모습입니다. 완전한 조화, 바다로 이야기되는
감각적 영역과 타치오로 대변되는 완전한 형식미가 합일된 상태입
니다. 이런 의미에서 바다는, 아셴바흐가 그토록 완성하려고 했지
만 완성할 수 없던 완전한 형식미를 구현해 주는 장소입니다.

타치오를 두고 에로스의 두상 같다는 표현이 등장하는데요, 에로스는 그리스에서 가장 아름다운 남성이기 때문에 완벽한 형식미를 상징합니다. 아름답게만 보던 타치오가 어느 날 웃거나 말하는 모습에서 치아를 드러내죠. 이때 아셴바흐가 충격적인 경험을 합니다. 타치오의 치아가 이상하게 병든 것 같죠. 타치오가 예술적 형상이 아니라 살아 있는 신체를 가진 겁니다. 신체인 이상 '소멸'이 끼어들 수밖에 없습니다.

또한 아셴바흐가 타치오를 항상 멀리서 보기 때문에 아이들이 해변에서 놀다가 타치오를 부르는 소리가 잘 안 들립니다. 그래서 자꾸 타치오가 타치우로 들려요. 왜 오가 아니고 우일까요? 이걸 이해하려면 독일어를 좀 봐야 합니다. 독일어에 기원origin을 뜻하는 '우르스프룽Ursprung'이라는 말이 있어요. 그래서 타치우라고 들릴 때 형식보다 앞선 원초적 상태가 떠오릅니다. 바로 카오스죠. 인위적인 조형성이 없는 자연 상태입니다. 그래서 타치오는 자연 상태를 상징합니다.

● 타치오에게 끌려들어 가는 죽음의 과정

아셴바흐가 처음에는 타치오에게 별로 관심이 없다가 점점 끌려들어 갑니다. 보기만 하다가 말을 걸고 싶어집니다.

그다음에는 타치오의 어깨에 손을 대고, 접촉하고 싶어 합니다. 나중에는 절망적으로 외쳐요. 견딜 수 없게 사랑한다고 이야기합니다. 그런데 타치오의 아름다움에 빠져들수록 자신의 추하고 늙은 얼굴을 발견하게 됩니다. 그 얼굴로 이발소에 가서 치장을 하죠.

이 작품을 원작으로 비스콘티Luchino Visconti 감독이 영화 〈베니스에서의 죽음Morte a Venezia〉을 만들었습니다. 놀라운 예술영화를 만드는 감독 아닙니까? 퇴폐미 추구에 상당히 열중하던 사람이죠. 말러Gustav Mahler의 교향곡이 흐르는 가운데 일몰 직전 베니스에 배가 도착하는 첫 장면이 아주 유명하죠. 그리고 영화에서 아셴바흐가 이발소에 가서 입술을 빨갛게 칠하고 머리를 까맣게 염색한 뒤에 거울을 보는 장면이 절망적으로 느껴집니다. 완전히 정신적인 존재가 타치오의 아름다움 앞에서 수치심과 모멸감을 느끼면서 소멸할 수밖에 없는 자기 신체를 회생시키기 위해 절망적으로 노력합니다. 그러다 결국 떠나려고 합니다. 베니스에서 위기감을 느끼고 떠나려다가 짐이 다른 데로 잘못 가서 되돌아오죠. 결국 타치오가 있는 베니스를 떠나지 않아도 돼 안도합니다. 콜레라가 돌 때도 떠난다는 말을 되뇌면서 타치오가 있는 베니스를 떠나지 못합니다. 그래서 결국 콜레라에 걸려 해변에서 죽어 갑니다. 저 멀리에서는 타치오가 아이들과 놀고 있습니다. 영화 장면은 상당히 멋집니다. 텅 빈 해변에 모자를 쓰고 혼자 안락의자에 앉아서 다 풀린 눈으로 타치오가 노는 모습을 보는 아셴바흐. 타치오는 아이들이 다 떠난

뒤 바다를 바라보다가 죽어 가는 아셴바흐를 한 번 보고 팔을 들어
올리죠.

> 타치오가 얕은 바닷물 속으로 걸어 들어갔다. (…)
> 손을 허리에 짚고는 원래 자세로부터 상체를 우아
> 하게 회전시키면서 몸을 돌렸다. 그러고는 어깨너
> 머로 해변 쪽을 바라보았다. (…) 그런데 그 고개가
> 가슴 위로 툭 떨어져서 그의 두 눈이 아래쪽에서 쳐
> 다보는 꼴이 되었고 그의 얼굴에 긴장이 풀리고 깊
> 은 잠 속에서 무슨 생각에 침잠해 있는 듯한 표정
> 을 띠게 되었다. 그러자 그에게는 그 창백하고 사랑
> 스러운 '영혼의 인도자'가 저기 멀리 바다 바깥에서
> 그에게 미소를 짓고 그에게 눈짓을 보내는 것 같은
> 생각이 들었다. 마치 그 소년이 허리에서 손을 떼어
> 바깥 바다를 향해 손짓을 해 보이고 그 광막한 약속
> 의 바다 안으로 자기가 앞서 둥실 떠가는 것 같았
> 다. 그래서 그는 지금 자주 그래왔듯이 그를 따라가
> 려고 일어섰다. ─529~530쪽

그러고는 아셴바흐가 쓰러져 죽죠. 이 대목에서 '광막한 약속의
바다'를 독일어 원문으로 보면 좀 다릅니다. '광막한'으로 옮겨진

'운거호이어ungeheuer'는 있을 수 없는 것을 가리킵니다. 전혀 생각하지 못한 괴물, 상상도 못 한 이질적인 것, 그러면서 굉장히 드넓은 세계 같은 것을 이야기합니다. 그냥 광막하다고만 해서는 충분히 설명되지 않죠. 난생처음 생각도 못 한 어떤 것을 지금 내가 보고 있는데, 그것이 두려움이 아니라 약속으로 충만하다는 겁니다. 뭐라고 이름 붙이기가 어려운데, 만의 소설에 있는 완벽성 중 하나가 이렇게 특별한 조어입니다. 언어로는 도저히 접근할 수 없는 대상이기 때문에 그것을 언어화하는 것이 글쓰기에서 중요한 문제인데요, 적어도 독일어에서 만이 선택한 단어보다 정확한 표현이 없습니다. 이런 조어는 작품 곳곳에서 등장하며 작품을 완벽하게 하는 요소가 됩니다.

────● 타치오의 유한성을 대신 끌어안다

아셴바흐가 끊임없이 추구한 아름다움은 완전히 정신적인데, 그것이 우연히 신체성과 부합하게 됩니다. 신체성은 죽음의 사자로서 아셴바흐를 베니스로 데려가죠. 거기에서 주인공은 자신이 추구해 온 정신적 아름다움과 전혀 다른 아름다움을 발견합니다. 바로 타치오입니다. 그런데 타치오는 이중성을 띠잖아요. 완벽한 조형미를 갖고 있습니다. 이것은 정신적이죠. 타치오에

5강 • 동성애, 「베니스에서의 죽음」

게는 신체도 있습니다. 완벽한 조형미는 신체성이 제거됐기 때문에 가능한데 말입니다. 아셴바흐는 이런 예술미를 계속 추구한 사람입니다. 그러다 마지막에 베니스에 가서 발견한 타치오의 아름다움은 정신적 아름다움만이 아니라 신체성이 있는 아름다움이죠. 이것은 '화해의 아름다움'입니다. 정신을 통해 신체를 형식화한 겁니다. 그런데 타치오가 화해인가요? 문제가 있죠. 신체는 곧 소멸인 죽음을 맞이하는데, 이런 문제가 타치오의 치아로 드러납니다.

완벽한 '미'가 신체적인 것과 정신적인 것이 똑같이 겹쳐진, 정신적인 것인데 신체처럼 살아 있는 것이라면 언어가 아니라 피와 살로 만들어져야 하죠. 이것이 모든 예술이 지향하는 '진'입니다. 아름다움이 궁극적으로 구현하려는 '진'의 상태죠. 그런데 신체가 여기에 들어가면 화해만 됩니다. 화해에는 타치오 같은 신체가 없어요. 아셴바흐가 정신성만으로 아름다움을 구현하려 했지만, 타치오를 보고 생각에 변화가 옵니다.

정신적인 아름다움을 왜 그렇게 구축했습니까? 불멸을 이루기 위해서였죠. 죽음의 요소를 빼 버려야 해요. 인생은 짧고 예술은 길다는 말이 있듯이 완벽한 정신적 아름다움을 구현하려면 신체가 빠져야 하고, 신체가 빠지면 영원하지만 추상적인 게 돼 버리죠. 살아 있지 않아요. 그래서 한편으로는 영원한 미를 만들어 낸 듯해도 사실은 죽은 것입니다. 신체가 빠졌으니까요. 이런 사실을 타치오를 통해 알게 됩니다. 아, 진정한 미는 타치오 같아야 한다. 완전한 정신의 아름다움과 동시에 신체의 아름다움을 갖춰야 한다. 그래서 끊임없이 타치오에게 끌려들어 갑니다.

그런데 문제가 있어요. 정신성은 조형적이고 인위적이긴 해도 영원성이 있는데, 타치오의 신체에는 죽음과 소멸이 있지 영원성이 없어요. 이것을 바로 타치오의 치아가 상징합니다. 아셴바흐는 타치오의 치아 끝이 뾰족하고 창백하고 광채가 없고, 이상하게 호감을 주지 않는 투명한 색이라고 하면서 타치오가 '어디가 아픈 것 같다'고 생각합니다. 아셴바흐가 타치오에게 계속 끌려들어 가는 과정은 아셴바흐의 신체가 죽어 가는 과정이기도 해요. 죽음 문제를 빼놓고 우리가 이 작품을 읽으면 망령 든 괴테가 노망 부린 이야기 또는 정신적인 영역만 추구하던 사람이 디오니소스적인 것을 만나 파멸하는 이야기로만 보이겠지요. 그게 다가 아닙니다.

> 이따금씩 타치오가 벌떡 일어나거나 심호흡을 하는 게 탄식이나 가슴의 답답함을 뜻하는 것 같았다. '저 애는 병약하구나. 아마도 저 애는 오래 살지 못할지도 몰라.' 도취와 동경이 이상하게도 가끔 해방할 때 생기곤 하는 객관적 태도를 지니고서 그는 다시 한 번 마음속으로 되뇌었다. 방탕한 만족감과 더불어 순수한 염려가 그의 마음을 가득 채우고 있었다. —509쪽

아이는 신체를 갖고 있으며 병들어 갑니다. 타치오를 만지고 싶고 그에게 융합되고 싶은 욕망이 방탕한 마음인데, 한편으로 순수하게 염려하죠. 순수한 염려는 타치오가 죽으면 안 된다는 마음입니다. 죽어 가는 신체가 있기 때문에 죽을까 봐 염려합니다. 어떻게 해결해야 할까요? 어떻게 신체가 소멸되지 않은 상태로 정신과 만나서 영원히 불멸의 정신적 아름다움으로 존재할 수 있을까요? 이 신체 속에 있는 소멸의 치아를 타치오로부터 빼내면 되죠. 논리적으로 이야기하면 그렇잖아요. 빼 버리는데 누군가가 대신 그 치아를 먹어야 합니다. 그 치아를 가져야 합니다. 그렇지 않은 상태에서 타치오의 치아는 영원히 타치오에게 종속되고 타치오의 유한성은 여전한 겁니다. 아름다움이란 결국 소멸할 수밖에 없어요. 궁극적으로 아셴바흐가 죽어 가는 과정은, 타치오의 완벽한 아름다움을 불멸의 것으로 만들기 위해 타치오에게 들어 있는 썩는 치아를 대신 먹는 과정입니다. 나중에 아셴바흐가 죽어 가죠. 이때 그는 타치오가 영원한 에로스의 모습으로 바다를 바라보며 한 손을 들어 자신을 불러들이는 것 그리고 타치오를 따라 약속으로 가득한 어떤 엄청난 다른 세계로 걸어 들어가는 것을 봅니다. 그러고 나서 죽어요.

●━━━━ **또다시 관능을 억압하다**

『베니스에서의 죽음』을 얼핏 보면 만이 아셴바흐라는 인물을 통해 자기가 구축한 정신적 아름다움, 시민적 건강함의 아름다움에서 신체적인 영역으로 끌려들어 가는 몰락의 이야기로 읽힐 수 있지만 실상은 전혀 그렇지 않습니다. 이 '몰락의 이야기'가 사실은 정신적으로 만들어 낸 만의 건강한 예술미가 완성되는 과정입니다. 만은 건강한 시민의 아름다움을 결코 포기하지 않습니다. 다시 말해, 만은 결코 아폴론적인 것을 디오니소스적인 것으로 갖고 들어가지 않아요. 끌려들어 가면서 디오니소스적인 것을 다시 아폴론적인 것에 포함시켜서 아폴론적인 것을 완벽하게 하는 것이 만이 지향하는 예술미라고 저는 생각합니다. 이것은 니체의 지향과 전혀 다릅니다.

동성애를 생각해 봅시다. 터부시되어 사회적으로 인정받을 수 없죠. 만의 신체적인 욕망입니다. 건강한 시민성을 추구하는 작가의 신체적인 욕망이, 터부시되어 밖으로 드러낼 수 없는 동성애인 거예요. 이런 욕망을 드러내면 파멸뿐이죠. 그렇다고 자신의 관능을 포기할 수도 없습니다. 관능을 아예 제거하고 정신적 아름다움을 만들어 낼 수 있나요? 안 되죠. 관능을 완전히 밖으로 드러내 건강한 시민인 만을 무너트릴 수는 없습니다. 또 관능적인 것을 자신이 구축한 정신적 아름다움에 소속시켜 놓으면 자신의 구체적인 욕망을 해소할 수 없어요. 이때 양자택일이 있겠지요. 자신이 쌓아온 명예나 강한 시민성이라는 삶의 영역을 과감하게 해체하고 커밍아웃해 관능의 세계로 건너가는 일, 만으로서는 도저히 할 수 없습니다. 그럼 이 관능을 어떻게 합니까? 억누르기만 할까요? 아닙니다. 그는 문학적으로 해소합니다. 그가 문학 속에서 관능에 끌려들어 가는 이야기를 합니다. 아셴바흐가 건강한 시민성으로부터 디오니소스적으로 끌려들어 가는 이야기, 관능을 추구하는 이야기죠. 이를 통해 만은 자신의 동성애적 관능을 해방시킵니다. 그런데 해방시키는 것으로 끝나지 않고, 내면화된 도덕성과 엇갈립니다. 그래서 결국 관능성이 원래 있던 도덕성을 더 풍요롭게 만들어요. 놀랍습니다.

저는 만의 문학을 읽으면서 가여움을 느낍니다. 아주 건강한 시민적 도덕성이 완전히 체화되어서 자신의 관능이 문학적으로 해방되는 것도 용서하지 못합니다. 그냥 두지 못해요. 이 노인네가 괴테처럼 망령이 들어 결국 관능을 찾아갔다고 할 수 있잖아요. 그런데 이걸 못 참고 죽음을 다시 아름다움으로, 도덕성으로 승화시키려고 합니다. 마지막 장면을 다시 봅시다. 아무 경계가 없는 바다를 배경으로 조형미가 나타납니다. 아름다움과 완벽하게 합일되지만, 바다는 여전히 정신적 아름다움의 영역입니다. 이 영역으로 아셴바흐를 불러들이고, 아셴바흐는 그것을 따라가다 죽죠. 얼핏 보기에 만이 동성애적 관능을 승화시킨 듯하지만, 저는 여전히 억압이라고 봅니다.

만의 이런 면을 아주 지긋지긋하게 여기는 이도 있습니다. 시민적 건강성을 추구하는 지성, 독일 시민의 원형. 이런 인물의 모습을 『베니스에서의 죽음』에서 읽어 낼 수 있다는 것이죠. 일반적인 시각과 다른데, 저는 만이 궁극적으로 실현하려고 하는 아름다움의 형식이 플라톤의 이데아를 닮았다고 봅니다. 마지막에 멀리 보이지만 도달할 수 없는 세계를 그는 결코 포기할 수 없습니다.

부조리

『이방인』, 알베르 카뮈

──────● 태양 살인이 가능한가

이번에는 카뮈의 『이방인*L'Étranger*』으로 강의를 진행해 보겠습니다. 화두는 '태양 살인이 가능한가'입니다. 그 답이 소설에서 명징하게 드러나지 않기 때문에 많은 사람이 『이방인』을 읽으면서도 정확하게 말하지 못했습니다. 저도 오래전 대학 시절에 『이방인』을 읽고 왜 태양 살인이 문제가 되는지 무척 궁금했지만 답을 얻지 못했습니다.

『이방인』에서 '이방인'은 이 세상 사람이 아닙니다. 단순히 제 3국이 아닌 전혀 다른 풍토에서 사는 사람이고, 그 때문에 우리가 아는 세상에 대해 아는 게 없다는 뜻에서 이방인입니다. 물론 충동적 살인도 있습니다만, 살인에는 저마다 이유가 있습니다. 돈, 원한, 사랑 같은 이유로 사람을 죽이죠. 살인에는 물음표가 필요 없어요. 그런데 이유를 알면서 사람을 죽인다는 것이 이상하지 않습니까? 인간에게 주어진 금기 중 하나가 '사람을 죽이면 안 된다'는 것이잖아요. '사람 고기를 절대로 먹으면 안 된다'는 데서 문명이 시작됐다면, 사람이 사람을 죽이는 것은 이해할 수 없는 사건입니다. 문명 안에서 일어나는 문명 아닌 일이에요. 살인은 상당히 특별하고 이해할 수 없는 사건입니다. 그런데 사람들은 살인을 자명한 사건으로 받아들이기도 합니다. 어떻게 생각하십니까? 오히려 태양 때문에 죽이는 편이 맞는 것 같잖아요. 태양 살인은 문명과 인간이라는 존재 밖에 있는 사건이기 때문에 인간적인 영역 내에서 이해할 수 없지 않을까요?

태양 살인의 이유나 근거가 설명되지 않는다, 오히려 이 점에서 역설적으로 '살인'을 너무 잘 이해할 수 있는 것으로 받아들인다고 하겠습니다. 우리가 자명하다고 하는 것들이 대개 이런 식입니다. 알 수 없는 것, 설명할 수 없는 것을 설명의 체계 속으로 가져와 설명할 수 있는 것으로 바꾸려고 해요. 그 이유가 뭘까요? 제가 볼 때는 거짓말 때문입니다. 그런 거짓말을 해야 하는 이유는 현재 상태를 유지하려는 것이겠죠.

『이방인』에 도덕의 문제가 나옵니다. 이 도덕을 끝까지 유지하려다 보니 모든 것을 도덕적으로 설명해 낼 수 있어야 하고, 그래서 도덕 외적인 것은 존재할 수 없게 합니다. 온 세상, 온 삶이 도덕으로 설명할 수 있는 것이 되면서 도덕에 모두가 합의하고 아무도 도덕을 의심할 필요가 없게 만드는 일종의 지배 시스템이 존재합니다. 살인 문제도 그렇게 생각해 볼 수 있습니다.

스페인 출신 어머니의 영향

『이방인』은 청소년 필독서 목록에 항상 끼어 있
죠. 그래서인지 주인공 뫼르소를 잘 이해할 수는 없지만 친근감이
있습니다.『이방인』에 대해 많이 이야기하지만, 제대로 이해하기가
쉽지 않은 소설입니다. 일반화하기는 어렵지만 서구 작가들은 상
당한 지적 취향과 이론적 배경을 가지고 있죠. 그래서 문학을 특별
한 분과로만 생각한다든지 문학 내 담론 체계만 따라가지는 않습
니다. 카뮈도 이론적 배경부터 이해해야 할 작가입니다.

카뮈는 동전의 양면처럼 사르트르Jean-Paul Sartre와 함께 떠올릴 수
밖에 없습니다. 두 사람 사이에 논쟁과 불화가 있었지만 대체로 모
두 실존주의자라고 이야기합니다. 그런데 카뮈는 절대로 자신이
실존주의자가 아니고 특히 사르트르의 실존주의와 관련이 없다
고 했어요. 프랑스가 알제리 해방운동을 무력으로 진압하려고 했
을 때 두 사람의 정치적, 문학적 차이가 확연하게 드러나기도 했습
니다. 사르트르도 좋은 소설과 희곡을 많이 쓴 문학가입니다. 정말
재주꾼이에요. 그는 부르주아로 베르그송Henri-Louis Bergson, 퐁티Maurice
Merleau-Ponty, 아롱Raymond Aron 등을 배출한 고등사범학교를 졸업했습
니다. 그에 비해 카뮈는 변방 사람입니다. 사르트르가 파리라는 세
계의 중심에서 교양을 쌓은 반면, 카뮈는 알제리라는 프랑스 식민
지 출신이에요. 일제강점기에 우리 조상이 먹고살 게 없어서 만주

로 갔듯 프랑스 역사에서도 먹고살기 힘든 사람들이 변두리로 밀려나는데, 바로 카뮈의 가족사가 그런 경우죠. 알제리는 매우 척박한 땅으로 가진 것이 광물밖에 없어서 광산 노동자가 많았다고 합니다. 카뮈의 아버지도 한때 광산 노동자였고, 삼촌은 백정이었어요. 카뮈는 배우지 못한 스페인계 어머니의 영향을 엄청나게 받았습니다. 직접 교육받았다기보다는 어머니를 통해 깨달은 것들이 그의 삶에 상당히 결정적인 영향을 미쳤다고 볼 수 있어요.

스페인은 기사도 정신이 뿌리박힌 나라잖아요. 투우를 보면 투우사들은 삶과 죽음의 경계가 거의 투명하다고 할 수 있는 지점에서 죽음을 피해 나갑니다. 소의 목을 꺾는, 단순한 퍼포먼스가 아니라 철저히 연마한 기술을 통해 소와 맞대결을 펼치죠. 삶과 죽음의 경계를 미화하는 몸짓이 있습니다. 거기 빠진 헤밍웨이Ernest Hemingway 같은 사람은 자기 문학에서 중요한 미적 순간에 투우를 등장시키기도 합니다.

투우사들에게는 신사적인 면이 있습니다. 이런 것을 중세 기사도에서 우아함이라고 이야기합니다. 기사도를 여자에게 자동차 문을 열어 주는 것 따위에 비교할 수 없어요. 기사에게는 교양이 필수예요. 그리고 죽음과 맞붙어 있는 가운데 자기를 지키는 특별한 기술이 생기는데, 그게 기사문학에 잘 드러납니다.

기사문학이 연애시를 정립했죠. 번역된 것들을 읽어 보면 절절합니다. 죽음과 사랑이 결합된 장르인 기사문학에서 사랑은 이룰 수 없는 것입니다. 기사가 자기보다 높은 계급, 귀족 부인을 마음에 품습니다. 이룰 수 없는 사랑이죠. 가끔 불륜이 일어나지만 근본적으로 계급을 넘나들 수는 없기 때문입니다. 대개 마음에 품기만 하고 연애시를 써요. 불가능한 사랑을 위해. 사랑의 열정이라는 게 이룰 수 있는 것보다는 이룰 수 없는 것을 지향하고 불타오르죠. 불가능한 사랑에 자신의 모든 것을 바치고 죽음 앞에서 자기를 지키는 우아함이라는 도덕성을 만들어 냅니다. 일종의 정신 수양이에요.

스페인은 유럽에서 상당히 특별한 나라입니다. 스페인 사람들은 열정적이고 외모도 인상 깊어요. 제가 유학 중에 본 그들은 사랑하는 방식도 강렬하고 특별했습니다. 투우가 있고 기사도의 우아한 열정이 태어난 뜨거운 나라잖아요. 이런 스페인 출신 어머니의 영향을 빼놓고는 카뮈의 삶과 정신을 이해할 수 없습니다. 카뮈의 어머니는 선천적으로 귀가 어두워 말이 약간 어눌했고 그래서 거의 입을 닫고 살았다고 합니다. 눈만 뜨면 어머니와 대화한 바르트와 달리 카뮈는 겉보기에 어머니와 교류가 거의 없었죠. 그러나 카뮈의 눈에 포착되고 받아들여진 어머니의 긍정적 정체성은 스페인 혈통에 이어지는 기사도 정신과 우아함입니다. 우습죠? 우아함은 귀족계급의 특성인 것 같으니까요. 사실 '우아하다'거나 '품위 있다'는 말에 대해 곰곰이 생각해 봐야 합니다. 이런 말이 다 시장에서 부당하게 특정 계급과 유행에 연결돼 버립니다. 광고에서 고

가의 소비재가 품위를 보장해 준다고 하는데, 그게 무슨 품위입니까? 품위와 우아는 물건이 아니라 삶의 성격에서 오죠. 카뮈가 어머니한테서 물려받은 것처럼 말입니다.

─────● **태양의 땅, 알제리의 미학**

카뮈의 삶과 문학에서 알제리가 차지하는 부분이 크기 때문에 카뮈를 이해하려면 알제리부터 이해해야 합니다. 그의 문학에서 알제리를 형성하는 것이 돌멩이와 소금 냄새 등 여러 가지인데 그 중심에는 태양이 있습니다. 그에게 알제리는 태양, 모든 것을 하나도 숨김없이 드러낼 만큼 강렬한 태양입니다. 태양과 함께 알제리의 자연환경을 대표하는 것은 북쪽의 지중해와 암석이죠. 제가 유럽에 오래 있었지만 알제리를 못 가 봐 유감인데요, 아주 척박한 지역이라고 해요. 초원이나 멋있는 옥토가 아니라 광산밖에 없는 땅으로 알려졌고, 알제리 사진을 보면 정말 바위 덩어리만 있습니다.

카뮈가 산문집에서 햇빛에 뜨거워진 돌이 어떻게 김을 뿜어내는지를 설명하는데, 돌을 바다에 들어갔다가 나온 벌거벗은 몸과 동일시합니다. 돌을 무생물로 보지 않아요. 그리고 냄새가 있습니다. 끊임없이 번지는 소금 냄새. 바닷가에 살지 않으면 잘 모르는 냄새예요.

카뮈는 알제리 사람들을 이야기할 때 경탄해 마지않습니다. 그의 아버지처럼 가난한 노동자들이에요. 카뮈의 아버지가 1차세계 대전 뒤 이른 나이로 죽기 때문에 아버지의 영향은 별로 안 받았다고 합니다. 아버지 대신 알제리 남자들을 보여 줘요. 카뮈의 산문을 보면 남자들이 어떻게 살아가는지가 보이죠. 그들의 삶은 파리 사람들의 삶과 무관합니다. 언제나 극단적입니다. 일할 때는 열심히 일하고, 놀 때는 제대로 놀죠. 그들은 하루가 인생 전체와 같다고 이야기합니다. 그래서 알제리 사람은 30대 중반만 되면 늙어 버린다고 하죠. 일찍 죽는다는 말은 아닙니다. 젊은 시절에 고된 노동을 해서 그렇습니다. 노동하지 않으면 살 수 없을 정도로 가난하기 때문에 자신이 가진 에너지를 다 밖으로 빼죠.

알제리 사람들의 삶은 생명으로 충만하고, 미래를 위해 현재를 저당잡히는 우리 삶과 다르죠. 우리는 언제나 미래를 위해 생명력을 저장하고 아끼려고 애쓰지 않습니까? 결국 다 헛되고 미래는 이념이 만든다는 것을 누구나 알게 되지만, 이미 삶을 놓쳐 버린 뒤죠. 알제리 사람들은 현실, 지금 여기밖에 모릅니다. 에너지를 다 쓰고 자연스럽게 일찍 늙는 것을 아주 긍정적으로 받아들여요.

우리가 체험할 수 있는 상태 중에 피곤이 있습니다. 피곤의 아름다움을 혹시 느껴 보셨어요? 자신의 모든 에너지를 한군데 쏟아부었을 때 피곤이 오죠. 축구를 아주 좋아한 카뮈는 축구를 하면서 모든 힘을 쓴 뒤에 찾아오는 고적감과 피곤함에 매료되었다고 합니다. 운동선수들은 이 기분이 뭔지 알 거예요. 에너지를 아끼면서 살 때는 절대 맛볼 수 없는 기분입니다. 삶의 에너지를 다 쏟아부을 줄 아는 사람만 경험할 수 있는 생명 상태거든요. 우리는 피곤하면 자양강장제를 먹어야 한다고 생각하잖아요. 하지만 아름다운, 멋있는 피곤이 있습니다. 이런 알제리 사람들의 모습을 카뮈가 정신화했습니다.

또 하나 이야기해야 할 부분이 어머니라고 했습니다. 남편을 일찍 여의고 지독한 가난 속에서 하루하루 먹고사는 데 지친 어머니는 식모, 가정부 일을 했다고 해요. 이런 어머니로부터 카뮈가 받아들인 것은 한탄이나 히스테리가 아니라 '의연함'이죠. 그의 어머니는 불만이라는 것을 품지 않고 살았습니다. 바보처럼 보일지 몰라도, 그의 어머니는 사실 자긍自肯, 즉 자기를 긍정했습니다. 저는 흔히 쓰이는 자긍自矜이라는 말을 싫어합니다. 한자 '긍矜'에 불쌍히 여긴다는 뜻이 있기 때문입니다. 이보다 긍정할 '긍肯' 자를 쓰면 아주 순박한 의미에서 그냥 받아들이는 걸 말하죠.

카뮈가 어머니를 통해 스페인의 기사도를 배웠다고 했는데, 기사도는 가난 속에서 어머니가 보인 태도예요. 『이방인』뿐 아니라 다른 작품까지 관통해서 그의 사상이나 문학을 생각할 때 알제리에 대한 배경지식이 있으면 접근하기가 쉬워집니다. 결국 카뮈에게 모든 사상과 생의 아름다움과 품위, 자기를 긍정하게 만드는 원

동력이 역설적으로 가난입니다. 실질적 가난, 먹고살 게 없고 가혹한 노동으로 사람을 몰아가는 가난을 카뮈는 알제리의 '미학'으로 받아들입니다. 싸워서 몰아내야 하는 것이 아니라 그 속에 아름다움이 있는 거죠. 이게 카뮈의 세계관이자 인생관, 문학관입니다. 카뮈 문학에서 가장 깊은 미학의 원천을 찾는다면 바로 '가난'일 겁니다.

카뮈가 알제리에서 보낸 유년기를 통해 이 세상이 전부 허위이며 부당하다는 것을 알게 되었다는 식으로 말했어요. 지극히 현실적이죠. 더 정확하게 이야기하면 이럴 겁니다. "나는 알제리의 태양을 통해 두 가지를 배웠다. 하나는 세상이 허위와 부조리로 가득 차 있다는 것이다. 다른 하나는 이 세상, 즉 이 역사가 다는 아니라는 것이다." 보통 세상과 세계를 구분하지 않죠. 카뮈가 말하는 '세상'은 인간이 만든 역사의 산물입니다. 이 세상, 즉 이 역사가 다는 아니라는 것을 알았다면 다른 한편으로 '세계'를 발견했다는 뜻입니다. 이 점이 중요합니다.

─────● **삶과 죽음의 근본적 모순**

유년기 이후 카뮈의 삶은 잘 알려졌습니다. 폐결핵 때문에 고생을 많이 합니다. 축구에 열광하고, 연극에 매진하고, 나중에 탈퇴하지만 공산당에 가입하기도 했어요. 『이방인』과 『페스트La Peste』를 쓰고 1957년에 최연소 노벨 문학상 수상자가 됩니다. 노벨상을 받은 뒤에는 프랑스 문학계에서 평가절하를 당하기도 합니다. 시기나 질투라고 볼 수도 있고, 근거가 있는 문제일지도 모릅니다. 당대 문학의 거장들을 제치고 카뮈가 최연소로 노벨상을 받을 만했는가는 따져 봐야 하지만, 그에게 역량이 있던 건 사실입니다.

한편 카뮈는 엄청나게 달라붙은 지적 아첨꾼들 때문에 괴로워했습니다. 그가 강력한 모랄리스트였기 때문입니다. 그리고 특출한 외모 덕에 연애 사건도 많았습니다. 잘생기고 글 잘 쓰고 지적으로 최고의 단계에 올랐으니 당대의 멋쟁이였겠지요. 당연히 좋은 의미에서도 많은 여자들에게 호감을 삽니다. 그런데 너무 일찍 명예를 얻은 사람은 신이 질투한다고 하죠. 데려간다는 겁니다. 그래서 아주 일찍 죽어요. 마흔일곱 살이던 1960년에 자동차 사고로 죽습니다. 프로방스의 루르마랭이라는 지역에 집을 구해 지내던 카뮈가 파리에 갈 일이 있었는데, 기차표를 끊어 둔 상태에서 친구이자 출판인인 갈리마르 가족으로부터 자동차로 같이 가자는 제안을 받고 가다 밤길에 사고가 나서 즉사했습니다.

살다 보면 세상 탓을 많이 하게 돼요. "무슨 놈의 세상이 이래!" 하며 절망합니다. 절망의 근원은 이중 감정에 있습니다. 이 세상이 미워 죽겠는데 살아남으려면 세상을 따라갈 수밖에 없습니다. 아주 현실적인 지혜의 말이 있죠. "세상이 너를 바꾸지, 너는 세상을 못 바꿔." 어찌 보면 절망의 표현입니다. 절망은 '어쨌든 세상이 전부다. 다른 것은 없다'는 인식에서 와요. 그런데 세상에 세상과 무관한 공간, 세상을 둘러싼 타자의 세계가 있다면 절망할 필요가 없을 겁니다. 그것이 바로 카뮈에게는 '세계'입니다. 허위와 부조리를 배운 세상을 통해 세계가 있다는 것을 알았습니다. 이 세계는 그의 문학에서 태양, 바다, 저녁 그늘, 소금 냄새 등으로 변주되어 나타납니다. 이런 것들은 자연이 아닙니다. 카뮈가 루소Jean-Jacques Rousseau 같은 자연주의자일까요? 아닙니다. 자유라는 개념을 알고 있을 뿐입니다. '로캉탱(사르트르의 소설, 『구토La Nausée』의 주인공)이 나무에서 구토를 하며 체험하는 실존적 자유, 자유라는 운명을 타고났다'는 데서 볼 수 있듯이 사르트르에게 자유는 선택의 상황이 아니지만, 카뮈의 자유는 다릅니다.

카뮈가 자신은 '실존주의자가 아니라 부조리의 철학자'라고 했죠. 부조리는 시대 상황과 함께 생각해 봐야 합니다. 근대가 시작되면서 니체가 '신은 죽었다'고 선언합니다. 우리의 삶을 설명할 수 있는 패러다임, 중심이 허물어졌다는 뜻입니다. 신이 허물어지면서 많은 개체적 존재들이 단독자가 됩니다. 단독자의 등장이 바로 근대적 상황이고, 이때 만나는 문제는 삶과 죽음의 근본적인 모순입니다. 그는 철학의 가장 큰 테마가 '자살'이라고 했습니다.

신에게 종속돼 있던 개인이 자유를 얻습니다. 자율성이죠. 칸트

Immanuel Kant식으로는 이성을 가지고 자율적으로 내 삶을 구축해 나갈 수 있다는 새 신앙을 갖게 되는 것이 근대적 상황입니다. 그런데 문제가 있어요. 죽음이 걸리죠. 종교적으로 죽음은 그냥 신적 영역으로 건너가는 '문'이죠. 내 삶을 추구하려고 하는 자유를 얻었다, 그러나 죽음이 있는 한 이 자유가 무슨 소용이냐 하는 문제가 걸립니다. 삶과 죽음의 근본적인 딜레마죠. 카뮈식으로 이야기하면 빛과 그늘의 딜레마입니다. 그래서 카뮈가 제안하는 현대인의 근본적 부조리에 대한 질문, "왜 자살하면 안 되는가?"에 대한 답을 얻을 수 없습니다. 우리가 추구하는 삶이 언젠가 소멸된다면, 삶을 추구해야 하는 확고한 이유가 어디 있겠느냐는 겁니다. 자살하면 안 되는 이유를 구하지 못하는 것이 부조리입니다. 삶과 죽음의 정합성이 생기지 않는 부조리. 근대적 개인은 부조리 앞에서 크게 '삶을 과잉 추구'하거나 '허무'로 기우는 등 두 가지 반응을 나타냅니다. 카뮈가 볼 때는 아주 과대망상적이고 히스테릭한 삶의 찬양, 삶의 의미 부여나 삶의 허물을 이야기하는 니힐리즘이 똑같습니다. 근대적 삶의 본질적 부조리 앞에서 도망질한다는 점에서 똑같다는 겁니다.

───────● **시시포스의 역설**

도피 방식은 여러 가지입니다. 1차적으로 종교적 도피가 있죠. 키에르케고르Søren Aabye Kierkegaard가 말한 것을 대표적인 예로 들 수 있습니다. 그가 이야기하는 인생에는 세 단계가 있습니다. 첫 번째는 자신에게 주어진 삶을 사랑하는 미적 단계죠. 삶을 향유하려는 태도입니다. 아름다운 것을 좋아하고 이성을 사랑하는 미적 태도인데, 이것으로는 도저히 죽음에 이르는 병을 치유할 수 없습니다. 허무가 사라지지 않죠. 두 번째는 윤리적 단계로 인간의 도리와 선善을 추구합니다. 이 단계도 딜레마에서 벗어나게 해 주지는 못합니다. 마지막인 종교적 단계로 가야만 딜레마로부터 빠져나가는 치유를 맛보게 된다는 것이 (단순하게 본) 키에르케고르의 이론입니다. 카뮈가 볼 때는 이것이 결국 종교적 도피입니다. 이미 종교적 세계관을 깨트리고 탄생한 근대적 상황을 거스르고 다시 그쪽으로 건너가려고 한다면 도피에 불과하다는 겁니다.

그다음에 형이상학적이고 철학적인 도피가 있다고 합니다. 대표적인 예가 하이데거죠. 하이데거 철학에는 '자인sein'이라는 주요 개념이 있습니다. '존재'로 옮길 수 있지만, 번역어가 이 단어의 복잡한 뜻을 다 담지는 못합니다. 어쨌든 하이데거는 우리가 '존재의 근원을 망각하고 있다'면서 '존재의 영역'으로 되돌아가야 된다고 이야기합니다. 이 존재는 '온톨로지'라고 불러요. 인간의 근원이면서 불변의 영역이라고 합니다. 결국 하이데거의 방식은 형이상학적 세계로 도망가려는 거죠.

또 다른 도피 방식으로 문학적, 예술적 도피가 있습니다. 대표적인 예는 카프카죠. 그가 근대적 삶의 부조리 앞에서 외부를 설정하고 끊임없이 그쪽으로 접근하려는 문학 세계를 보여 주는데, 이를 미학적 도피라고 합니다.

그리고 도덕적 도피가 있습니다. 도덕은 선과 악뿐만 아니라 근대적 상황이 만들어 내는 의미 체계라고 할 수 있습니다. 결국 인간이 처한 삶과 죽음의 딜레마를 어떤 제3의 의미로 치유할 수 있다고 전제하고 시작하는 모든 근대적 제도, 의미 체계를 도덕이라고 합니다. 근대사회가 갑자기 부딪힌 부조리를 해결한다고 하지만 카뮈는 도망질에 지나지 않는다고 봅니다.

그럼 카뮈는 어떤 해결책을 제시할까요? 도피가 아니라 반항입니다. 부조리에 대한 반항이 카뮈에게는 크게 세 가지 의미가 있어요. 첫째, 인식 행위입니다. 즉 삶의 상황, 부조리 상황을 외면하고 도피하기보다는 정확히 인식해야 한다는 겁니다. 그다음은 수긍과 인정, 즉 받아들이는 거죠. 근대적 삶의 부조리를 승인하는 겁니다. 그다음 것이 가장 중요한 부분인데요, 바로 행동입니다. 받아들이는 데서 그치지 말고 행동하라는 것인데, 카뮈에게 행동은 상징적으로 여행을 뜻합니다.

카뮈는 여행을 아주 좋아했습니다. 특히 파리에 있다가 알제리로 돌아가는 여행을 좋아했습니다. 모든 여행이 돌아오기 위한 여행일 수 있죠. 그런데 세상에는 돌아오지 않으려고 떠나는 여행도 있습니다. 이런 여행에 두 가지가 있어요. 하나는 목적이 있고 지향하는 바가 있지만 되돌아올 생각은 없는 출가가 있습니다. 한편 돌아오지 않으려고 떠나지만 어디에 도착해야 할지 모르는 여행도 있습니다. 이런 여행은 끊임없이 이동할 수밖에 없어요.

카뮈에게 행동이란, 결과를 획득하기 위해 싸우기보다는 끊임없이 이동하는 여행을 뜻합니다. 그가 이동이라는 행위의 모델로 삼는 인물이 바로 시시포스입니다.

시시포스는 형벌을 받았습니다. 커다란 돌을 밀어서 산꼭대기에 올려다 놓으면 다시 굴러떨어지니까 처음부터 다시 굴려야 하는 형벌입니다. 형벌은 내던질 수가 없어요. 계속 해야 합니다. 카뮈는 이 돌덩이가 삶이라는 것을 발견합니다. 다시 말해, 시시포스가 근대인이죠. 삶의 의미를 찾으려고 올라가지만 찾지 못한 채 내려와 다시 돌을 밀고 올라갑니다. 이 형벌에 다른 방식이 있다고 하죠. 산꼭대기에 올라가서 갈 수 있는 다른 곳을 만들어 냅니다. 키에르케고르, 하이데거, 카프카가 그런 경우죠. 하지만 카뮈가 볼 때 이건 도망질이에요. 근대적 부조리는 도착할 곳이 없기 때문입니다. 신적 영역이라는 것이 더는 존재하지 않기 때문에 계속 내려올 수밖에 없어요. 그래서 사람들은 형벌이라고 하지만 카뮈는 이것을 자긍이라고 합니다. 인정한다는 거죠. 부조리가 삶이라고 한다면, 시시포스의 돌을 밀어 올리는 형벌은 반복적 형벌이 아니라 여행이고 끊임없는 이동이며 이 행동이 사실은 카뮈의 문학에서 가장 중요한 단어인 '부드러움'이라는 운동성을 획득합니다.

카뮈가 음악에 대해 말한 게 별로 없지만, 저는 이 부분에서 음악성을 획득했다고 말하고 싶습니다. 돌덩이를 올렸다 내리는 것이 카뮈에게는 음악의 리듬, 멜로디와 같습니다. 음악은 무수한 변주가 있어서 우리가 그 아름다운 소리에 끌려들어 가죠. 남들은 끊임없는 반복적 부조리의 딜레마라고 이야기하는 행동을, 도망치려는 운동을 카뮈는 여행·이동·부드러움·음악으로 받아들입니다. 이게 바로 반항이에요. 카뮈에 따르면, 시시포스는 불행한 사람이 아니라 행복한 사람입니다. 자유를 획득했기 때문에 행복하죠.

─────● **엄마의 죽음과 장례식**

이제 작품 속으로 들어가서 태양 살인의 이유 또는 이 살인의 필연성에 대해 살펴보겠습니다. 후반부에 있는 법정의 세계와 감옥의 세계와 부속 사제가 와서 이야기하는 종교의 세계도 중요한 부분입니다. 결국 이것들은 세상, 인간이 만든 공간이죠. 그 공간으로 들어가기 전에 뫼르소가 살던 공간은 '세계'입니다. 거기에 엄마의 죽음이라는 '세상'의 공간이 침입합니다.

『이방인』을 크게 1부와 2부로 나눠 볼 때 2부의 세상은 역사가 만들어 놓은 삶의 공간인데, 거기 들어가기 전에는 바다와 태양과 마리의 육체와 침대의 냄새와 저물어 가는 오후가 있습니다. 카뮈가 이야기하는 '세계'죠. 마지막 장면에서 잠깐 깨어나 밤 냄새, 소금 냄새, 흙냄새를 맡고 밤하늘에 빛나는 별을 보면서 뫼르소는 잃어버렸던 공간을 다시 받아들입니다. 그 공간은 그 전과 전혀 다른 의미를 지니죠. 앞에서는 의식이 없던 아이가 살던 공간이지만, 마지막에는 어른이 발견한 공간입니다.

그럼 우선, 1부에서 일어나는 사건을 살펴보겠습니다. 일단 엄마의 죽음이 있어요. 뫼르소는 엄마가 머물던 양로원에서 전보를 한 통 받아요. 날짜가 제대로 적혀 있지 않아 엄마가 정확히 언제 죽었는지는 모릅니다. 양로원으로 떠난 이후가 중요합니다. 거기서 일어난 몇 가지 사건에 주목할 필요가 있죠. 1차적으로 영안실에서 엄마를 지키는 밤에 대한 이야기가 나옵니다. 양로원 원장과 나누는 대화에서 나중에 뫼르소가 사형선고를 받게 되는 도덕적 일탈의 증거들이 나오기도 하는데, 그보다 밤에 영안실에서 계속 조는 장면이 더 중요합니다. 졸음이 이동 상황을 나타내거든요. 어떤 상태에서 다른 상태로 넘어가려고 할 때 일어날 수 있는 애매모호함으로 진입하는 겁니다. 어떻게 보면 경계 이동의 신체적 표현 방식일 수 있어요. 그런데 이 친구가 엄마를 지킬 때뿐만 아니라 맨 정신에도 자꾸 조는 데 주목해야 합니다. 졸다가 이상한 소리에 깨는 대목도 마찬가지입니다. 눈을 떠 보니 엄마의 양로원 친구 몇 명이 와 있죠. 이들의 특성을 이야기하는데, 그게 '소리'입니다. '혀 차는 소리'가 들린다고 해요. 노인들이 뭘 먹지도 않는데 입에서 소리를 낸다는 겁니다. 노인과 살아 본 분들은 아실 텐데, 실제로 이런 소리를 내는 노인이 있습니다. 엄마가 죽었다는 소식을 듣고 건너간 공간, 양로원은 죽음의 공간이죠. 이 공간에서 조는 것은 그 전 공간과 다른 이질성 때문입니다. 자꾸 그 전 공간으로 돌아가려는 행위의 표현으로 볼 수 있어요. 이 공간을 지배하는 죽음의 징후 가운데 가장 특별한 것이 노인들의 입에서 나는 괴상한 소리죠. 이를 통해 카뮈는 죽음과 영 상관없이 살아온 사람이 받는 내적인 충격, 이질적 감각을 이야기합니다.

다음 날 아침에 장례식이 있어요. 이 자리에서 드디어 태양 문제가 이야기되기 시작합니다. 그리고 주름 이야기가 나옵니다. 뫼르소는 장례일 아침에 떠오른 태양을 보고 아름다운 하루가 시작되겠다고 생각하지만, 영구차를 따라가면서 정오의 태양을 쬘 때는 어지럽고 견딜 수 없다면서 불안해합니다. 또 영구차를 따르는 엄마의 절친한 남자 친구 (양로원 사람들이 그를 어머니의 '약혼자'로 부르면서 놀린) 페레스를 묘사하며 '주름과 눈물'의 관계에 대해 이야기하는데, 눈물이 주름에 갇혀서 흐르지 못한다고 합니다. 그 전날 영안실에서 엄마의 양로원 친구들을 묘사할 때는 '주름과 빛'의 관계에 대해 이야기하는 장면이 있습니다. 그들의 주름투성이 얼굴을 보면서 노인의 주름 속에 광채 없는 빛만 있다고 이야기하는 장면이에요.

> 온통 주름살투성이인 얼굴 한가운데 광채 없는 빛만 보였다. —28쪽

> 힘겨움에 굵은 눈물방울이 그의 뺨 위에 번득이고 있었다. 그러나 주름살 때문에 더 이상 흘러내리지는 않았다. —37쪽

결국 주름은 죽음의 징후죠. 그 안에 빛과 눈물이 갇혀 있습니다. 눈물은 물이죠. 카뮈에게 물은 언제나 해방 기제로 등장합니다. 대표적인 예가 지중해입니다. 뫼르소가 바닷물에 들어가 수영할 때 얼마나 행복해합니까? 영구차를 따라갈 때 빛과 눈물이 주름 속에 갇힌 상황과 동시에 태양은 머리 꼭대기에서 내리쬡니다. '하늘에서 쏟아지는 빛을 견딜 수 없을 지경'이었지만 장례식이 끝나고 '알제의 빛의 둥지'로 돌아왔을 때는 '이제 실컷 잘 수 있겠구나.'(37쪽) 하고 생각하면서 기뻐합니다.

———————● **알제라는 공간과 마리**

　　알제에는 마리라는 여자가 있습니다. 장례식 바로 다음 날 마리와 수영하고 코미디 영화를 보고 관계를 맺죠. 나중에 사형선고를 받을 때 이 점이 중요해집니다. 두 사람은 아주 우연히 만납니다. 같이 일하던 동료로, 우연히 수영하러 간 바다에서 만나죠. 도시나 거리에서 만났다면 이야기가 달라졌을 수도 있습니다. 물에서 만난 이들은 자연스럽게 침대 공간으로 건너갑니다. 마리가 자고 간 뒤에 남는 것은 마리의 머리 냄새죠. 침대는 이 냄새가 존재하는 삶의 공간입니다.

　마리와 연애할 때 마리가 "너, 나 사랑하니?" 하고 질문하는 게 아주 중요합니다. 카뮈는 이 질문 자체가 도덕적이라는 것을 이야기하고 싶어 합니다. 도덕을 모르는 뫼르소는 당연히 아무 의미가 없는 것 같은데 굳이 대답하라면 안 하는 것 같다고 하죠. 또 "나와 결혼할 거야?" 하고 물으니 "그래, 하자." 합니다. 다른 사람이 결혼할 거냐고 물어도 똑같이 대답할 거냐는 질문에 그럴 거라고 해요. 마리는 섭섭해하면서도 뫼르소가 이상한 사람이지만 그 때문에 좋아하는 것 같다고 이야기합니다. 엉뚱한 대꾸가 아닙니다. 뫼르소가 누구이며 어떤 삶의 공간에 사는지를 이야기하는 겁니다. 이분법적인 "예." 또는 "아니요."로 해결되지 않는 부분입니다. 사랑이든 결혼이든 이분법적 도덕률의 세계를 낯설어하는 인물, 그야말로 '이방인'입니다. 그래서 마리의 질문에 대답하는 방식이 뫼르소의 존재 방식입니다. 이것들이 이야기해 주는 것은 궁극적으로 바다 이미지나 냄새 들의 존재적 성격입니다.

가장 결정적인 '일요일 오후' 장면이 42쪽부터 나옵니다. 마리가 떠난 휴일에 할 일이 없어요. 그래서 발코니에 의자를 두고 앉아 담배를 피웁니다. 길거리에는 사람들이 다닙니다. 영화를 보러 가는 사람들, 왔다가 다시 떠나는 전차, 산책 가는 가족, 시간이 흘러 경기를 보러 갔다 온 사람들이 전차에서 내리는 모습을 종일 앉아서 바라봅니다. '첫 별들'이 떠오를 때까지 앉아서 응시합니다.

> 그때 갑자기 가로등이 켜지며 어둠 속에 떠오르던 첫 별들을 희미하게 했다. 그처럼 온갖 사람들과 빛이 가득한 보도를 바라보고 있자니, 나는 눈이 피로해지는 것을 느꼈다. ―44쪽

> 창가에 가서 담배를 한 대 피우려 했으나 공기가 서늘해서 좀 추웠다. 나는 창문을 닫았고, 방 안으로 들어오다가 거울 속에 알코올램프와 빵 조각이 나란히 놓여 있는 테이블 한끝이 비친 것을 보았다. ―44~45쪽

아침에 있던 것들을 건드리지 않아서 그대로 있죠. 아무 일도 일어나지 않았어요. 그리고 이렇게 이야기합니다.

> 나는, 일요일이 또 하루 지나갔고, 엄마의 장례식도
> 이제 끝났고, 내일은 다시 일을 시작해야겠고, 그러
> 니 결국 달라진 것은 아무것도 없다는 생각을 했다.
> ─45쪽

이 부분, '달라진 것이 없는 상태'는 결정적으로 밤하늘을 보면서 '정다운 무차이성'(155쪽)에 대해 이야기할 때 만납니다. 뫼르소가 있는 곳은 의미 있고 구분 지으며 사건이 있는 세계가 아니죠. 늘 일어나는 일들에 특별한 의미가 부여되지 않는다고 할 수 있어요. 그 세계 밖의 '세상'에서는 늘 일어나는 일들에 끊임없이 의미를 부여하면서 옳으니 그르니, 해야 하느니 마느니 하면서 의미를 재구성하죠.

제가 볼 때 뫼르소가 있는 '여기'는 특별한 사건이 일어나지 않는 세계가 아닙니다. 이 세계가 특별하다면, 그 이유는 모든 의미체계가 소거된 상태라는 것뿐입니다. 말하자면, 이곳은 뫼르소가 원래 사는 '공간'입니다. 어쩌면 자궁 속 공간과 같아요. 또는 누에고치의 공간이죠. 그 안에는 의미의 세계가 없죠. 오직 누에, 아이만 있습니다. 누에나 자궁 속 양수에 떠 있는 아이가 할 수 있는 것

은 그냥 존재하는 것뿐이죠. 죽음이 아니라 오히려 향유죠. 주이상
스라고 할 수 있는 향유 상태입니다. 그런데 이게 유지될 수가 없
습니다. 세상의 어떤 사건이 끼어들기 때문입니다.

뫼르소와 같은 층에 사는 이웃 남자 레몽을 통해 뫼르소가 아
무 관련도 없는 사건에 연루됩니다. 레몽은 여자들 등쳐 먹고산다
는 소문이 있고, 정부情夫를 때려서 소동이 벌어지기도 했어요. 이
런 사건은 뫼르소의 세계에서 일어나지 않습니다. 그에게 사랑과
질투가 없으니 사건이 일어날 리가 없어요. 그런데 이쪽 세계에서
는 사랑과 질투, 갈등이 일어납니다. 근본적으로 의미 갈등이죠.
이 갈등에 뫼르소가 얽힙니다. 레몽이 알제 근처에 있는 친구(마송)
의 별장으로 초대받았다며 뫼르소에게 같이 가자고 하죠. 그러고
는 장소가 해변으로 이동합니다. 거기서 레몽이 때린 아랍인 정부
의 오빠와 마주칩니다. 그래서 그토록 행복하게 생각하던 바닷가
가 영 다른 공간, 세상의 공간으로 재구성됩니다.

──────● **해변 그리고 태양 살인**

해변에서 첫 번째로 아랍인들과 대치합니다. 이
때 칼부림이 일어나 레몽이 다치고 아랍인들이 도망가요. 레몽과
다시 돌아온 마송의 별장에서 뫼르소가 피곤을 느끼죠. 장례식에

서 졸던 것처럼 피곤합니다. 치료받고 온 레몽이 바닷가로 다시 간다고 하자 뫼르소가 따라 나섭니다. 해변을 걷는데 태양이 찍어 누르듯 세차게 내리쬔다고 해요. 엄마의 장례식 때 내리쬐던 것과 똑같은 태양이죠. 걷다가 바닷가 끝 커다란 바위 뒤에 있는 조그만 샘에 닿습니다. 그런데 그곳에 먼저 자리 잡고 누운 사람들이 있었죠. 바로 좀 전에 대치하던 아랍인들이에요. 여기서 또다시 대치 상황이 벌어지는데, 이때 뫼르소가 총을 쏠 뻔했다가 아랍인들이 도망가서 안 쏴도 되는 상황이 옵니다.

뫼르소는 양로원에서 자신의 '세계'로 돌아갈 수 있었던 것과 다르게 해변에서 같은 상황이 벌어졌을 때는 돌아가는 것이 차단됩니다. 이 상황 뒤에 레몽과 별장으로 돌아가지만, 뫼르소는 다시 바닷가 쪽으로 돌아서 걷기 시작하죠. 바위 뒤의 서늘한 샘을 생각하면서 걸어갔더니 거기에 여전히 아랍인이 누워 있어요. 이번에는 혼자죠. 바위 그늘 공간으로 가려는데 못 가게 막는 아랍인은 상징일 뿐입니다. 2부에 나오는 공간이 막는 겁니다. 세상이라는, 도덕이라는 이름으로 관리되는 세상이 서늘한 바위 그늘이라는 뫼르소의 공간으로 가는 것을 막고 있습니다. 그때 뫼르소의 머리 꼭대기에서 내리쬐는 태양은 움직이지 않고, 마리와 놀던 파도치는 바다는 나른하게 가라앉았으며 태양 아래에서 끓는다고 합니다. 정지 상태죠. 내리쬐고 밀면서 뫼르소를 괴로움으로 압박합니다. 뫼르소의 유일한 욕망이 이동하는 것인데, 그걸 막아요. 졸졸

거리는 샘물 소리를 되찾아가고 싶은데 못 가게 하죠. 뫼르소가 뒤돌아 가기만 하면 끝나는 일이었을 텐데, 햇볕에 진동하는 해변이 자신을 죄어들게 한다고 느끼면서 아랍인에게 몇 걸음 다가갑니다. 햇볕이 너무 뜨거워서 피하려고 한 걸음, 한 걸음 앞으로 나아가요. 그러자 아랍인이 단도를 뽑아 태양 빛에 비추며 뫼르소를 겨누죠. 칼날에 햇빛이 반사되어 뫼르소의 이마를 쑤시고 눈을 파헤칩니다. 정지된 태양은 결국 죽음의 태양이죠. 그 태양이 나를 공격합니다. 그래서 피스톨을 당겨요. 이게 태양 살인의 이유입니다. 아랍인이 아니라, 이동할 자유를 막고 있는 그 무엇을 쏜 겁니다. 뫼르소는 삶의 본질인 이동성을 다시 찾으려고 쐈을 뿐입니다.

여기에서 태양이 이중적으로 이야기됩니다. 태양은 이동이 가능해지면 자유를 보장합니다. 이때는 한없는 축복이에요. 제가 앞에서 반항은 행동이고, 행동은 이동이라고 했습니다. 항상 태양을 찬양하면서도 찬양하는 공간은 서늘한 카페입니다. 뫼르소는 서늘한 카페와 태양의 공간을 시시포스처럼 왔다 갔다 해요. 중요한 것은 태양이나 그늘이 아니라 이동입니다. 이동을 못 하게 해서 쏜 거예요. 아랍인을 쏘면서 이동을 차단했던 문이 열리지만 다른 공간으로 끌려가죠. 바로 감옥, 법정 공간입니다. 즉 '세계'에서 '세상'으로 끌려 나옵니다.

'세계'의 발견

2부는 세상에 대해 이야기합니다. 뫼르소가 방아쇠를 당기기 전에는 전혀 인식되지 않던 세상입니다. 뫼르소가 볼 때는 말도 안 되는 시비가 벌어지고, 신문기자들은 건질 게 있나 하고 돌아다니죠. 한편 뫼르소는 감옥에서 법정으로 호송될 때 바깥 풍경에 빠져듭니다. 법정에서 다시 감옥으로 가는 차에서도 저녁 풍경을 바라봅니다. 그가 끊임없이 '세계'로 가려고 하는 겁니다. 2부는 '세상'이라는 공간에서 우스꽝스러운 논리가 진리인 것처럼, 마치 인간의 본질을 설명해 줄 것처럼 여겨진다고 이야기합니다. 이에 대한 가장 중요한 증거는 살인죄로 잡혀 들어간 주인공이 결국 엄마를 양로원에 보내고 장례식 때 눈물을 흘리지 않았다는 도덕죄으로 처벌받는다는 것입니다. 이 상황이 얼마나 우스운지를 이야기합니다. 목적에 맞으면 언제라도 재구성되고 다른 논리로 설명되고 재단될 수 있는 우스꽝스러운 허위라는 겁니다. 이게 부르주아 세계죠. 도덕과 경제와 법적 진리를 통해 인간의 존재를 보증하듯 작동하지만, 뫼르소가 볼 때는 허위의식이고 자기기만일 뿐이죠. 그것들이 감옥과 법정에서 벌어집니다. 그리고 마지막에 대표적 구실을 부속 사제가 합니다.

도스토옙스키의 『카라마조프가의 형제들*Bratya Karamazovy*』에 나오는 대토론 같은 것이 부속 사제와 뫼르소 사이에 벌어집니다. 이때 뫼르소가 폭발해 버립니다. 이 폭발은 뫼르소가 누에고치 속 누에나 자궁 속 태아가 아니라는 것을 의미합니다. 자기의 발견입니다. 자기를 주장하잖아요. 다 그만두라고. 오히려 신부의 종교적, 도덕적 논리를 단호하게 재판합니다. 재판받던 그가 이 대목에서 사제를 재판합니다. 그러면서 근대의 산물인 개인이 확고하게 자리 잡은 모습을 보여 줍니다.

이때 개인은 어떤 개인입니까? 사제가 간 뒤 잠깐 자고 일어나는데, 얼굴 위에서 별이 반짝반짝 빛나고 밤 냄새·소금 냄새·흙냄새가 흘러들어 오면서 마지막 장면이 이야기됩니다. 그리고 엄마를 오랜만에 기억했다고 이야기합니다. 왜 엄마가 죽기 얼마 전에 '약혼자'를 만들었는지 이해했다고 하죠. 그 이해의 답이 뭐죠? 이 동성입니다. 일요일 오후 발코니에서 바라본 거리에서 일어난 일, 그겁니다. 그때 뫼르소는 그게 뭔지 모르고 누리기만 했습니다. 하지만 마지막 장면의 뫼르소는 이해하는 뫼르소입니다. 뭐가 뭔지 알게 됐어요. 엄마를 이해합니다. 엄마가 이동하기 위해 결혼하려고 했다고 말입니다. 세상의 논리를 따르면 노인은 끝이죠. 늙은 엄마는 다 끝났는데 뭐 하러 이동할까 하고 생각합니다. 죽음을 전제로 삶을 이해하는 논리를 따랐기 때문입니다. 그러면 죽음이 관건이고 법칙이에요.

현대인은 죽음을 거부하고 도망치지만 오히려 죽음의 관리를 당합니다. 알게 모르게 삶을 죽음에 비춰 계산하거든요. 삶이 많이 남았으면 살아가는 것이 활동성이 되지만, 조금 남았는데 결혼 같은 것을 하려고 움직이면 망령 들었다고 여겨집니다. 죽음의 거울을 통해 모든 것을 판단하기 때문입니다. 그러나 삶은 시시포스처럼 끊임없이 이동하는 것입니다. 카뮈가 부조리를 통해 이야기하려는 것이죠. 삶에 늘 만족하지 못하고 행복하지 못해 궁극적으로 자유인이 못 되는 것은 죽음을 앞에 두고 삶을 이해하기 때문이다, 만일 반항으로 죽음을 인정해 버리면 남는 것은 삶뿐이다. 결국 삶으로 돌아선다는 겁니다.

우리가 매일 앞만 보고 사는데, 그 앞에는 죽음밖에 없습니다. 자유롭지 못해요. 그런데 뫼르소는 돌아섰습니다. 죽음을 뒤로하고 삶을 보기 시작했습니다. 그럼 죽음 대신 삶이 보이겠지요. 죽음이라는 잣대가 없으면 얼마나 남았는지를 잴 수 없습니다. 그냥 살아갈 수밖에 없는 공간이 돼요. 생명들이 꺼져 가는 양로원 근처에서도 저녁이 우수에 찬 휴식 시간 같았는데, 엄마도 죽음이 가까운 시간에 해방감을 느꼈을지도 모른다고 말합니다. 엄마가 알았다는 것은 삶 쪽으로 돌아섰다는 뜻입니다. 엄마가 죽음을 등지면서 삶을 보았고, 삶이란 이동임을 깨달았다는 표시가 결혼하려는 것으로 나타납니다. 이런 공간에서 삶과 죽음 사이에는 분리가 없고, 이것이 뫼르소가 이야기하는 한없이 부드러운 무차별적 이동성입니다. 그에 따라 삶의 자유와 행복의 증거, 밤, 흙, 소금 냄새와 밤하늘의 별을 발견합니다. 이 부분의 끝에 카뮈 전문가인 김화

영 선생의 번역 중 저와 의견이 다른 대목이 있어요.

> 나도 또한 모든 것을 다시 살아볼 수 있을 것 같은
> 생각이 들었다. (…) 나는 처음으로 세계의 정다운
> 무관심에 마음을 열고 있었던 것이다. 세계가 그렇
> 게도 나와 닮아서 마침내는 형제 같다는 것을 깨닫
> 자, 나는 전에도 행복했고, 지금도 행복하다고 느꼈
> 다. —155쪽

'무관심'이 그렇습니다. 영어로 무관심은 '인디퍼런스indifference', 즉 '차이가 없음'이라고 할 수 있어요. 이때 차이는 모든 세상이 견고하게 거짓으로 해결하려고 했던 삶과 죽음의 차이, 빛과 그늘의 차이죠. 이게 없는 어떤 것을 무관심이라는 단어로 나타낼 수는 없습니다. 차이가 없다는 뜻을 더 확실하게 드러내야 하지 않을까 싶어요. 독일어로는 글라이흐굴티그gleichgültig인데, 똑같다gleich 그리고 가치 있다gültig는 뜻을 합한 단어입니다. 똑같이 가치 있다는 것은 이분법적으로는 도저히 설명해 낼 수 없는 특별한 시간이나 공간을 가리키죠. 또 '정답다'를 제 식으로 옮기면 '부드러움'입니다. 그래서 '부드러운 무차이성'으로 하고 싶습니다.

자유와 행복의 증거였던 냄새와 밤하늘의 별들이 새롭지는 않습니다. 뫼르소는 이미 그 공간에 살고 있었어요. 다만, 그때는 '나'

에 대한 인식이 없었다는 것이 중요합니다. 어른이 아니었다는 뜻이죠. 그런데 뫼르소가 감옥에서 '나'를 인식하고 아름다운 '세계'와 마주치는 축복을 경험합니다. 이 만족과 행복은 곧 축제죠. 이 축제에서 어떻게 혼자 있겠습니까? 축제를 즐기고 싶어서, 내가 죽는 날 아침에 많은 사람이 와 주면 좋겠다고 이야기합니다. "나에게 남은 소원은 다만, 내가 사형 집행을 받는 날 많은 구경꾼들이 와서 증오의 함성으로 나를 맞아 주었으면 하는 것뿐이었다."(155쪽)

이제 태양에 어떤 의미가 있는지, 태양 살인이 왜 일어날 수밖에 없는지에 대해 어느 정도 살펴보았지 않나 싶습니다. 마지막은 정말 대단합니다. 존재를 발견하는 축제. 제가 읽기로는 그렇습니다.

젊은 시절에 알고 싶었지만 아무도 대답해 주지 않은 태양 살인에 대해 제가 얻은 답을 말씀드렸습니다. 여러분은 여러분의 독서를 통해 다른 대답을 얼마든지 얻고, 저마다 경험 속에서 제가 미처 발견하지 못한 것을 발견하고, 제 독서에 대해 비판적 견해를 가질 수 있다고 봅니다.

고독

『왼손잡이 여인』, 페터 한트케

자유로운 글쓰기의 모범

한트케Peter Handke는 독일어권에서 당대 문학을 대표하는 소설가로 알려져 있지만 우리나라에서는 별로 알려지지 않은 것 같습니다. 1942년생으로 여든이 다 된 한트케는 오스트리아 출신으로 20대 초반부터 세계 문단에 진입해 작가로서 50여 년에 걸친 이력이 있습니다.

독일 문단을 통해 세계 문단으로 진입한 한트케의 출세작은 희곡입니다. 얼마 전에도 공연된 〈관객 모독Publikumsbeschimpfung〉이라는 작품이 있어요. 초연부터 상당한 선풍을 불러일으킨 작품입니다. 관객을 화나게 하고 모독하면서 전통적으로 연극의 미덕으로 이야기된 감정이입을 해체하려고 했죠. 브레히트가 이미 '소외극'이라는 새로운 장르를 개척하면서 시도한 작업이기도 합니다.

연극은 그리스 비극을 모델 삼아 고전적 형식을 이어 왔죠. 이런 연극의 목적은 감정이입에 있습니다. 아리스토텔레스Aristoteles식으로는 카타르시스죠. 무대에서 벌어지는 사건, 연극적 상황이 관객에게 투사된 결과로 카타르시스를 얻어 내는데요. 이것이 소시민적이고 부르주아적인 문화 이데올로기를 비판 없이 주입하는 데 좋은 도구로 이용되기 시작합니다. 그러면서 감정이입적 연극이 과연 필요하냐는 질문이 등장합니다.

한국은 '드라마 공화국'으로 불릴 수 있죠. 지금 한국 사회에서 드라마가 없으면 소통이 거의 불가능한 상황인데, TV드라마의 목적이 전형적인 감정이입 아니겠습니까? TV드라마가 아무리 역사를 재구성하고 결혼이나 가족제도에 대한 비판을 불러일으킨다고 해도 한계가 있습니다. 그냥 재미로 보는 것 같은 드라마가 사실은 현 상태를 공고화하죠. 불륜 이야기를 통해 얼핏 결혼 제도를 비판하는 것 같아도 결국 결혼의 도덕성이나 가족의 필연성이나 사랑의 윤리를 견고하게 옹호하면서 뻔하게 전개됩니다. TV드라마가 소통시키려고 하는 방법론이 전형적인 감정이입이라고 볼 수 있습니다.

근대사회로 들어서면서 사회 자체의 본질적인 문제점을 드러내려면 전형적 연극의 소통 방식인 감정이입을 비판하지 않으면 안 된다는 인식이 생깁니다. 이 방식이 결국 관객에게 현실에 대한 착각을 불러일으킨다는 겁니다. 그래서 브레히트가 소외극으로 제동을 걸죠. 이때 소외는 감정이입을 못하게 한다는 뜻입니다. 무대 위에서 공연이 이어지다가 감정이입을 차단하는 행위가 끼어듭니다. 예를 들면, 배우가 관객에게 말을 걸어서 현실이 아니라 공연이라는 사실을 깨닫게 합니다. 잠들다 깨어나는 효과를 통해 자기 반성을 불러일으키고 사회적으로 주입되는 문화, 정치 이데올로기에 거리감을 갖도록 훈련시키는 것이 브레히트 소외극의 목적이라고 할 수 있습니다. 물론 프롤레타리아를 각성시킬 방법에 대한 사회주의적이고 마르크스주의적인 의도가 깔려 있다는 것도 부정할 수 없습니다.

벤야민이 영화나 회화의 아우라를 해체하겠다는 것도 같은 맥락에 있습니다. 아우라는 감정이입을 통해서 받아들이는 분위기로, 강력한 흡인력을 갖습니다. 벤야민은 브레히트를 차용하되 연극이 아니라 사진과 영화 같은 영상 이미지를 대상으로 하죠. 즉 연극의 아우라를 해체하려고 한 것이 브레히트의 소외극이고, 벤야민의 영화론이나 사진론은 회화의 아우라를 해체하려는 것입니다. 아우라 또한 그리스 비극에서부터 끊임없이 이어 온 감정이입의 효과라고 볼 수 있습니다. 이것을 아리스토텔레스는 카타르시스라고 불렀지만 얼마든지 다르게 번역할 수 있어요.

한트케의 「관객 모독」은 브레히트보다 한발 더 나갔습니다. 대개 새로움으로 등장한 것도 어느새 그 새로움이 익숙해지면서 또 지배 이념을 전달하는 도구가 되죠. 잡식성인 자본주의가 뭐든 앞에 있으면 먹어 치우잖아요. 비판적으로 시도된 것도 곧 자본주의 논리에 흡입되고 그것을 옹호하는 방법론으로 변질되기 마련입니다. 「관객 모독」은 브레히트의 연장선상에 있지만 관객에게 공격적으

로 다가가서 분노를 통한 감각의 활성화를 목적으로 한다는 점에
서는 이데올로기적으로 도구화된 브레히트의 연극론을 해체한다
고 볼 수 있습니다. 이것을 연극론에 한정해서 이야기할 수는 없습
니다. 독일에서 여러 방식으로 진행된 과거 청산 작업을 문학적으
로는 어떻게 진행할 것인가에 대한 고민으로 새로운 담론이 생겼
습니다. 한트케는 과거 청산이라는 이름으로 행해진 일련의 비판
적 문학을 재비판하면서 문학적 입지를 다졌죠. 젊은 시절 그의 문
학적 구실은 작품을 쓰는 것뿐만 아니라 스캔들을 일으키는 것도
포함했습니다. 문학의 장에서 스캔들을 일으켜 그 장의 속성을 와
해하려는 작업을 많이 했어요.

　한트케는 희곡과 소설은 물론이고 세잔Paul Cézanne에 대한 에세이
도 씁니다. 언어와 이미지의 관계를 따져 보는 에세이를 쓰고, 고
대 그리스 역사가 투키디데스Thucydides를 차용해 문학의 새로운 영
역을 여는 작업을 하고, 일기를 중요한 문학 장르로 대두시켰습니
다. 거의 전방위적인 글쓰기를 했다고 볼 수 있습니다. 노벨문학
상 후보로도 자주 거론되죠. 노벨상도 정치적인 면을 고려해서 수
상자를 선정하니 너무 높게 평가할 필요는 없지만, 한트케가 대단
히 훌륭한 작가라는 점은 분명합니다. 무엇보다도 그는 장르를 고
집하지 않고 활동 범위를 넓히면서 자유로운 글쓰기의 모범을 보
여 주었습니다. 실험적인 글쓰기를 열심히 시도했어요. 독일어에
서 작가를 아우토어Autor나 슈리프트슈텔러Schriftsteller라고 합니다. 슈

리프트는 글을 비롯해 여러 의미로 쓰여서 성경도 가리킵니다. 글로 쓰인 것은 대체로 슈리프트라고 할 수 있어요. 한자로는 글 서書 자에 해당하겠네요. 슈리프트슈텔러도 작가나 소설가보다는 글 쓰는 사람이라고 할 수 있습니다. 이런 의미에서 한트케도 슈리프트슈텔러라고 할 수 있겠습니다.

● 고독에 대한 새로운 시선

독일에서 영화로 제작되어 성공을 거두기도 한 『왼손잡이 여인Die Linkshändige Frau』에서 가장 먼저 떠오르는 질문은 왜 왼손잡이인가죠. 좌파를 떠올릴 수도 있지만 삶에서 소외된 부분, '비정상'도 됩니다. 삶의 환경이 대개 오른손잡이에게 편한 쪽으로 맞춰져서 왼손잡이는 소외되기 마련이죠. '결정적인 것은 왼손에서 나온다'는 벤야민의 말처럼 왼손은 탈문화적이고 반문화적인 속성을 상징하는 단어로 쓰이기도 합니다. 물론 반문화적이라고 해서 문화를 다 부정하지는 않죠. 우리는 이 작품을 읽으면서 주인공 마리안이 왼손잡이라는 것이 어떤 의미인지를 단순히 페미니즘의 시각뿐만 아니라 현대사회의 보편적 상황과 연결해 이야기할 수 있습니다.

제가 이야기해 보고 싶은 것은 '고독'입니다. 군중 속 고독이라는 말이 대표하는 현대사회와 고독의 문제는 이미 오래전부터 이야기되었습니다. 현대사회가 아주 촘촘하게 제도화되는 반면 그 속에 있는 개인 간 소통은 사라져 간다는 것을 일찍이 많은 문화비평가들이 간파해 우려하고 비판했어요. 이런 상황에서 지식인들의 작업 속 고독 문제는 언제나 수동적이고 부정적인 의미를 띠고 해소되어야 할 문제로만 합의되었습니다. 그래서 『왼손잡이 여인』의 특별함은 작가가 고독을 다른 방식으로 본다는 데 있습니다. 오히려 고독의 긍정적 측면 또는 혁명적 측면을 이야기했다고 할 수 있어요. 고독을 좋아하는 사람이 있을 수도 있지만, 전면적으로 수용하려고 하는 사람은 없을 겁니다. '함께 살아야 한다'거나 '사람이 혼자서는 살 수 없다'는 삶의 윤리에 언젠가부터 대체로 합의했죠. 우리가 알지도 못하는 사랑이라는 이데올로기와 탈고독성, 탈개인성 들이 회복해야 할 현대적 삶의 윤리인 것처럼 이야기되지 않습니까? 여러 관점에서 『왼손잡이 여인』에 접근할 수 있는데, 저는 함께 산다는 것과 고독에 대해 새로운 시선을 경험해 볼 수 있는 중요한 근거를 제시해 주는 작품이라는 점에 기초해서 이야기하고 싶습니다.

그럼 작품을 살펴보겠습니다. '당신 없이도 살아갈 수 있을 것 같다'는 남편 브루노의 말을 듣고 자각한 마리안이 남편과 헤어지겠다고 결정하죠. 그런데 그녀의 결단을 제대로 이해하는 사람이 없어요. 한편으로 마리안 자신도 고독을 받아들이면서 아주 힘들어해요. 피가 나도록 머리를 긁는다거나 울기도 하면서 통과제의를 힘겹게 치릅니다. 작가는 거리를 두고 냉담하게 구경하듯 서술하는데, 우리는 여자의 몸부림을 보면서 처절함을 느껴요. 이것이 한트케의 태도죠. 작가가 주관적으로 개입해서 수사를 확장하는 게 아니라 객관적으로 응시할 뿐입니다.

『왼손잡이 여인』에 등장하는 전직 배우나 점원, 마리안이 결혼하기 전에 함께 일한 출판사 사장, 아버지 등 여러 인물 가운데 가장 중요한 인물은 서른 살 여성인 마리안과 그녀의 남편 브루노죠. 중요한 인물을 한 명 더 꼽는다면 교사인 여자 친구 페미니스트 프란체스카가 있습니다. 많은 인물이 있지만 분류해 보면 '마리안'과 '그녀 이외의 모든 사람'입니다. 분류 기준은 고독에 대한 태도죠. 마리안은 고독 속에 머물려고 하지만 다른 사람들은 고독에서 나오려고 합니다. 아버지가 와서 혼자 살다가 자기처럼 된다고 협박하고, 프란체스카는 모임에 참여하도록 회유하고, 브루노는 농담처럼 헤어지자고 말했다가 결국 혼자 살 수 없다고 매달립니다. 전직 배우도 고독 밖으로 나오려는 태도를 보여 주고요. 크게 보면 '고독'과 '함께 있음' 두 가지로 분류됩니다. 그리고 이 두 공간의 가치가 현대사회의 윤리로 평가됩니다. 마리안의 공간은 일상에서 해소되어야 하는 부정적인 영역으로 여겨지고, 소통이나 함께 있음의 영역은 회복되어야 하는 긍정적인 가치로서 평가되고 합의되는 것이 보입니다. 그런데 한트케는 이것을 역으로 보려고 합니다.

이유가 뭘까요? 고독의 영역에 머무르면 뭘 얻고, 함께하는 소통의 영역으로 가면 뭘 잃는지는 작품에서 드러납니다.

● 전형적인 중산층 나르시시스트, 브루노

인물 중심으로 작품을 읽어 보죠. 일단 남편 브루노가 참 재미있습니다. 작가가 볼 때 브루노는 부르주아적 나르시시즘에 푹 빠진 남자죠. 스칸디나비아반도에 출장 가서 브루노가 뭘 확인합니까? "당신과 나는 완전히 결속돼 있어. 당신과 가족을 만들고 있다는 것이 나에게 얼마나 귀중한 것인지 알았어. 당신이 없으면 살 수 없다는 걸 알았어." 사랑의 확인이죠.

> "그런데 이상한 것은 그 점을 직접 경험하고 난 지금에 이르러서는 당신이 없어도 살아갈 것 같다는 생각이 드는 거야."
> 여인은 잠시 브루노의 무릎에다 손을 얹으며 말했다.
> "그래, 장사는 어땠어요?" —21쪽

여기서 아무 말도 않고 지나간 '잠시' 동안 무슨 일이 일어났는지가 중요합니다. 작가가 여인의 내면을 아는 것처럼 서술하지 않아요. 다만 어떤 행동을 했는지를 객관적으로 사진을 찍듯 보여 줍니다. '잠시'라는 게 중요하죠. 아무 일도 없는 것 같지만 사실 여자의 내면에서 사건이 일어났어요. 그래서 "장사는 어땠어요?" 하고 말을 획 돌립니다. 작가가 글을 쓰면서 얼마나 애썼는지가 읽힙니다. 암시적으로 뭔가를 읽히려고 노력합니다. 브루노는 마리안이 없으면 자기도 못살겠다는 확고한 사랑을 확인했는데, 그러고 나서 왜 마리안이 없어도 괜찮을 것 같다고 생각했을까요? 여자는 이미 그 답을 알았습니다. 그래서 잠시 뒤에 사건이 일어나죠. 헤어지자고 말하잖아요. 남자는 오랫동안 고독 속에 있었지만 결국 빠져나갈 영역이 있었습니다. 아내에 대한 사랑을 확인하고 아내의 환영으로 행복감에 젖어 있잖아요. 그런데 어리석게도 아내에 대한 자기 마음을 늘어놓아요.

> "당신은 그 앞에 서면 두려워할 필요가 없는 사람이야. 그런 사람은 별로 많지가 않은데 말이야. 그리고 당신은 쓸데없이 그 앞에서 허세를 부리지 않아도 좋을 그런 여자야." —23쪽

아주 편하다는 이야기예요. 꾸미거나 걱정할 필요가 없어서 너무 좋은 여자라고 말하는데, 다른 식으로 보면 맘대로 해도 된다는 뜻이잖아요. 조금 더 보죠.

"우리 좀 근사하게 식사나 하러 갑시다. 오늘 저녁
은 (…) 마법에라도 걸린 것 같단 말이야. 당신은 앞
이 팬 옷을 입는 게 어떻겠어. 그걸 입도록 하지 그
래." —23쪽

섹시하게 목이 깊이 파인 옷을 입으라고 제안합니다. 여자가 묻
습니다.

"당신은 뭘 입겠어요?"
"늘상 하던 차림으로 가겠어. 언제나 그랬으니까."
—23쪽

여기서 브루노가 사랑한다고 끊임없이 이야기해도 아내에 대해
어떻게 생각하는지가 드러납니다. 당신을 에로틱한 상태로 보고
싶으니까 내 말에 맞춰서 옷을 입어라. 그리고 자신은 평상시 차림
을 하겠다고 하죠. 입으로는 사랑한다고 고백했지만 없어도 살 수
있을 것 같다는 생각이 든 이유가 보입니다. 모른다면서 자기 입으
로 말해요. 꼭 이 여자일 필요는 없다는 거죠.

투사의 대상일 뿐인 타자

　　제가 볼 때는 한트케가 브루노라는 인물을 통해 전형적 프티부르주아의 내면을 이야기하려는 것 같습니다. 큰 성공은 아니라도 자기 나름대로 성공해서 노후가 보장된 중산층 소시민 말입니다. 브루노는 나르시시즘에 빠져 있는, 철저히 개인주의적인 인물입니다. 자기밖에 몰라요. 나르시시즘적 스놉이죠. 이런 사람이 사랑의 환희를 맛본다면, 이때 사랑은 타자와 무관합니다. 일종의 자위거든요. 자기 내면의 행복에 빠져서 타자를 그것으로 투사하죠. 그리고 상대방을 나와 동일시합니다. 앞에서 본 장면이 그 예죠. 자신이 에로틱한 분위기에 폭 빠져 있으니까 그걸 마리안에게 투사하고 그 분위기에 알맞은 대상이 되길 바랍니다. 아내가 자신과 같은 질문을 하자 내면이 적나라하게 드러납니다. "내가 주인인데, 내가 널 위해서 뭘 해야 되니?" 철저하게 소시민적 개인주의, 이기적 나르시시즘에 빠져 있는 사람의 내면입니다.

　　중산층 계급에게 타자는 없습니다. 비록 부인이라도 그저 투사의 대상일 뿐이에요. 타자의 본질, 그 사람 자체는 중요하지 않죠. 타자는 내가 '나'를 확인하는 데 필요한 오브제(수단)일 뿐입니다. 그래서 내가 불행하면 상대도 불행해야 하고, 내가 기분 좋으면 상대도 기분 좋아야 하죠. 자기가 나르시시즘적 애정의 환희에 빠졌을 때는 부인이 지극히 사랑스럽게 보입니다. 그래서 '당신 없으면

죽을 것 같다'고 합니다. 그런데 시간이 지나고 보니까 '당신 없어
도 될 것 같다'고 하죠. 투사 대상이 꼭 아내일 필요는 없어요. 다
른 사람으로 바뀌어도 괜찮아요. 내가 어떤 사람의 특별함 때문에
그 사람과 사랑에 빠지는 게 아니니까요. 내 감정을 상대한테 투사
할 뿐이니까 꼭 그 사람일 필요는 없어요. 브루노가 바로 이런 사
람입니다.

　마리안은 남편의 실체를 곳곳에서 알아차립니다. 19쪽을 보면
브루노가 왜 이런 인물일 수밖에 없는지를 이야기합니다. 어린 시
절 브루노가 몽유병을 앓았고 어른이 되어서도 가끔 꿈을 꾸며 잠
꼬대를 했다고 나오죠. 몽유병 환자는 자기를 둘로 나눠서 관계를
맺죠. 이 사람에게 타자는 없어요. 부인도 없고 자기만 있어요. 마
리안은 이 모습을 곳곳에서 발견합니다. 22쪽을 보면 브루노가 이
렇게 이야기합니다.

　　　"난 이곳에 돌아오기만 하면 마음이 푹 놓인다니
　　　까."
　　　여인은 상대가 눈치를 못 챌 정도로 미소를 지었다.

여자가 딴 생각을 하고 있다는 거잖아요.

　　　"난 별안간 무언가 깨달음을 얻었어요." (…) "당신

이 나를 떠나리라는 것, 당신이 나를 혼자 버려두리라는 깨달음이었어요. 바로 그거예요. 브루노. 가세요. 날 혼자 버려두고요." —27쪽

언젠가 남편이 자신을 떠나 버릴 줄 알았던 겁니다. 자신이 꼭 필요하진 않으니까요. 이것은 '함께 있음'이 무엇인가에 대한 깨달음입니다. 자본주의적, 개인주의적 사회에 '함께 있음', '사랑', '소통'이라는 사회윤리적 덕목이 있죠. 전형적 프티부르주아인 브루노에게 A와 B의 '함께 있음'은 진정한 의미를 획득하지 못하고 서로에게 자기를 투사하는 관계일 뿐입니다. 상대는 나를 투사하기 위해 존재할 뿐이에요. 이런 것을 '함께 있음'이나 '사랑'이나 '소통'이라고 합니다. 소시민 사회가 만들어 내는 일종의 이데올로기일 뿐이죠. 한트케는 고독에 대한 담론을 펼치기 전에 브루노라는 전형적 인물을 제시하면서 이 이야기를 합니다.

──────● **나밖에 없는 '나'들**

실제로 인간관계가 그렇지 않나요? 서로 욕망을 투사하는 관계로 만들어 놓으면 각 개인은 자본주의적 욕망의 회로를 따라 움직이게 되어 있어요. 시장이 이익을 봅니다. 광고의

논리를 섬세하게 따라가 보면 투사를 주입합니다. 광고에서 A라는 연예인이 B라는 냉장고를 샀거든요. 왜 유명 연예인이라야 하나요? 보는 사람이 투사하기에 좋으니까요. 결국 시장의 욕망을 유통하는 관계입니다. 인간관계에서 함께 있음, 사랑, 소통을 이야기하는 것도 알고 보면 이런 유통 관계입니다.

브루노는 너무도 전형적인 인물이에요. 어쩌면 우리도 브루노와 같을지 모릅니다. 우리가 타자를 인정하면서 살고 있나요? 어쩌면 브루노처럼 되지 않으면 살아갈 수 없는지도 몰라요. 참 무섭습니다. 브루노 같은 사람이 되어야 적응하는 삶이죠.

타자성이나 타자의 특별함을 알려고 하지 않거나 생각도 않는 건 어떤 의미에서 가장 문제시될 수 있는 어리석음이에요. 유아주의적이라고 이야기하죠. 아이는 자기밖에 모르고, 원하는 건 반드시 가져야 해요. 자기가 생각하는 게 '세상'이죠. 유아주의는 어릴 유幼 자나 오직 유唯 자를 써서 두 가지幼兒主義, 唯我主義로 표기합니다. 영어로는 솔립시즘solipsism으로 자기 자신만 존재한다고 생각하는 걸 뜻합니다. 그런데 자기와 타자의 관계, 그 차이를 모르는데 어떻게 자신을 알 수 있겠습니까? 우리는 항상 비교를 통해서만 우리 자신을 알아요. 우리 사회에서 '나'가 얼마나 범람합니까? '나'밖에 없는 나는 '나'가 아니라 '유아'죠. 성숙한 자아가 아닙니다. 브루노는 절대로 성숙한 사람이 아닙니다.

그런데 마리안을 빼고 모든 인물이 그런 투사를 합니다. 10년 전

함께 일하기도 했고 번역 일을 시작하려는 마리안을 찾아오는 50대 출판사 사장이 있죠. 이 남자는 스무 살이 될까 말까 한 젊은 애인에게 자신을 투사합니다. 마리안이 아버지와 쇼핑센터에서 자동사진을 찍다가 만난 전직 배우도 한 번 본 마리안이 아니면 죽고 못 살겠다고 하는데, 이것도 상대방이 어떻게 받아들이든 상관없는 자기 투사입니다. 친구 프란체스카는 마리안이 고독하게 살다가 인생의 즐거움을 못 볼 거라면서 밖으로 나오라고 강요하죠. 상대방이 뭘 원하는지, 어떤 문제를 가졌는지는 묻지도 않고 자신을 투사합니다.

과연 이들이 행복할까요? 행복하지 않아요. 마리안처럼 내면으로 침잠해서 통과제의를 거치는 작업을 못 하기 때문이에요. 다른 이들은 남을 통해 확인하려고 하는데, 투사로는 원하는 것을 얻지 못합니다. 이를 통해 그들이 행복하지 않다는 것과 그들의 좌절을 볼 수 있습니다. 결과적으로 이들은 다 고독한 사람이죠. 문제는 고독이 두 가지 유형으로 나타난다는 데 있습니다. 하나는 투사하는 사람이 빠져드는 고독이고, 다른 하나는 마리안처럼 통과제의를 거치는 사람의 고독입니다.

고독을 통해 얻는 것들

브루노의 실체를 깨달은 마리안이 화들짝 깨어났
어요. 이제 주인공이 '나는 누구인가'라는 문제에 봉착합니다. 관
계에 대해 의심하지 않고 살다가 브루노의 아내가 아닌 투사 대상
으로 존재했다는 것을 깨닫죠. 그래서 자연스럽게 자신에 대해 알
아보려고 합니다. 그 전제 작업은 남편과 헤어지는 것이죠. '나는
누구인가'라는 질문은 고독 문제와 연관됩니다. 나를 찾아가는 통
과제의가 고독을 횡단하는 과정으로 나타나요.

그럼 마리안은 고독을 통해 뭘 획득하거나 발견하면서 자기에게
도달할까요? 그 전에 결코 경험하지 못한 것, 바로 '자기감정'입니
다. 상대방과 투사로만 관계를 맺을 때 결코 활성화될 수 없는 감
각들이 발견되고 확인되기 시작합니다. 분노하는 신체, 우울한 감
정 들을 고독이라는 통과제의를 통해 얻어 갑니다. 때때로 히스테
리를 부리고, 내던지기도 하고, 자해도 하죠. 고독을 통한 통과제
의가 고통으로 여겨지지만, 다르게 보면 망각하고 있던 신체 감각
을 깨우는 과정이기도 합니다. 그 결과, 바로 이렇게 쓰였습니다.
브루노가 시를 읊조리는 부분이 107쪽에 있습니다.

"고통은 프로펠러 같은 것.

그걸 타고는 아무데도 갈 수 없는 프로펠러.

겨우 제자리에서만 맴돌 뿐인 프로펠러."

여기서 고통은 고독을 지날 때의 고통이죠. 투사를 그만두고 자기를 발견하려고 하는 사람이 겪지 않으면 안 되는 고통이 있습니다. 이 어려움을 프로펠러에 비유합니다. 프로펠러를 타고 어디론가 갈 수는 없어요. 함께 있음의 영역으로 날아갈 수는 없고 겨우 제자리에서만 맴돌 뿐이죠. 마지막 문장이 '겨우'라는 단어 때문에 부정적으로 읽히는데, 다르게 번역할 수 있어요. "그렇지만 도는 것은 프로펠러뿐이지." 돈다는 것은 살아 있다는 뜻이죠. 그럼 살아 있는 것은 프로펠러뿐이라는 말이 됩니다. 고독을 건너는 통과제의 속에서 활성화되는 삶의 모습을 이야기하는 겁니다. 이 과정을 거치지 않으면 '함께 있음' 공간으로 넘어갈 수 없습니다.

그런데 자본주의의 나르시시즘적 투사로서 '함께 있음'은 '자기 발견'을 거치지 않고 건너가죠. 마리안은 '고독'의 공간으로 넘어가면서 '함께 있음' 관계에서는 투사의 대상으로만 있던 자기 대신 실제 자기를 발견합니다. 한트케에 따르면 마리안이 겪는 '자기 발견'은 정신적 이념이나 욕망이나 남들이 제시하는 가치를 자기 것으로 만드는 과정과 다릅니다. 자기 신체 감각과 다시 만나면서 비로소 자기 자신을 확인하는 과정이에요.

마리안이 출판사 사장과 나눈 대화에 주목할 필요가 있습니다. 마리안은 자기가 사는 집이 맘에 안 든다고 하죠. 이 방에서 저 방으로 갈 때 모퉁이를 돌며 방향을 바꿔야 해서 자기가 계속 부딪친다는 겁니다. 다시 말해, 사회적으로 주어진 정상적인 삶이 오른쪽 삶이라면 이 여자의 몸이 가려고 하는 삶은 왼쪽이라서 적응하지 못 하고 살았다는 이야기죠. 이건 단순한 집 구조 이야기가 아니라 왼손잡이인 자기 자신을 확인해 가는 과정입니다. 인간관계와 사회관계가 다 오른쪽으로 돌게 된 탓에 계속 부딪치면서 살아온 여자가 브루노와 맺은 관계를 통해 깨달음을 얻은 다음에 서서히 자기를 확인하는 거죠. 이 확인도 고독이라는 공간으로 이주하면서 비로소 가능해집니다.

이렇게 고독을 통해 자기를 발견해 내는 과정이 마리안이라는 한 여자에게만 그치지 않고 이 여자와 관계를 맺는 다른 사람에게도 영향을 미칩니다. 어느 폭풍우 치는 날 마리안의 집에 모든 사람이 모이죠. 브루노, 프란체스카, 전직 배우, 출판사 사장, 운전기사, 여점원까지. 다들 집으로 돌아가고 한바탕 싸움을 벌인 후 지하실에서 탁구를 치던 브루노와 전직 배우가 마지막으로 마리안의 집을 나오는 장면입니다.

> 여인은 문 앞에 서서 골목길을 걸어가는 두 사람의 뒷모습을 바라보았다. 그들은 걸음을 멈추고 여인이 있는 쪽에서 등을 돌리고 오줌을 누었다. 다시 걸으며 두 사람은 서로 오른쪽에 서지 않으려고 연

신 자리를 바꾸었다. ─110쪽

브루노와 전직 배우가 모두 오른쪽으로 살다가 자기도 모르게 왼쪽으로 돌아서는 조짐을 보이는 장면이라고 볼 수 있어요.

한편 집에서 아주 재미있는 공간이 등장합니다. 집 앞에 자리한 테라스에 흔들의자가 있어요. 여자가 가끔씩 이 흔들의자에 앉아 있죠. 고독의 공간으로 들어가서 통과제의를 거치는 과정에 흔들의자가 등장합니다.

> 저기요 이럽니젤 여인은 테라스 앞 흔들의자에 앉아 있었다. 그러나 의자를 흔들지는 않았다. ─70쪽

이 여인이 통과제의를 이겨 내는 과정이기 때문에 의자를 흔들지는 않습니다. 그러나 마지막에 가면 엑스터시 비슷하게 의자가 흔들리죠.

> 밝은 대낮에 여인은 테라스의 흔들의자에 앉아 있었다. (…) 여인는 몸을 흔들다가 팔을 쳐들었다. 무릎에 덮개조차 덮지 않은 가벼운 차림이었다. ─111쪽

해방된 모습이죠. 여자가 고독의 통과제의 중에 무거운 상태였

다면, 통과한 뒤에는 가벼운 상태에 도달하고 자기 보호를 위해 쓰는 덮개도 버리고 팔을 위로 올립니다. 원작자인 한트케가 직접 감독한 영화 〈왼손잡이 여인〉에서는 마지막 장면이죠. 마지막에 도달한 자기와의 만남이 '가벼움'으로 표현됩니다. 이 작품에서 왼손잡이 여인의 고독 문제가 일반적인 가치판단과는 전혀 다른 의미로 이야기되는 것을 알 수 있습니다.

──────● **자기 발견의 사건들로 가득 찬 일상**

일상의 발견에도 중요한 의미가 있습니다. 통과제의를 거치는 여자의 모습이 브루노와 살던 때와 같아요. 혼자 고독의 공간에 들어선다고 해서 커다란 사건이 일어나거나 페미니즘 무리에 속하는 게 아니라 아이와 둘이서 조용히 살아갑니다. 아무 사건도 일어나지 않는 일상 공간을 마지막에 흔들의자에서 흔들릴 때까지 죽 지나갑니다. 그러나 이 일상 공간이 자극과 모험이 가득한 곳으로 변하죠. 동일한 사건이 반복적으로 일어나기 때문에 아무것도 새롭지 않은 일상인데, 마리안이 브루노와 결별한 뒤에 만나는 일상은 자기를 발견하는 사건들로 가득 찬 공간이됩니다. 마지막에 괴테의 작품 중 가장 많이 논의되는 『친화력*Die Wahlverwandtschaften*』의 일부분이 인용되어 있어요.

그렇게 모든 사람들은 제 나름대로의 방식으로 일
상의 삶을 계속해 갔다. 생각을 하기도 하고 안 하
기도 하면서. 비록 모든 것이 노름에 걸린 엄청난
경우에도 사람들은 제각기 일상의 길을 걷는 것처
럼 보인다.

『친화력』의 등장인물을 보면, 에두아르트A와 샬로테B 부부 그리
고 에두아르트의 친구인 대위C와 샬로테 친구의 딸 오틀리에D가
있습니다. 부부의 집에 뒤의 두 사람이 손님으로 오면서 생각지도
못한 대칭 관계가 생겨요. A와 D, 그리고 B와 C 사이에 애정이 싹
트는 겁니다. 이것이 친화력으로 불리는데, 화학적으로 달라붙는
분자들이 있다는 겁니다. 어떤 것들은 서로 달라붙고, 어떤 것들
은 서로 밀어내죠. 괴테가 자연법칙으로 설명하려고 한 인간관계
에서, 사랑하던 A와 B의 관계가 C와 D가 나타나면서 해체되고 새
로운 관계가 형성됩니다. 내면적으로 이미 다른 관계가 형성되어
있는데도 이들은 서로 그것을 감추면서 아무 일도 없는 듯 그 전의
일상생활을 해 나가죠. 이게 앞의 인용문이 이야기하는 상황입니
다. 사람들이 모여서 자기 나름대로 살아갑니다. 하지만 내면에서
는 다른 일이 일어났죠. 실제로는 엄청난 위기예요. 모든 것이 위
험에 처한 경우에도 사람들은 제각기 살던 대로 살 수 있어요. 마
치 사건이 될 만한 것이 하나도 없는 양. 그렇지만 사건은 부글부

글 일어나고 있죠.

한트케가 작품 끝에 괴테의 『친화력』 중 일부를 인용한 데는 일상을 다른 식으로 이야기하려는 뜻이 있습니다. 현대사회의 일상이 단순한 습관처럼 지루하고 탈출하고 싶은 공간으로만 여겨지는데, 『친화력』의 일상에는 엄청난 사건이 잠재하죠. 『왼손잡이 여인』도 한트케가 마리안을 통해 일상이 엄청난 모험의 공간일 수 있다는 것을 보여 줍니다. 일상에서 수없이 자기와 만나는데도 투사 관계만 있는 '함께 있음' 공간을 지향하다 보니 자기 발견이라는 사건을 겪지 못하고 살아간다는 내용을 담고 있어요.

이 문제는 브루노와 그의 영역에 포함되는 인물들의 관계와 자아 상실의 근원과도 연결됩니다. 89쪽에 독일 가수가 부른 〈왼손잡이〉라는 노래의 가사가 있습니다.

> 오늘은 활짝 열려진 나의 집 안
> 갑자기 반대로 놓인 전화 수화기
> (⋯)
> 또한 왼쪽 주머니에 들어 있는 열쇠꾸러미
> 그대 자신을 드러냈구나. 왼손잡이 여인이여!
> 혹은 내게 어떤 신호를 보내려 했는가?
>
> 나 어느 낯선 대륙에서 그대를 만나고 싶어

수많은 다른 사람들 가운데서

혼자 있는 그대를 만날 수 있으리

그대도 수천의 타인들 가운데서 나를 보고

우리들 끝내는 서로를 향해 다가가리라.

이 노랫말이 고독이라는 문제를 긍정적으로 받아들이는 것 같지만, 결국 그 고독이 나에게 어떤 신호를 준다고 봅니다. 투사죠. 고독의 공간에 있는 어떤 사람을 발견하는 게 아니라 '네가 고독한 모습은 나를 기다리는 모습이지'라고 이해합니다. 고독 자체를 받아들이지 못하고 언제나 나와 관계된 상황에서만 받아들이는 인간관계의 한계를 지적한다고 볼 수 있습니다.

자본주의적 삶에서 행복은 뭘까, 누구나 바라는 행복이 구체적으로 어떻게 얻어지는가? 이런 질문과 연결해 볼 수 있습니다. 외부의 욕망을 나에게 투사하든지 내 욕망을 누군가에게 투사하면서 행복을 얻도록 강요하는 것이 자본주의의 행복 이데올로기라면, 이 작품은 행복의 또 다른 의미를 제시하려고 합니다. 행복은 일상에서 발견할 수 있고, '함께 있음'이 아니라 '고독'이라는 통과제의를 통해서만 발견할 수 있다고 이야기하죠.

—————● **감각 주체로서 나를 발견하기**

한트케의 소설에서 '신체 감각'은 늘 중요한 테마입니다. 이 작품에서도 자아를 재발견하는 데 기본 덕목으로 제시되었다고 볼 수 있어요. 우리가 감각을 발견하는 것이 참 중요합니다. 주입된 욕망 대신 신체 감각을 통한 타자와의 만남을 우리가 잃고 있는 것 같습니다. 직접적인 감각의 세계를 스스로 발견하면서 관계를 맺는 것이 중요합니다.

외로움과 고독은 다르죠. 고독은 어떤 영역입니다. 외로움이 일시적 감정이라면, 고독은 정신성이 더해진 삶의 필연적 영역이 아닐까 싶어요. 바르트식으로 이야기할 때 (고대)사회가 규정하는 근본적 가치가 존재였다면 현대사회에서 삶의 가치는 소유로 바뀌었죠. '무엇을 갖느냐'와 '무엇이냐'의 차이입니다. 행복 상태에 도달하려고 할 때 벗어날 수 없는 굴레가 있는데, 그것은 존재가 아니라 소유에 기반을 둡니다.

내가 소유한 것과 내가 존재하는 방식은 별 관계가 없지 않나요? 브루노가 행복의 기본 원칙을 소유에 둔다면, 마리안은 존재 자체를 찾으려고 합니다. 소유에 기초한 인간관계는 투사를 가져올 수밖에 없죠. 내가 가진 것을 통해서 확인되는 내가 다른 사람에게 투사되면서 다시 '내가 그것을 갖고 있구나, 그래서 행복하구나.' 하는 식으로 자기를 확인할 수 있어요. 다른 사람이 어떤 존재인지를 묻기 전에 내가 그 사람을 갖고 있는가 여부로 인간관계가 형성됩니다. 브루노가 자기 기분에 맞춰 마리안에게 푹 파인 옷을 입으라고 요구하는 것이 그 예죠.

그런데 소유의 범주에서 행복과 기쁨을 얻다가 존재의 영역으로 건너갈 수 있는가? 이건 상당히 어려운 문제입니다. 불교적 의미에서 진정한 출가가 가능하냐는 문제로 볼 수 있죠. 마리안이라는 여자가 겪은 독특한 사건으로 읽을 수 있지만, 소유와 존재의 문제를 배경으로 깔면 대단히 커다란 사건이에요. 깨달음은 어려운 단어죠. 선불교적으로 이해하면, 아무에게나 올 수 있는 게 아니잖아요. 특별한 계기 또는 특별한 충격이 있어야 총체적으로 성찰할 수 있고, 이를 통해서만 소유와 존재의 관계를 직시하게 될 겁니다. 충격적인 계기가 없이 교양을 통해 다른 공간으로 건너가기란 불가능하다는 생각이 듭니다. 하지만 시도해 볼 만한 문제예요. 때때로 화를 내고 우울하기도 한 나의 신체와 감각은 살아 있다고 할 수 있는데, 감각 주체인 내가 얼마나 느끼는가를 주의 깊게 응시해야 합니다. 그럼으로써 아주 새로운 자기 모습이 드러날 수 있을 겁니다.

우리가 무슨 생각을 하는가에는 주의를 기울이면서도 무엇을 느끼는가에는 별 관심을 두지 않아요. 내가 커피를 마시면서 그 맛을 어떻게 느끼는가, 이게 바로 일상이죠. 익숙한 공간에서 항상 같은 일이 반복되며 사건은 일상에서 벗어난 것이라고 생각하지만,

감각을 관찰해 보면 굉장히 많은 일상이 사건으로 다가올 수도 있습니다. 이를 통해 자기 발견도 하게 될 겁니다. 상당히 프루스트적인데, 내가 만지고 느끼고 냄새 맡는 것들이 무수하게 변주됩니다. 그런데 우리가 그것을 무감각하게 흘려보내죠. 감각 주체로서 자기를 발견하는 것은 자신의 주체성을 확인하는 좋은 경험이라고 생각합니다.

『왼손잡이 여인』은 부르주아적 투사라는 현대사회의 인간관계를 비판적으로 보여 주면서 신체적 감각이 있는 자아가 끊임없이 상실되는 상황을 깨닫게 합니다. 그리고 자본주의사회에서 언제나 폄하되는 고독이라는 문제를 통과제의로서 필연적으로 감당해야 하지 않겠느냐고 말하죠. 고독이라는 공간 속에서 개인이 일상을 모험으로 재인식하고 자기를 활성화하는 계기를 만날 수 있는가, 왼손잡이로서 자기를 찾아갈 수 있는가라는 문제를 제시하는 것입니다.

정치

『칠레의 밤』, 로베르토 볼라뇨

─────── • **문학이라는 우상 파괴**

볼라뇨Roberto Bolaño의 『칠레의 밤Nocturno de Chile』을 보겠습니다.

제가 스페인어를 몰라서 『칠레의 밤』을 원문으로 읽지 못하는 사실이 유감입니다. 독일어판을 구해서 꼼꼼히 읽어 보니 한국어 판을 읽을 때와 다른 경험을 하게 되더군요. 제가 독일어를 매개로 지적인 경험을 쌓았기 때문에 독일어본을 읽으면 사유의 범위가 확장됩니다. 한국어로 읽을 때 하지 않은 질문이 생기기도 하고요. 『칠레의 밤』은 근래 제 독서 체험 중 가장 큰 감동과 충격을 준 작품입니다. 문학이 죽어 가는 시대에 다시 한 번 문학이란 무엇인가, 문학이 무엇을 해야 하는가를 묻는 작품이라는 생각에서입니다. 제게는 문학에 대해 다시 생각하는 기회를 주었습니다.

볼라뇨가 속한 라틴아메리카 문학은 세계문학사에서 전혀 다른 세계를 보여 줍니다. 라틴아메리카 문학은 '마술적 리얼리즘'이라는 이름으로 세계문학사에서 자리를 차지합니다. 세계문학이 실제로는 영미 문화권에 편입된 상황이잖아요. 세계문학의 제국주의 경향으로부터 이탈하려고 하는 대표적인 경우가 라틴아메리카 문학이라고 볼 수 있죠. 물론 아프리카 문학에 뿌리를 두는 미국 내 흑인문학과 제3세계 문학이 제국주의 문학 속에서 자성적 작업을 하는 것은 대단히 고무적인 일입니다.

문학이 합리적인 제도로 구축되는 과정에서 배제된 신화와 샤머니즘 같은 탈제도적 흐름이 있어요. 서구에서는 이런 것들을 아직까지 이성화되지 못한 부분으로만 받아들이는 경향이 있습니다. 신화적이거나 샤머니즘적인 상상력이 세계문학, 특히 근대문학의 범주에서 배타적으로 밀려나기도 하고 복속하기도 하면서 전혀 다른 방향으로 기능하는 상황을 많이 봅니다. 이런 세계문학의 제국주의적이고 식민주의적인 경향 속에서 완전히 새로운 문학적 상상력 또는 역사관, 우주관, 언어관 들을 보여 주는 경향으로서 라틴아메리카의 '마술적 리얼리즘'을 이야기할 수 있습니다.

문제는 어느 사이엔가 마술적 리얼리즘이 서구 문학 담론의 대상이 되어 서구 문학의 경향 속으로 편입되어 버렸다는 겁니다. 마술적 리얼리즘의 엄청난 힘을 통해 파스Octavio Paz, 마르케스Gabriel Garcia Marquez, 보르헤스Jorge Luis Borges 등 라틴아메리카 문학이 세계문학에서 커다란 산맥을 이루지 않았습니까? 이들의 문학이 새로운 문학의 대명사가 되고 유행되면서 혁신적이고 독창적이던 본질적인 성격보다는 그것에 있는 여러 시장성으로 주목받게 되죠.

볼라뇨는 라틴아메리카의 마술적 리얼리즘이 겪는 상황에 비판적으로 다가갑니다. 리얼리즘을 마술적이라는 성격 대신 정치적이고 현실적인 성격으로 끌어들이려는 기획으로 인프라 리얼리즘(인프라레알리스모infrarrealismo) 운동을 벌이죠. 문학적 상상력의 본질이 되는 마술성, 즉 탈이성화된 상상력을 여전히 유지하면서 다시 살리려는 노력이라고 볼 수 있어요. 볼라뇨가 중심이 된 아방가르드 운동은 라틴아메리카 문학에서 거의 신화가 된 파스나 마르케스, 네루다Pablo Neruda 같은 거목들을 제도권 문학과 함께 비판하려 듭니다. 그런데 마르케스의 『백년의 고독Cien Años de Soledad』이나 네루다의 시도 정치성이 다분합니다. 볼라뇨는 정치와 문학의 관계, 라틴아메리카와 칠레의 역사 또는 세계사 전체에 대해 더욱 비판적이고 급진적 시선을 갖는다고 볼 수 있습니다.

볼라뇨가 적으로 삼으려는 것은 문학의 특정 조류나 작가라기보다 문학 자체입니다. 이 작품에도 문학이 무엇인가, 문학이 무엇을 했는가를 극렬하게 드러내는 에피소드들이 있죠. 그중 하나가 '매사냥'입니다. 공중의 찌르레기 떼를 완전 핏빛으로 물들이는 매, 비둘기들을 잡아먹는 매. 이 작품에서 '매'가 어떤 의미일까요? 제가 볼 때는 문학을 은유합니다. 매가 칠레적인 것을 상징하는 찌르레기나 비둘기를 보호하지 않고 처치하죠. 문학 파티가 벌어지는 어느 저택의 지하실에서는 칠레 사람이 고문받으면서 죽어 갑니다. 고문받는 사람이 비둘기라면 문학가는 매죠. 볼라뇨는, 문학이 이런 구실을 해 왔기 때문에 칠레가 이파리 하나 달리지 않고 메마른 '유다의 나무'(은 30개에 예수를 유대교 대제사장에게 팔아넘긴 가룟 유다가, 예수가 십자가에 못 박혀 죽은 뒤 박태기나무에 스스로 목을 매고 죽었다. 그래서 박태기나무를 유다의 나무라고 한다.)가 됐다고 이야기합니다.

볼라뇨는 우리가 문학이라고 부르는 제도가 자기를 유지하는 방법, 특히 정치 및 역사와 연결되었을 때 문학과 문학가가 어떤 기능을 맡는지 이야기하면서 지금까지 있던 모든 문학의 우상을 파괴하려고 합니다. 문학이라는 이념 또는 제도를 철저히 파헤치는 작업은 누구에게도 환영받을 수 없지만 볼라뇨는 그 금기에 도전합니다. 이것이 볼라뇨 문학의 본령입니다.

──────● **근본적인 질문을 하는 문학**

칠레는 원래 잉카 제국이었는데 스페인에 몰락된 뒤로 300년 가까이 스페인 식민지로 있었습니다. 겨우 독립한 뒤에도 식민지 시대의 사회 계층 구조가 지속됐고 국가 구실을 제대로 못 했어요. 정치적으로 좌파 경향이 자리 잡은 가운데 1970년에는 급진적 사회주의자 아옌데Salvador Allende가 정식 선거를 통해 대통령이 됩니다. 그러나 사유재산을 몰수하고 대규모 산업을 국유화하는 등 사회주의 개혁정책을 펴면서 기득권 세력으로부터 엄청난 저항을 받습니다. 결국 피노체트Augusto Pinochet 군부의 쿠데타가 일어나 저항하다 자살합니다. 그 뒤 너무도 잘 알려진 피노체트의 철권통치가 이어집니다. 우리나라는 박정희가 18년간 독재했죠. 피노체트는 16년 동안 했습니다. 피노체트 독재하에서 고문당한 사람만 해도 수만 명에 이르고 학살되거나 실종된 사람도 수천 명이라고 합니다. 이 작품은 아옌데 정부가 쿠데타로 무너지고 피노체트 군부가 칠레를 장악하는 상황을 배경으로 하고 있습니다. 결국 칠레라는 국가가 무엇이냐고 질문하는 소설입니다.

한국문학도 이런 질문을 해야 합니다. 국가 이데올로기에 대해 근본적인 질문을 할 수 있는 시대가 언제 올지 모르겠어요. 미국만 해도 핀천 같은 작가가 있죠. 『제49호 품목의 경매』는 미국이 도대체 뭐냐고 묻는 작품입니다. 서구 문학은 국가를 다루는 경우가 많아요. 우리도 당연하게 한국이라는 나라를 비판적으로 응시하는 작업을 해야 하지 않겠습니까?

한국문학에서 소설이 죽었다는 말이 자꾸 들립니다. 그런데 위기를 발전적인 전환의 기회로 받아들일 필요가 있습니다. 우리 문학, 소설이 죽었다면 그 소설이 과연 어떤 소설이었으며 그것이 죽는 게 과연 부정적이기만 한 현상인지 살펴봐야 합니다. 한편에서는 소설의 죽음을 이야기하고 한편에서는 문학상이나 마케팅, 평론가들의 논리에 따라 소설이 계속 쓰이고 확산되는 경향이 있습니다. 이것이 소설의 위기를 기회로 만드는 과정인지, 아니면 죽은 뒤에 강시처럼 남는 자기기만 현상인지 생각해 봐야 합니다. 문학의 몰락인가, 새로운 시작인가? 한국문학 시장에 이런 질문을 기대힐 수 있는시 놀아볼 필요가 있습니다.

──────● **임종 침상의 독백**

　　　『칠레의 밤』은 스타일 면에서도 상당히 놀랍다는 생각이 듭니다. 처음부터 끝까지 한 흐름으로 독백이 이어지는데, 이 형식에 특별한 의미가 있습니다. 읽기에는 어려움이 많습니다. 한 번 읽고 맥락을 제대로 이해하기가 쉽지 않아요.

　간단히 말하면, 임종의 침상에서 독백이 이어지다 마지막에 죽음으로 진입하는 이야기입니다. 하룻밤 정도의 시간 같아요. 독백의 주인공은 문학비평가로서 필명이 있는 신부죠. 본명은 세바스티안 우루티아 라크루아, 비평할 때 쓰는 필명은 이바카체입니다. 시를 쓸 때는 본명을 밝히는데, 필명이 본명보다 더 유명해집니다. 남미에서 신부는 최고의 지식인이라고 볼 수 있어요. 주인공은 문학비평가로서 명망까지 높은 사람입니다. 칠레에서 그를 거치지 않으면 문학적 명성을 얻기 힘들 만큼 권력가죠.

　소설 앞부분에 열세 살에 신의 부름을 받고 신학교에 입학하려고 하니까 아버지가 반대했다는 이야기가 나오죠. 열네 살에 신학교에 입학해 결국 신부가 된 그가 처음 사제복을 입었을 때 어머니가 울었다는 대목도 있어요. 일찍이 문학에 경도돼 문학비평가라는 꿈을 가진 그가 사제 서품을 받기 며칠 전에 거대한 문학 권력 페어웰을 만납니다. 페어웰의 농장에 초대받아 그의 동성애적 유혹을 받고, 네루다라는 또 다른 우상도 만납니다. 농장 정원을 산책하다가 길을 잃어 농부들과 마주치는데, 그들의 신산한 삶을 보고 구역질이 난다고 해요. 페어웰과 네루다를 포함한 문학가라는 교양 계급이 농부들이 대표하는 칠레적인 것을 '유다의 나무'로 바꿀 만큼 기만적이며 탈역사적이고 반칠레적인 부르주아계급으로 규정되고 있습니다. 주인공은 이 교양 영역에 들어가려고 하고 결국 성공합니다.

이바카체가 하는 내적 고백은 죽음이 전제되지 않는 상황의 독백과 다르지 않나 싶습니다. 죽어 가는 사람의 눈앞에는 전 생애가 파노라마처럼 흘러간다고도 하고, 모든 것이 생각난다는 말도 있죠. 문학에 이런 장면이 흔히 등장합니다. 한 사람의 이야기가 진행되다가 그 사람이 임종의 침상에 누우면 생애 전체의 사건과 연루된 사람 들을 총체적으로 경험하는 장면이죠. 전형적으로 대미를 장식하는 장면이고, 문학에서 임종의 침상에 누운 자의 기억 작용에는 산 자에게 없는 특수성이 부여됩니다. 소설, 영화, 드라마에서 임종의 침상에는 모든 화해가 펼쳐집니다.

그런데 임종 침상에 누운 자에게 떠오르는 기억은 한마디로 혼돈 그 자체라고 할 수 있습니다. 이미지든 개념이든 감정이든 삶에 있던 모든 것이 물결처럼 흘러 어떤 언어의 분절로도 막을 수 없을 만큼 총체적으로 떠오릅니다. 이런 총체적 기억의 흐름을 일생에 단 한 번 경험하는 것입니다. 『칠레의 밤』의 서술 방식은 임종의 침상에서 일어나는 기억 작용의 특성과 맞아떨어진다고 봅니다.

아무리 악하게 산 사람도 임종의 침상에서는 모든 것을 고백하면서 용서를 구하고 구원, 일종의 심판을 받습니다. 『칠레의 밤』에서 임종의 침상이라는 문학적 장치도 이런 전통대로 작용하는지, 아니면 전혀 다르게 작용하는지를 살펴보겠습니다.

● 구원을 거부하다

임종의 침상에 누운 칠레의 위대한 문학평론가는 구원을 받습니까? 아니면, 구원과 상관없는 자기 합리화 과정 속에 계속 머무릅니까? 9쪽을 보면 자기가 죽어 가고 있지만 하고픈 말이 많다고 하죠.

일반적으로 죽어 가는 자가 '말을 하고 싶다'면 고백, 구원을 기대하는 죄의 고백이죠.

나 자신과는 평화롭게 지냈는데. 그저 묵묵히 평화

를 누렸건만. 그런데 느닷없이 이 일 저 일이 떠올
랐다. 그놈의 늙다리 청년 탓이다. 나는 평화로웠단
말이다. 그런데 지금은 평화롭지 않다. 몇 가지는
분명히 밝혀 둬야겠다. ─9쪽

이 사람은 지금까지 고백할 게 없는 삶을 살았다고 하죠. 그래서
자기가 하고픈 말이 너무 많은 것을 이상하게 여깁니다. 숨겨 놓은
말이 없어서 묵묵히 지냈는데, 생각지도 않은 인물이 나타나 말을
요구한다는 겁니다. 자신은 평화로웠다고 주장합니다. 감춘 게 없
으니 갈등도 없다고 해요. 그런데 지금 늙다리 청년이 와서 들쑤시
니까 평화롭지 않아졌습니다. 그래서 몇 가지를 분명히 해 두겠다
고 합니다.

이어서는 팔꿈치에 몸을 의지하고 기억을 '낱낱이' 더듬어 보겠
다고 하죠. 기억을 주관적으로 점검하겠다는 말입니다. 자신을 정
당화할 근거를 찾겠다는 거죠. 죽어 가는 상황에서 혼란스러운 말
들이 앞으로 나오려고 하는데, 그것들을 인정할 수 없다는 태도를
보입니다. 늘 그랬듯이 '머리를 꼿꼿이 쳐들고' 기억을 점검해서
내가 죄를 짓지 않았고 숨긴 것도 없음을 스스로 증명하겠다는 말
입니다. 임종의 침상에서 고백이나 구원의 기대와는 무관하게 자
기 정당화 작업을 하려는 겁니다. 그래서 이렇게 말합니다.

책임을 질 줄 알아야 한다. 나는 평생 그리 말해 왔
다. 모름지기 사람은 자기 언행에 책임을 질 도덕적
의무가 있으니까. 심지어 자기 침묵, 그래 그 침묵
에도 책임을 져야 한다. —9쪽

침묵에도 책임져야 한다는 게 대단하죠. 내 언행만이 아니라 하
지 못한 말, 공백으로 남은 부분에 대해서도 스스로 정당함을 증명
해 내야 한다는 겁니다. 이유가 뭡니까? '침묵은 바로 하나님에게
들리니까, 오직 하나님만이 침묵을 이해하고 판단할 테니까, 침묵
에도 주의해야 한다. 나는 모든 것에 책임지는 사람이다. 나는 책
임을 피한 적이 없다. 그래서 무죄다. 내 침묵에는 티 하나 없다.'
대단한 주장이네요.

다들 분명히 알았으면 한다. 특히 하느님이 분명히
아셨으면 좋겠다. 나머지 사람들이야 무슨 상관이
람. 하느님은 상관있으시지만. —10쪽

이런 식으로 일생을 더듬어 갑니다. 제 독서 경험으로는 첫 장면
부터 상당히 충격적이었습니다. 임종 침상의 기능을 전복하려고
하는 느낌이 들었어요. 소설이 이야기하는 본질적인 내용 그리고
볼라뇨가 가진 문학에 대한 비판 의식과 깊이 관련된다고 볼 수 있

습니다.

주인공의 직업은 신부예요. 신부가 어떤 일을 합니까? 신이라는 절대선 또는 절대 진리를 위해 몸 바치겠다고 결심한 사람이죠. 한편 그는 위대한 문학비평가입니다. 문학비평가는 또 어떤 일을 합니까? 어쩌면 당대에 가장 비판적인 지식인으로서 임무를 받아들인 사람이 아니겠습니까? 신부이면서 지식인인 이바카체가 칠레의 정치 상황 속에서 평생 어떻게 살았는지를 고백합니다. 하지만 볼라뇨는 이 사람이 끝내 자기기만이라는 굴레에서 벗어날 수 없다는 것을 보여 주면서 문학 이데올로기에 저항합니다.

문학은 언제나 교훈으로 마무리되죠. 평생 자기를 기만하던 사람도 죽는 순간에는 죄를 고백하고 인간다움이 무엇인지 증명한다는 것이 세계문학의 교훈주의라면, 볼라뇨는 이를 철저하게 거부합니다. 개인적으로든 사회적으로든 지식인의 자기기만이 얼마나 무서운 결과를 가져올 수밖에 없는 저주인지를 보여 주는 소설이라고 생각합니다. 죄를 짓고 기만하며 살다가 임종의 침상에서 갑자기 죄를 고백하고 회개한다고 해서 구원받을 수는 없다는 거죠.

『칠레의 밤』은 페어웰이라는 우상을 통해 실제 문학과 정치의 거물들을 비판적으로 다룹니다. 그중 압권으로 꼽을 수 있는 것은 사람들이 죽어 가는 고문장 위에서 벌어지는 문학 파티죠. 저는 다른 에피소드를 더 강력하게 제시하면 좋았겠다고 생각합니다. 이 장면이 충격을 준다는 점에서는 효과적이지만, 너무 또렷한 메시지를 주기 때문에 충격이 지나가고 나면 더는 깊이 물어보지 않게 돼요. 때로는 에피소드에 메시지를 비밀스럽게 담는 것도 상당히 중요하다고 봅니다.

──────● 늙다리 청년은 누구인가

한편 이바카체가 임종의 침상에서 기억하는 평안한 삶에 문제를 제기하는 늙다리 청년이 있습니다. 청년은 늙을 수 없으니 역설적이죠. 청년이 늙었다면 시간과 역사 문제를 생각해 볼 수 있습니다. 정상적인 성숙 과정을 거치지 못한 상태를 가리키겠죠. 나중에는 이 늙다리 청년의 동명이인이 등장합니다. 문학 파티가 벌어진 저택의 안주인이자 작가인 마리아 카날레스의 아이 세바스티안이죠. 마리아 카날레스는 미국인(칠레 비밀정보국 요원) 남편과 두 아이와 살면서 교외의 넓은 저녁에 예술가들을 초청해 파티를 열어요. 파티가 열리는 저택 지하실은 정치범을 고문하는 장소입니다. 이 저택에서 유일하게 분노의 시선을 가지고 있는 존재가 바로 어린 세바스티안이죠. 세바스티안의 시선을 살펴보겠습니다.

한번은 가정부가 세바스티안을 데리고 내려왔고,

나는 그 아이를 뺏으면서 아이에게 무슨 일인지 물
었다. (…) 가정부는 나를 응시하면서 아이를 빼앗
으려고 했다. (…) 가정부가 거칠게 아이를 뺏어 갔
다. 그녀에게 나는 사제라고 말하고 싶었다. 무엇인
가가, 아마도 우스꽝스럽다는 감정, 즉 우리 칠레인
들이 소유하고 있는 가장 예민한 감정이 나를 제지
했다. ―132~133쪽

나는 신부니까 안심해도 된다고 말하고 싶었겠죠. 가장 예민한
칠레인의 감정이란 양심입니다. 그것이 세바스티안이라는 아이를
다시 보게 만들어요.

아이가 다시 계단을 올라갈 때, 자기를 안고 가는
가정부의 어깨너머로 나를 바라보았고, 그 커다란
눈망울이 원치 않는 광경을 보았다는 인상을 받았
다. ―133쪽

여러 사람 중에 그 아이는 왜 '나'(이바카체)를 보았을까요? 이때
'나'는 앞에서 말했듯이 '칠레인들이 소유하고 있는 가장 예민한
감정'이 돌발적으로 나타난 상태의 '나'입니다. 세바스티안이 유일
하게 소통할 수 있는 대상으로 알아본 이바카체죠. 그가 부정해도

세바스티안이라는 아이와 나눈 시선 속에서 이바카체 내면에 칠레인의 양심이 남아 있음이 드러나는 장면입니다. 아이는 밑에서 무슨 일이 벌어졌는지, 즉 진실을 보았지만 아무도 그 진실을 수용하지 않으리라는 것도 알기 때문에 갇혀 있습니다. 그런데 이바카체의 시선과 마주쳤을 때, 아이는 자신과 같은 눈이라는 걸 알았겠죠. 소통은 이루어지지 않았습니다. 이 상황을 통해 이바카체가 스스로를 기만하고 진실을 외면하지만 그 안에는 늙다리 청년이 사라지지 않고 계속 눈뜬 채로 있음이 확인됩니다. 늙다리 청년에게는 아이의 시선도 있습니다.

> 늙다리 청년이 옳은 걸까? 결국 그가 옳은 걸까?
> 시를 한 편 썼던가 써보려고 했다. 그 시 한 구절에
> 유리창을 통해서 들여다보고 있는 푸른 눈의 아이
> 가 등장했다. 끔찍하군, 유치해. —139쪽

'푸른 눈'은 양심의 눈입니다. 그 눈을 가진 아이가 시 속에서 자신을 드러내려고 하는데 시가 '유치하다'고 결론지어 버립니다. 올라오는 진실의 언어를 계속 질식시켜요. 이 대목뿐만 아니라 페어웰의 저택을 산책하다 만난 농부에 대한 반응을 통해서도 이바카체라는 인물이 규정됩니다. 진실의 소리가 계속 들리고 양심의 시선이 쳐다보는 걸 알면서도 외면하죠. 임종의 침상에 누워 자신은

아무런 흠도 없는 사람이라고 주장하는 이바카체와 그런 이바카체에게 끊임없이 '말'하라고 요청하는 늙다리 청년의 긴장 구도가 계속 이어집니다.

———————• **멜랑콜리에 빠진 역사와 문학**

이 작품은 자기기만적 지식인의 이중적 삶을 드러내는 데서 끝나지 않습니다. 전체적으로 칠레라는 국가와 칠레를 구성해 내는 역사에 대해 이야기합니다.

어느 날 오후 이바카체가 비평 활동을 하면서 작품 연구와 해설을 쓴 작가 살바도르 레예스의 집에 페어웰을 비롯해 대여섯 명의 손님과 함께 자리합니다. 이 자리에서 살바도르가 2차세계대전 중 파리의 칠레대사관에서 일할 때 이야기를 합니다. 파리가 독일군에게 점령되었을 때 피난을 못 간 과테말라 화가를 위해 살바도르가 대사관 부엌에서 갖가지 일용품을 챙겨 화가의 다락방에 가끔 방문했다고 하죠. 그 화가는 말라빠진 몸으로 우울증에 걸린 멜랑콜리 상태였어요.

서구의 멜랑콜리는 우울증과는 약간 다릅니다. 미래가 완전 차단된 채 과거에 매몰된 상태를 가리켜요. 뒤러Albrecht Dürer가 그린, 천사가 턱을 괴고 앉아 있는 장면의 〈멜랑콜리아Melencolia〉가 유명하

죠. 이 그림을 보면, 지상에 내려온 천사가 마치 로댕Auguste Rodin의
〈생각하는 사람Le Penseur〉처럼 턱을 괴고 깊은 생각에 빠져 있습니
다. 밑바닥에는 잡동사니들이 마구 흩어져 있죠. 농경 사회였던 당
대의 일상을 살아가는 데 필요한 쟁기, 호미 같은 도구들이 어지럽
게 널려 있어요. 그 모습을 천사가 응시하죠. 이게 멜랑콜리의 근
본적 몸짓입니다.

이 작품에 이바카체를 결정적으로 기호화하는 시니피앙이 나오
는데 바로 '팔꿈치'입니다. 맨 앞 장에서 "팔꿈치에 몸을 의지하고
(…) 기억을 낱낱이 더듬어 보련다." 하고 이야기합니다. 외부에서
혼란스러운, 비극적 일이 벌어질 때마다 이바카체가 하는 행동이
'팔꿈치 괴기'입니다. 임종의 침상에서도 마찬가지입니다. 이 행동
은 자기기만입니다. 신의 진실과 문학의 진실을 위해 당연히 행동
해야 할 때 이바카체는 도리어 안으로 들어가 팔꿈치에 몸을 의지
하고 그리스 고전을 읽습니다. 문학하는 사람들의 태도에 대한 볼
라뇨의 문제 제기입니다. 칠레 지식인들이 이렇게 살아왔다는 말
이죠.

벤야민은 「독일 비애극의 원천Ursprung des Deutschen Trauerspiels」에서 멜
랑콜리를 본질적으로 다룹니다. 이 멜랑콜리는 역사의 멜랑콜리
죠. 인간의 역사가 미래라는 더 나은 영역으로 건너가지 않고 몰락
으로 간다고 합니다. 유토피아가 아닌 몰락, 파괴, 폐허의 상태가
될 수밖에 없는 미래를 인식한 사람은 그 미래를 응시하는 게 아니

라 그렇게 될 수밖에 없던 역사를 응시하고 미래를 과거 역사의 모습으로 다시 본다는 겁니다. 그래서 〈멜랑콜리아〉에 표현된 천사의 시선에서 미래는 당대 이데올로기가 늘 주장하던 찬란한 유토피아가 아닙니다. 몰락, 파괴, 폐허의 세계죠. 벤야민이 19세기 파리를 응시하는 시선이 바로 그랬습니다. 벤야민의 시선에는 현대화되어 가는 거대한 파리의 건설 현장이 폐허로 보였습니다.

『칠레의 밤』에서 벤야민과 똑같은 시선이 등장합니다. 과테말라 화가의 그림 〈일출 한 시간 전의 멕시코시티 풍경〉이 사실은 파리 풍경이고 폐허 풍경입니다. 이 화가도 칠레 평론계의 거물 페어웰처럼 멜랑콜리 상태입니다.

페어웰Farewell은 작별 인사를 말하죠. 살바도르 레예스의 집에서 나온 저녁에 이바카체와 페어웰이 식당에 갑니다. 허기를 채우고 커피를 주문한 사이, 거리를 지나가는 사람들의 그림자가 식당 벽에 투영됩니다. 식당 칸막이에 검은 번개처럼 나타났다가 사라지는 게 중국 그림자극의 상像과 같죠. 이건 플라톤의 동굴 우화와 관련 있습니다. 동굴 속에서 사람들이 벽을 향해 죽 앉아 있고 뒤에 촛불이 하나 있어요. 이들은 뒤를 볼 수 없어서 촛불이 있는지 모르는데, 세상사가 촛불에 비쳐 그림자가 됩니다. 이 그림자가 동굴 안 사람이 보는 벽에 나타나죠. 돌아앉을 수 없는 사람들은 자기들이 허상을 보는 줄 모릅니다. 철학자가 이들을 데리고 동굴 밖으로 나가 태양의 빛을 보게 합니다. 하늘에 떠 있는 태양의 빛을 본 사람은 두 번 다시 가상의 세계에 빠지지 않습니다. 그 대신 이데아라는 빛의 진실을 추앙하게 되죠.

페어웰은 삶이 무슨 소용이고, 책이 무슨 소용이 있겠냐고 합니다. 그저 그림자일 뿐이라고 하죠. 처음부터 칠레 스스로가 역사적인 사건을 통해 인간적인 세계를 만들어 낼 수 있다는 믿음을 갖지 않습니다. 한마디로, 해 봐야 소용없다는 생각이죠. 이게 페어웰의 문학비평 작업입니다. 그의 뒤를 잇는 사람이 바로 이바카체고요. 멜랑콜리라는 깊은 질병에 칠레의 역사가 빠져 있는 겁니다. 칠레의 역사가 멜랑콜리에 빠져 있기 때문에 칠레의 문학도 멜랑콜리 놀이를 해요.

─────● 칠레라는 유다의 나무

모든 지식인이 역사는 아무것도 할 수 없다는 멜랑콜리에 빠져 있는 동안 칠레에는 '희생제의'가 끊임없이 벌어집니다. 칠레가 잉카제국이던 시대 멕시코에는 아스텍 문명이 있었죠. 아스텍 문화를 떠받치는 세계관에는 언젠가 태양이 지고 나면 다시 떠오르지 않으리라는 종말에 대한 강박 불안이 있었어요. 태양을 다시 떠오르게 하려면 인신 공희를 해야 한다고 믿었고, 그 때문에 전쟁을 벌이고 포로를 잡아다 심장을 떼어 신에게 바치는 제의를 했죠. 스페인 점령군이 이런 제의가 신전에서 치러지는 것을 보고 경악했다는 기록도 있습니다. 역사가 몰락할지도 모른다는 강박적 불안 때문에 미래를 지향하기보다는 현 상태를 유지하려고 한 제도가 희생제의입니다. 그런데 희생은 누구의 몫인가요? 그게 비둘기, 찌르레기 또는 하층 농민이죠. 이들이 계속 희생당하면서 칠레에는 역사가 있어 본 적이 없습니다. 역사는 현재보다 나아지며 시간이 흘러가는 것이죠. 아무 변화 없이 반복적인 사건만 일어난다면, 그것은 한마디로 자연의 소멸성을 그대로 따라가는 시간의 터널이겠죠.

이 작품에서 시간은 '시간의 터널'과 '시간의 속살'(152쪽), 두 가지로 나뉩니다. 칠레의 역사는 시간의 터널을 지날 뿐 시간의 속살을 건드려 본 적은 없다는 겁니다. 뭔가를 새롭게 만들어 내기 위해 존재하는 것이 역사의 시간이죠. 자연의 시간은 반복되면서 소멸되는 과정으로 미래가 없고요. 그런데 당연히 자연의 시간에서 역사의 시간을 구분해 내고, 역사의 시간을 이끌고 나가야 할 지식인들이 멜랑콜리에 빠져서 역사의 시간을 자연의 시간에게 줘 버리는 일을 반복해 왔다는 겁니다. 그 끝에서 희생되는 존재는 지하실에서 고문받는 사람이죠. 지하실에서 고문받는 사람은 곧 칠레를 상징합니다.

볼라뇨는 역사 허무주의와 역사 멜랑콜리에 빠져 있는 지식인 계층이 아니라 희생제의의 대상이 된 하층민들을 '고통 속에서 꿈을 꾸고 있는 사람', 꿈을 잃지 않은 사람으로 묘사합니다. 칠레의 꿈은 없어지지 않았고 다만 역사의 멜랑콜리 탓에 질식당하고 있다고 합니다. 끝부분에서는 '칠레 자체가 유다의 나무가 되었다'(143쪽)고 이야기합니다. 이바카체가 유럽 여행을 하면서 방문한 성당마다 신부들이 매사냥을 해요. 그런데 스페인의 부르고스에서 만난 늙은 안토니오 신부는 매사냥을 하다 그만둡니다. 비둘기도 신의 피조물인데 배설물 탓을 하며 편의적으로 없애는 게 옳은가 하는 회의가 들어서였죠. 안토니오 신부가 죽고 나서 이바카체의 꿈속에 나타나 그를 나무 앞으로 데려갑니다. 잎이 하나도 없는 그 나무는 과테말라의 화가처럼 말라빠졌습니다. 이 나무에 매한 마리가 앉아 있는데, 안토니오 신부가 비둘기 사냥을 하려고 기르다가 그만둬서 아무 일도 못 하고 늙어 가는 로드리고입니다.

칠레 전체가 '유다의 나무'가 되었다는 게 무슨 뜻일까요? 잎이 다 떨어졌다는 것은 역사 부재를 뜻합니다. 즉 멜랑콜리의 저주를 받았다는 말이죠. 이 유다의 나무(칠레)에 로드리고라는 매(문학)가 앉아 있습니다. 그런데 유다의 나무가 뿌리박은 옥토에 '지금도 40센티미터의 지렁이가 자라나고' 있다고 설명합니다. 늙다리 청년이라는 은유와 같죠. 이 옥토에서 얼마나 많은 역사의 꽃이 필 수 있었을까요? 하지만 지금 자라는 것은 유다의 나무뿐이죠. 칠레의 옥토에서 꽃을 피우는 나무를 기를 책임이 문학가들에게 있는데, 그들이 도대체 뭘 했느냐고 문제를 제기하는 겁니다. 꽃을 피우기는커녕 고문장으로 변한 칠레의 옥토 위에서 자라난 유다의 나무가 마리아 카날레스의 문학 파티입니다. 아방가르드와 드뷔시Claude Achille Debussy와 베베른Anton von Webern 이야기를 하는 거실 풍경이 바로 칠레 문학의 모습입니다.

이바카체는 '칠레라는 유다의 나무'에 대해 어떤 태도를 보입니까? 문학 파티 장소가 칠레 국가 정보국 핵심 인사의 집이었으며 그 지하에서 칠레 반체제 인사들이 전기 고문을 당한 것이 나중에 밝혀지죠. 마리아 카날레스와 아이들이 거실에서 텔레비전을 보고 있을 때 가끔 전기가 나갔는데, 고문 때문이었던 겁니다. 어느 파티 때는 반취한 진위 연극 이론가기기 회장실을 찾다가 지하실에 방치된 고문당한 사람을 발견합니다. 하지만 그는 아무 말도 하지 않고 다시 파티에 합류하죠. 그 뒤 지하실에 대한 소문이 퍼지고 문학 파티에 참가한 많은 사람들과 이바카체도 이 상황을 알게 됩니다. 그런데 이바카체는 "나는 아무것도 보지 못했고, 너무 늦게 그 사실을 알았다. 시간이 자애로이 감추어 버린 것을 무엇 때문에 들쑤신단 말인가?"(147쪽) 하고 말합니다. 이게 이바카체 삶의 논리입니다. 자기 정당화예요. 굳이 파헤쳐서 뭐하겠냐는 겁니다.

그러나 아무리 억눌러도 때가 되면 눈을 반짝 뜨고 살아나는 늙다리 청년, 세바스티안의 시선이 있습니다. 유다의 나무가 뿌리박은 옥토에 40센티미터의 지렁이가 자라고 있습니다. 구토를 일으켰지만 힘겹게 살아온 하층 농민도 있어요. 이 모두가 칠레적인 것입니다. 이바카체는 마지막까지 '그러니 어쩌란 말이냐'고 하겠지요. 그는 그저 지식인이나 문학평론가 한 명이 아니라 칠레 문학을 상징합니다.

● 시체로 떠오른 진실

모든 것이 밝혀진 뒤 이바카체가 마리아 카날레스를 만나고 집으로 돌아오는 장면을 보죠.

> 산티아고로 차를 몰고 돌아오면서 그녀의 말을 생각했다. 칠레는 이렇게 문학을 하지. 하지만 어디 칠레에서만 그런가. 아르헨티나, 멕시코, 과테말라, 우루과이, 스페인, 프랑스, 독일, 푸르른 영국과 즐거운 이탈리아에서도 그런걸. (…) 내 자동차는 다시금 시간의 터널 속으로, 시간의 속살을 갈아 부수는 거대한 기계 속으로 들어갔다. —152쪽

시간의 문제가 이야기되는 장면입니다. 시간의 터널이란 칠레적인 것을 다 갈아 뭉개는 거대한 역사 멜랑콜리아, 역사 허무주의, 자기기만입니다. 155쪽 마지막을 보겠습니다.

그러면 나는 스스로에게 묻는다. 늙다리 청년은 어디 있는 거야. 왜 가 버렸을까? 진실이 차츰차츰 시신처럼 떠오른다. 바닷속 깊은 곳에서 혹은 낭떠러지 밑에서 떠오르는 시신. 떠오르는 늙다리 청년의 검은 윤곽이 보인다. (…) 내가 바로 늙다리 청년인가? 아무도 듣지 않는데 소리 높여 외치는 늙다리 청년이 나라면, 이것이야말로 정말 큰 공포가 아닌가? 그러니까 그 가련한 늙다리 청년이 바로 나란 말인가? (…) 지랄 같은 폭풍이 휘몰아치기 시작한다.

이제 비로소 진실을 말합니다. 임종 직전입니다. 진실은 이미 '시체'입니다. 이미 죽어 버린 늙다리 청년과 양심이 떠오릅니다. '지랄 같은 폭풍'이란 곧 죽음이 덮쳐 온다는 뜻입니다. 마지막에 발견하고 만나게 되는 것은 유감스럽게도 살아 있는 진실이 아니라 시체로서 진실입니다. 전형적 임종이라면 살아 있는 진실을 만나야 하지만, 볼라뇨에게 임종의 침상은 시체가 된 진실을 만나는 장소에 지나지 않아요. 이바카체처럼 역사의 허무주의 속에서 자기를 유지하기 위해 스스로 기만하고 양심을 질식시킨 지식인은 임종의 침상에서도 결코 살아 있는 진실을 만날 수 없다는 뜻입니다. 죽은 진실을 만날 수밖에 없다는 가열한 문학적 저주입니다. 칠레의 지식인, 문학인에 대한 경고, 메멘토 모리죠.

앞에서 본 것처럼 볼라뇨는 희망을 지식인에게 두지 않고 지렁이가 자라는 옥토에 둡니다. 볼라뇨가 다루는 인프라 리얼리즘은 칠레의 옥도에서 시삭해요. 그 땅에서 시작하는 문학은 지금 여기 문제를 다뤄야 합니다. 거대한 역사의 멜랑콜리와 시간의 터널이라는 무서운 저주, 그 속에서 자기를 유지하기 위해 자기를 기만하는 칠레의 문학인과 지식인을 문제 삼아야 한다는 겁니다. 우리가 문학이라고 부르는 것은 역사 허무주의, 자기기만, 시간의 터널을 통해 소멸되고 칠레의 옥토에 대한 무관심으로 역사를 희생제의로 만들어 버렸습니다. 그러니 이 문학에 침을 뱉습니다. 문학 전체에 대한 침 뱉기. 칠레 문학만 이럴까요? 라틴아메리카를 비롯해 서구의 문학도 마찬가지입니다. 한국문학도 다르지 않겠죠.

처음에 말했듯이 이 작품은 특정 문학 계급이나 경향을 비판하기보다는 우상으로서 세계문학 자체를 파괴한다는 거대 기획입니다. 형식적으로는 임종 침상의 독백에 지나지 않지만 상당히 거대한 담론이죠. 그래서 우리가 문학이 뭔지 다시 돌아보는 질문을 피할 수 없게 합니다. 최근 제가 읽은 작품 중 가장 큰 문제의식을 던져 주었다는 점에서 『칠레의 밤』에 대한 고마움을 느낍니다.

『철학자 김진영의 전복적 소설 읽기』 발간에 부쳐

　　　　　　고故 김진영 선생님(이하 선생님)의 귀한 글을 먼저 읽는 기회를 갖게 되었다. 이 책은 선생님께서 아트앤스터디 인문숲에서 2010년 5월 7일부터 2010년 7월 23일까지 총 10회 걸쳐 진행하신 「전복적 소설 읽기: 소설을 읽는 8개의 키워드」라는 제목의 강의를 녹취, 정리한 것이다. 『아침의 피아노』『희망은 과거에서 온다』『이별의 푸가』이후 또 한 번의 놀라움과 감동을 맛볼 수 있었다.

　　세 가지 이유에서였다. 우선, 선생님께서 보여 주신 문학에 대한 남다른, 그래서 측정 불가능한 사랑과 정열 때문이다. 이 책에서 선생님의 관심은 러시아, 독일, 프랑스, 칠레 같은 여러 나라의 문학에 걸쳐 있다. 만만치 않은 내공의 소유자가 아니라면 엄두조차 낼 수 없는 작업이다.

　　선생님의 책읽기 방식도 독특했다. 강의 제목에 '전복적'이라는 수식어가 그냥 붙여진 것이 아니라는 생각이다. 강의를 바탕으로 한 이 책에서 선생님은 문학과 삶의 핵심 주제인 죽음, 괴물, 기억, 광기, 동성애, 부조리, 고독, 정치라는 여덟 가지 키워드를 중심으로 톨스토이, 카프카, 프루스트, 호프만, 토마스 만, 카뮈, 한트케, 볼라뇨의 작품을 해석하신다. 각 작품에 대한 선생님의 해석은 신선함을 넘어 때로는 낯설기조차 하다. 하지만 이 같은 낯섦이 오히려 자연스럽게 다가오는 것은, 선생님의 해석이 기존 해석이 안고 있는 부족한 부분을 보완하고 수정해 주고 있어서일 것이다.

마지막으로, 이 책에는 '철학자'로서 선생님의 모습이 잘 드러나 있다. 문학 작품의 분석, 해석에서 '철학'이 어떤 역할을 하는가에 대해서는 이견이 있을 수 있다. 하지만 최근의 문학 연구에서 철학 담론이 차지하는 비중이 결코 작지 않다. 이 책에도 다양한 철학 담론, 가령 프로이트, 마르크스, 벤야민, 아도르노, 바르트, 라캉, 푸코, 들뢰즈/과타리 등의 사유가 폭넓게 적용되어 있다. 이는 작품 해석의 풍요로움에 직결된다. 특히 그 적용 과정에서 무리가 따르는 경우는 거의 없어 보인다.

이 책에 담긴 글들을 읽기 전에 나는 이미 선생님과 알고 지냈다. 만남이 빈번하지는 않았지만 선생님을 곁에서 지켜볼 기회가 더러 있었다. 선생님과의 인연은 R. 바르트의 『애도 일기』까지 거슬러 올라간다. 선생님께서 이 책을 번역, 출간하시면서 독일어 번역본을 저본으로 삼으셨기에 우리말 번역과 불어 원문을 대조해 달라는 청을 하신 바 있다. 고백건대 그때 나는 불문학을 공부한 사람으로 부끄러움을 느꼈다. 번역은커녕 읽기도 버거운 『애도 일기』를 선생님께서는 이미 그 중요성을 간파하시고 나아가 우리말로 옮기신 후였다. 그 뒤로 나는 R. 바르트의 『마지막 강의』를 번역, 출간했는데 선생님께서 이 책으로 여러 차례 강의를 하셨다는 이야기를 들었다. 『애도 일기』 때의 부끄러움이 조금 만회되었는지 모르겠다.

그 뒤 선생님과의 만남은 주로 철학아카데미에서 이루어졌다. 선생님께서 인문학에 대한 사랑과 열정으로 철학아카데미 대표를 맡으셨을 때 나는 운영위원으로 활동했다. 그 기간에 선생님을 종종 뵐 기회가 있었다. 선생님의 인상은 한결같았다. 조용함 그 자체였다. 하지만 겉으로 드러나는 조용함의 이면에 주목해야 했다. 잔잔하게 흐르는 강물이 그렇듯, 그 밑에는 항상 강력한 소용돌이가 일고 있었기 때문이다.

이번 기회에 나는 선생님 내면의 소용돌이를 얼핏 들여다볼 수 있었다. 물론 강의를 직접 듣지 못했기에 현장의 분위기, 곧 강의의 '아우라'를 체험하지는 못했다. 하지만 이 책을 통해 선생님께서 평소 문학에 대해 가지셨던 범접할 수 없는 사랑과 정열의 일단을 엿볼 수 있었다. 짧지만 강력하고 행복한 순간이었다. 좋은 글을 남겨 주신 선생님께 감사의 말씀을 올린다.

2019. 7.

변광배

한국외국어대학교 미네르바 교양대학 교수

철학자 김진영의
전복적 소설 읽기
여덟 가지 키워드로 고전을 읽다

초판 1쇄 발행 2019년 8월 20일
초판 4쇄 발행 2024년 5월 15일

지은이 | 김진영
녹취 | 윤혜원
정리·교열 | 김정민·박숙희
디자인 | 여상우

펴낸이 | 박숙희
펴낸곳 | 메멘토
신고 | 2012년 2월 8일 제25100-2012-32호
주소 | 서울시 은평구 연서로26길 9-3(대조동) 301호
전화 | 070-8256-1543 팩스 | 0505-330-1543
전자우편 | memento@mementopub.kr

ⓒ김주영
ISBN 978-89-98614-68-3 (03800)

이 도서의 국립중앙도서관 출판예정도서목록(CIP)은 서지정보유통지원시스템
홈페이지(http://seoji.nl.go.kr)와 국가자료종합목록 구축시스템(http://kolis-net.nl.go.kr)에서
이용하실 수 있습니다. (CIP제어번호 : CIP2019030040)

잘못된 책은 구입하신 서점에서 바꿔 드립니다.
책값은 뒤표지에 있습니다.